葛藤する刑事たち

警察小説アンソロジー

松本清張　藤原審爾　結城昌治
大沢在昌　逢坂剛　今野敏　横山秀夫
月村了衛　誉田哲也／村上貴史・編

本書は文庫オリジナルです。

【目次】

葛藤する刑事たち

黎明期

日本人作家が警察小説を書き始めた頃――

声　松本清張

放火　藤原審爾

夜が崩れた　結城昌治

声

松本清張

松本清張（まつもと・せいちょう）
一九〇九年生まれ。五一年、朝日新聞西部本社勤務の傍ら執筆した『西郷札』でデビュー。五三年に「或る「小倉日記」伝」で第二八回芥川賞受賞。五五年の「張込み」で推理小説に着手。五六年の短篇集『顔』で第一〇回日本探偵作家クラブ賞受賞。さらにその後、二人の刑事が難攻不落のアリバイに挑む『点と線』（五八年）や、刑事の執念が強く印象に残る『砂の器』（六一年）、この分野でも顕著な功績を残した。その後、ノンフィクションや古代史、近代・現代史の分野にも活躍の場を拡げる。九二年没。主な著作に『ゼロの焦点』『時間の習俗』『日本の黒い霧』など。

一部　聞いた女

一

高橋朝子《ともこ》は、ある新聞社の電話交換手であった。

その新聞社は交換手が七八名いて昼夜勤が交代であった。三日に一度は泊まりが回ってきた。

その夜、朝子は泊まり番に当たっていた。三名一組だが、零時を過ぎると、一名を残して二人は仮眠する。これも二時間交代だった。

朝子は交換台の前にすわって、本を読んでいた。一時半になったら、三畳に蒲団《ふとん》をのべて眠っている交代者を起こす。その時間まで十分《じゅうぶん》あった。

一時間以上あれば二、三十ページぐらい読める。その小説が面白いものだから、朝子はそう意識しながら読んでいた。

その時、電話が外部からかかってきた。朝子は本から眼を離した。

「社会部へ」

とその声は言った。声には聞き覚えがあったから、すぐつないで、

「もしもし、中村さんからです」

と、出てきた眠そうな声のデスクの石川に伝えた。それから眼をふたたび小説の世界に戻した。その間に、電話は切れた。

それから二ページと進まないうちに眼の前の赤いパイロット・ランプが点《つ》いた。社内だった。

「もしもし」

「赤星牧雄さんの家にかけてくれ、東大の赤星牧雄さん」

「はい」

ききかえさなくても、声でわかっていた。社会部次長の石川汎《ひろし》である。さっきの眠たげな声とは打ってかわって活気があった。

——朝子は、社内の三百人くらいの声はたいてい知っていた。交換手はいったいに聴覚がよいが、朝子は特に勘がよいと同僚から言われた。二三度聞けば、その声を覚えてしまった。

先方が名前を言わないうちに、誰々さんですね、と言いあてた。数回しか掛けたこと

のない相手のほうがびっくりした。

「君は、よく知ってるなあ」

と向こうでは感嘆した。

しかし、社員たちは、じつは、それが迷惑なこともあった。外部からかかってくる女の声も、交換手たちは覚えてしまった。

「Aさんの恋人はH子さんというのね。しわがれて鼻にかかった声ね」

「BさんのはY子さんね」

恋人といえない酒場の女からの借金の催促まで覚えられてしまった。もちろん、交換手たちはこのようなことを他人に話すような不徳義はしない。いわば、それは職業上の秘密であった。ただ、交換室の中で、それが退屈しのぎの少しばかり興《きょう》がられる話題として、ささやき交わされるだけであった。彼女たちは、声の持主の微妙な癖、抑揚、音階などを聞きわけていた。

朝子は、いま石川の言いつけで厚い電話帳を調べた。アの部、アカ、アカと指先で滑りながら、素早く赤星牧雄の活字を当てた。42の６７２１。口の中で呟《つぶや》く。

ダイヤルを回した。信号の鳴っている音が送受器から耳をくすぐる。

壁の電気時計をふと見ると零時二十三分であった。信号が鳴りつづいている。寝静まった家中に響いているベルを朝子は想像している。

誰かが眼をさまして送受器をはずすまで、まだ時間がかかるだろうと思っている矢先、あんがい早く先方が送受器をはずした。

あとで、朝子は警察の人にきかれた時、電話をかけてから、先方が出るまで十五秒ぐらいだったと答えた。

「なぜ、時間を見たのですか?」

ともきかれたが、それは、

「こんな深夜に電話などかけて、先方の迷惑のことをちょっと考えたのです」

と答えている。

その時、送受器ははずれたが、すぐに応答はなかった。もしもし、と三四度呼んで、やっと返事があった。それは、先方が送受器は耳につけたが、応答したものかどうか、迷っていると思われるような、妙な何秒間かの沈黙であった。

さて、その返事は男の声で、

「はい。どなた?」

と言った。

「もしもし。赤星牧雄さんのお宅ですか?」

「違うよ」

そう言って電話を切りそうだったので、朝子はあわてて言葉を重ねた。

「もしもし、東大の赤星牧雄先生のお宅ではございませんか?」

「違うったら」

相手は高くないが、じゃけんな声で言った。あら、電話帳の番号を見間違ったのかしら、それとも回す番号を誤ったのかしら、と朝子は思い、ごめんなさい、とあやまろうとした時に、

「こちらは火葬場だよ」

と相手は、太い声だが、どこかキンキンした響きをもつ調子で言った。

二

それが嘘《うそ》であることは朝子にはすぐわかった。電話を間違えて掛けた時、刑務所だとか火葬場だとか税務署だとか気持のよくない場所をでたらめに言う悪戯《いたずら》には、朝子は慣れているはずなのだが、このときは少し腹が立ったので、

「失礼ね。火葬場なものですか。つまらぬことは言わないでください」

と言いかえした。すると相手は、

「悪かったな。だが、真夜中にあんまり間違った電話をかけるなよ。それに……」

それに、とあとを言いかけて電話は突然切れた。それは本人が切ったというよりも、

誰か横から切ったという唐突な感じであった。

この小さなやりとりは一分間とかかっていなかった。が、黒いインキでも引っかけられたように厭《いや》な気分に突きおとされた。交換手という職業には、相手の顔が見えないために、ときどきこういう腹の立つことがある。

朝子は閉じた電話帳をもう一度繰って調べた。なるほど違っている。それは一つ上の番号と見誤ったのである。こんなことは滅多にない。

今晩はどうかしているわ、あんまり本に夢中になっていたせいかな、と思い、正常に赤星牧雄氏の家を呼んだ。

ところが信号は行っているのだが、今度は相手がなかなか出ない。

「おい、まだ出ないか？」

と石川は催促してきた。

「まだです。夜中だから寝てるんでしょう。なかなか起きないらしいわ」

「困ったな。ずっと鳴らしてみてくれ」

「何よ？　こんなに遅く」

朝子は石川を知っていたから、そんな口のきき方をした。

「うん。えらい学者がさっき死んだんだ。それで赤星さんの談話を電話でとりたいのだ」

朝刊最終版の締切は一時なので、石川の急《せ》きこみようがわかった。五分間も呼び出しをつづけ、相手はやっと出た。朝子は石川のデスクにつないだ。それで交換台には話し中のしるしの青いランプが永々と点いている。石川が話をしきりと聞いているのであろう。青い灯を見ていると、朝子はこの間、小谷茂雄《こたにしげお》からもらった指輪の翡翠《ひすい》の色を思いだした。

それは二人で会った時、銀座のT堂で買ったものだ。はじめ茂雄がつかつかとその店にはいろうとしたので、朝子がしりごみして、

「こんな一流の店で買うと、きっと高いわよ」

と言ったが、茂雄は、

「大丈夫だよ。結局、品のいいのがトクなんだよ。少しぐらいの高い値段は仕方がないさ」

と取りあわずに内にはいった。朝子は、その晴れがましい店内の様子に心がちぢんだ。だから高価な正札の中でもできるだけ廉《やす》いその指輪を買ってもらったのだった。それさえも普通の店よりは、ずっと高かった。

いったいに茂雄はそんなところがあった。名もないような三流会社に勤めていて、安月給をこぼしているくせに、流行型の洋服を月賦で新調したり、絶えずネクタイを買い替えたり、映画でも有楽町あたりの高級館に朝子を誘って二人で八百円を払ってはいっ

たりした。始終借金をしているらしい。そんな見栄坊《みえぼう》なところが朝子には気になったし、性格の不均衡《アンバランス》な面も不安であった。

結婚を約束した間柄《あいだがら》というのは、あんがい、言いたいことも言えないのであろうか。朝子はそれを自分の気の弱さにしている。結婚までは仕方がないのだ。そういう弱さが女にはある。それは、相手の男を愛しているからでもあろう。夫婦の家庭生活にはいったら、自分がそれを直すのだと気負った意志を漠然と結婚の向こう側の未来に持っている。

茂雄の白い顔と、光の鈍い眼を見ていると生気を感じない。彼には不平はあるが、希望も野心もその口から聞けなかった。朝子は、茂雄にそのことで何となく心もとなさを感じている。

眼の前の青い灯がぽつんと消えた。石川の長い電話が終わって、切れたという合図である。朝子は気づいたように壁の電気時計を見上げた。一時半まで七分。交代者を起こす時間だった。

電話帳が開いたままになっていた。朝子はさっき間違えてかけた42の６７２１の持主の名前をふと読んでみる気になった。唾《つば》を吐きかけられたような不快はまだ消えていなかったのだ。

赤星真造　世田谷区世田谷町七ノ二六三

赤星真造。何をする人であろう。この地名の界隈《かいわい》は、朝子も、女学生のころの友だちが住んでいて、遊びにいったことがあるから知っている。それは白い塀《へい》が定規のように区画をつくって並び、植込みの奥に大きな屋根が見える邸町《やしきまち》であった。あのような上品な場所に、電話の声のような、下品な男が住んでいるのかと思うと朝子はちょっと意外な気がした。が、世間にちぐはぐなことが多いのは戦後に平気なことでもある。そう改まった感想をもつほど、その時の電話の声は、無教養な低さと厭らしさを持っていた。

厭らしさといえば、太い声なのにどこかキンキンした響きをもつ、二つの音階がずれあったような、妙に不調和な音であった。

その朝、十時に朝子は勤務を終わって、家に帰った。帰っても午後までは眠れないのが彼女の癖である。掃除をし、洗濯《せんたく》をして床についたのが一時であった。眼が醒《さ》めた時は、天井から下がった電灯が点《とも》っていた。硝子《ガラス》障子の外はすっかり暮れている。枕元《まくらもと》には夕刊が置いてあった。それは母がいつもそうしているのだ。

朝子は眼ざましに夕刊を広げた。

――世田谷に人妻殺し

深夜、留守居の重役宅

トップの三段ぬきの活字が朝子の睡気《ねむけ》を払った。読むと内容は次のようなことであった。

「世田谷区世田谷町七ノ二六三、会社重役、赤星真造氏が昨夜から親戚《しんせき》の不幸先に通夜《つや》に行って、今朝の一時十分ごろタクシーで帰宅してみると、一人で留守居の妻の政江さん（二九）が絞殺されていた。届出によって係官が調べてみると、家内は相当に荒らされて、物盗《ものと》りのあとがはっきりしている。犯人は単独か、二人以上の共犯かわからないが、あとの場合が考えられている。犯行時間は、零時五分まで近所の甥《おい》に当たる学生が友人と二人で来ていてくれたが、あまり遅いので帰っているから、それ以後から発見の一時十分までの間と見られている」

朝子は読むと思わず声をあげた。

三

朝子は捜査本部になっている世田谷署に出頭した時に、係りの捜査主任に、

「どうして、その声が犯人ではないかと考えてここへ来たのですか？」

ときかれた。

「はい。新聞によると、午前零時五分から一時十分の間は、亡《な》くなられた奥さんが、あの家に一人だったことになっています。わたしが電話を間違えて、そのお宅にかけたの

は零時二十三分でした。そのとき、男の声で返事があったのです。それで変だと思い、もしや犯人か、それに関係のある人ではないかと考えたのです」

「どんなことを話しましたか？」

それで朝子は、そのとおりを話した。

係官は、相手の電話が話の途中に切れて、あたかもそれが傍《そば》に別な人間がいて、電話機を指で押さえて切ったような印象だった、ということに非常に興味を覚えたらしかった。

それでそのことをもう一度念を入れてききなおし、他の係官たちと小さい声で話していた。あとでわかったのだが、それが単独犯か二人以上かの、重要な暗示となったのだ。

「あなたの聞いたその声は、どんな声でしたか？」

係官は、そうきいた。甲高い声、低い声、中音の声、金属性の声、だみ声、澄んだ声、そういう声の種類に分けて、どれにあたるか、どの要素とどの要素が強いのかたずねられた。

そう質問されると朝子は困った。口ではうまく言えない。太い声だったと言っても、あまりに単純すぎる。太い声にも千種二千種の段階はあろう。ところで、質問者は、〝太い声〟という言葉を聞けば、一つの概念を作りはしないか。それが困る。たとえば〝かすれた太い声でした〟と言えば、ややこちらの感覚を相手に通じさせることはできるが、〝かすれた〟というほどの特徴のない時は、どう表現したらよいか。感覚を言葉で正確に伝えるのが無理なのではないか。

朝子の当惑した顔を見て、係官はいあわせた人たちをあつめて、何か短い文章を読ませてしゃべらせた。彼女が、〝太い声〟と答えたものだから、そういう声の持主ばかりだった。男はたいてい、太い声だということを朝子は改めて知った。

被実験者たちは、てれたような顔をしながら声を出して文章を読んだ。朝子は、全部を聞きおわって、似ている人もあるが、よく考えると、だいぶん違うと言った。そう返事をするより仕方がなかった。似ているといっても、まるで違ってもいるのだ。

「それでは」

と、係官は別なきき方をした。

「あなたは交換手だから、声は聞き慣れていますね？」

「はい」

「あなたの社の人の声は、何人くらい聞きわけられる？」

「さあ、三百人くらいでしょうか」

「そんなに？」

と質問者は、びっくりしたように隣りの人と顔を見合わせた。

「それなら、その三百人について、いちばんよく似た人の声を考えてごらん？」

それは、うまい思いつきである。三百人もあれば、どれか近い声はあろうから、具体的に知る方法といえた。朝子も、なるほどと思った。

ところが、その具体的なことが、反対に類似という考え方を邪魔した。AはA、BはBとそれぞれの声の個性を具体的に知っているだけに、差異がかえって明瞭《めいりよう》になった。そうなると、不思議に、あの声が朝子の耳の記憶から曖昧《あいまい》になってゆきそうだった。あまり、いろいろな声を質問されて思いだしたから、そのたくさんの声の中に埋没されてゆきそうな、そんな薄れ方を感じた。――

結局、捜査当局は、朝子から〝太い声〟という単純な証拠を聞いただけで、たいした収穫にはならなかった。

しかし、これは各新聞社の興味を惹《ひ》いて、「殺人現場から犯人の声、深夜偶然に聞いた電話交換手」といった見出しで、朝子の名前を出して、派手な扱いにした。彼女はしばらくの間、いろいろな人にきかれたり、冷やかされたりした。

その事件があって、ひと月たち、ふた月経過した。そのたびに、新聞のその記事は、小さくなり、片隅《かたすみ》にちぢまった。

半年近くなって、事件は犯人の手がかりがなく、捜査本部は解散したという記事が、久しぶりに少し大きく出ていた。

四

それから一年して、朝子は社を辞め、小谷茂雄と同棲《どうせい》した。

夫婦になってみると、朝子が茂雄にたいして持っていた以前からの不安は、事実となって現われた。

茂雄は怠惰で仕事も気まぐれな勤めかたをした。会社での不平が口癖である。

「あんな会社、いつでも辞めてやる」

酒がはいると、よく言った。他に移れば、もっといい給料がとれるのだと力《りき》んでいた。しかし、茂雄がそんなに広言するほど、彼には実力も才能もないのだ。朝子はそれが夫婦になって、はっきりわかってきた。

「どこに勤めても、今どきは同じことよ。少しくらい不平があるからといって、怠けるの、いやだわ。勤めだけは、ちゃんとしてちょうだい」

朝子が励ますと、茂雄は、うなずく代わりに鼻先で笑って、

「おまえにはわからんよ。男がどんな思いで働いているか、想像できんだろう」

と返事した。

そして、ほんとにそれから三カ月後に辞めてしまった。

「どうするのよ」

と朝子が泣くと、何とかなるよ、と言って煙草《たばこ》をふかしていた。茂雄は気の弱いくせに、小悪党ぶるところがあった。

それから半年の間、ひどい貧乏が襲った。茂雄が口で言ったような、よい勤め先はどこにもなかった。彼はあせった。実力も技術もないだけに、そうなると惨《みじ》めである。日雇労働ができる身体ではなく、へんな見栄《みえ》があるからその心構えもなかった。

ようやく新聞広告か何かで見つけた、ある保険会社の勧誘員になったが、茂雄のような性格の人間に、うまく勤まるはずはなかった。歩合金は一銭ももらえずにやめてしまった。

しかし、それから、茂雄に言わせると、〝運が向いてきた〟というのだが、彼は新しい仕事にありついた。それは保険の外交をしている時に知りあった人たちだと言っている。薬品を扱う小さな商事会社をその人たちと設立したのだが、茂雄は労力出資というかたちで参加したというのであった。

〝労力出資〟というのは、どういうことなのか朝子にはよくわからない。が、とにかく茂雄は毎日、ひどく景気のいい顔をして出勤していく。会社は日本橋の方にあると言うが、朝子は行ったことはない。

しかし月末になると、茂雄はちゃんと給料を持って帰って渡した。かなりな金額だった。奇妙に封筒には社名の印刷もなく、伝票もなかった。月給袋に慣らされた朝子には それがちょっと奇異だったが、そういう慣習もあるのかと思った。とにかく、久しぶり に金がはいったのが何よりうれしかった。

夫婦の生活は愛情が根本だというけれど、やはり経済的な安定が基礎なのではなかろうかと彼女は思う。貧乏であえいだ半年の間、朝子は何度、茂雄と別れる決心をしたかわからなかった。懶惰《らんだ》な夫に愛想をつかして、必ず争いの後には無断で逃げだすことを考えたものだった。

それが給料が毎月はいるようになって、二人の間は平和をとり戻した。金の有無によって夫婦の愛情が左右されるのか、と朝子は変に思うが、事実、彼女の気鬱《きうつ》までおさまっている。

会社は儲《もう》けているのか、茂雄の給料は三カ月目に少し上がり、その翌月、また上がった。

借金も返し、少しくらい衣類や道具も買える余裕になった。

「朝子、会社の人をうちに呼んで麻雀《マージャン》をするが、いいかい?」

と茂雄が言ったとき、朝子は喜んだのだ。

「うれしいわ。だけど、こんなきたない家で恥ずかしいわ」

なに、それはかまわないと茂雄は言った。それでは、せいぜいご馳走《ちそう》しますわ、と朝子は勇んだ。夫の勤め先の大事な人たちだと思うと、どのようなことでもしてあげたい。

その翌晩、三人が来た。四十をこした年輩のが一人、あと二人は三十二三と見えた。どんな人かと思ったら、あんまり品はよくなかった。会社を経営しているというから朝子は彼女なりの観念をもっていたのだが、会ってみると、ちょっとブローカーのような感じであった。

四十くらいのが川井といった。あとの二人は村岡と浜崎と名乗った。

「奥さん、どうもお邪魔してすみません」

川井はそう挨拶《あいさつ》した。頭が少し薄くなっていた。頬《ほお》の骨が出て、眼が細く、唇《くちびる》が薄かった。村岡は長い髪を油でかためて後ろへ撫《な》でつけ、浜崎は、酒で焼けたような赤い顔をしていた。

彼らは徹夜で麻雀をたのしんだ。牌《ぱい》と麻雀台は、いちばん年若な村岡がかついで持ってきた。

朝子は、一晩中眠れなかった。夜中の十二時ごろには、ライスカレーをつくって出した。

「奥さん、ご面倒をかけますな」

年かさな川井は、そう言って、頭を下げた。細い目に愛嬌《あいきょう》があった。

飯を出したあと、茶をいれる。それがすんだら朝子は寝てもよかった。一時に近い時刻なのである。

ところが、それから、なかなか寝つかれなかった。せまい家なので、朝子は隣りの部屋の蒲団《ふとん》の中にはいるよりほかなかったが、締めた襖《ふすま》ごしに音がまるで聞こえる。向こうも、朝子に遠慮して、声を低くしているのだが、感興に乗ってくると、

「ええい、くそ!」

とか、

「畜生」

とか言う。笑う声、点数を計算する声が、ときどき大きくなる。それは、まあ、いいとして、どうにも耳についてやりきれないのは、牌をがらがら搔《か》きまぜる音であった。これが神経にさわって、苛立《いらだ》つのである。

朝子は、床の上で何度も寝返りした。耳をふさぐようにするが、気にかけまいとすればするほど、神経を休ませなかった。

あけがたまで、一睡もできなかった。

五

麻雀というものは、よほど面白いものであろう、それからも、たびたび、茂雄は、川

井、村岡、浜崎の三人を連れてきた。

「奥さん、お邪魔をして悪いですね」

「すみませんね、今晩もお願いします」

そう言われると、朝子は、悪い顔はできなかった。ことに、夫が世話になっている会社の人と思えば不機嫌《ふきげん》な表情は見せられなかった。

「ええ、どうぞ。わたしの方はちっともかまわないんですのよ」

しかし、夜中になると、夜食を出さねばならない。それは、まあ、よい。そのあとが悪いのだ。チイとかポンとかいう掛け声、忍びやかだが笑う声、牌を崩して搔きまぜる音、それが耳について仕方がない。眠ろうとしても眠れない。せっかくうとうととしようとするときに、ガラガラと牌の音が耳にはいる。神経が少しも休まないのである。

朝子は、それが、あまり続くので、茂雄に苦情を言った。

「ねえ、麻雀もいいけれど、こうたびたび押しかけられてはたまらないわ。ちっとも眠れなくて神経衰弱になりそうだわ」

茂雄は、不機嫌な顔をして叱《しか》った。

「何だ、それくらい。ぼくは川井さんに拾われているのだ。君だって給料がいいって感謝しているじゃないか」

「それは、そうだけれど」

「それ見ろ。それが宮仕えのかなしさだ。麻雀をやろうと言われれば、ぼくだって嫌《いや》でもつきあわねばならないんだよ」

それから彼は、少し慰めるように、

「ねえ、辛抱してくれよ。連中を家へ引っぱってきたのはぼくから言いだしたのだ。連中は喜んでいる。君の感じもいいって言ってるのだ。毎晩じゃないのだから我慢してくれよ。そのうち、別な家でするようになるよ」

朝子は仕方なしにうなずいた。何か言いくるめられたような気がする。言いくるめられたといえば、川井はじめ三人の正体がわからなかった。茂雄に説明をもとめると、笑って、あまり詳しく言おうとしない。会社のはっきりした営業種目も理解できなかった。

しかし、それを、はっきり茂雄に追及することを、朝子は心のどこかで恐れている。無収入の時のひどい苦労が骨身にこたえているのだ。現在のわりのよい給料による生活の安定が破綻《はたん》を恐れさせている。それを追及することは、我と生活を失うような、漠然《ばくぜん》とした不安を予感するのである。

結局、あまり信用はおけないが、茂雄の言葉に無理に納得しているかたちだった。が、自分の気持をごまかしているような不快さは、盗汗《ねあせ》のように皮膚にべとべとしていた。

朝子は麻雀のない日でも眠れなくなった。それで少し薬を飲んでみることにした。

──それから三カ月もたったころである。

やはり麻雀のある日だった。年輩の川井と若い村岡が二人で先に来たが、浜崎は遅れていた。

茂雄を交えて三人でしばらく雑談していたが、今日はどうしたことか、酒やけして赤い顔の浜崎が、いつまでたっても姿を見せない。

「浜崎の奴《やつ》、何やってやがるんだろう。しようがねえなあ」

と長い髪を油でかためて光らせている村岡は、もう苛々していた。

「そうあせるなよ。あせると負けるぞ。そのうちに来らあな」

川井は細い眼をして村岡を見、薄い唇を動かして慰めていたが、じつは彼もじれている。

「どうしたんでしょうな、いったい」

茂雄も浮かぬ顔をした。すると、川井が、

「どうだ、浜崎の奴が来るまで三人麻雀をやろうか？」

と言いだした。

「やろうやろう」

と退屈しきった村岡がすぐに乗った。

三人で麻雀がはじまった。けっこう、面白そうにチイとかポンとか言っている。

「ごめんなさい」

と女の声が表で聞こえた。朝子が出ると近所の食料品店のおかみさんだった。

「お宅に電話ですよ。浜崎さんという方からです」

どうもありがとう、と朝子は言って奥を見ると、

「浜崎の奴、電話なんかかけやがって、何だろう」

と牌をつまみながら川井が呟《つぶや》いている。

茂雄は、朝子にどなった。

「今手が放せないから、おまえ行ってこい」

朝子は駆けだして、食料品店に行った。電話は店の奥にある。店主が不機嫌な顔をしていた。

礼を言って、はずしてある送受器を耳にあてた。

「もしもし」

昔の習慣どおりの、馴《な》れた言い方だった。

「もしもし。あ、奥さんですか、ぼく、浜崎」

「はあ――」

朝子は思わず、送受器の手が固くなった。

「川井さんに言ってください、今日は抜けられない用事ができたから、そちらに伺えま

せん、そう言ってください。もしもし――」

「――はい」

「わかりましたか?」

「はいはい。――そう申します」

送受器を置いたのも夢中だった。いつその店を出たかもわからない。

今の声、浜崎の声、三年前のあの声だった!　深夜、偶然、殺人現場の電話から聞えた耳朶《じだ》に記憶の声!　忘れられぬ声。

六

朝子《ともこ》は、浜崎の電話の伝言を川井に言うのも上の空だった。逃げるように裏口に走った。

動悸《どうき》が打っていた。

声がまだ耳にへばりついている。幻聴のように消えない。まさしくあの時の声だ。自分の耳を信用してよい。自信があった。皆から勘がよいと讃《ほ》められた耳である。職業的に発達した聴覚だった。

そうだ、と朝子は気づいた。送受器からはいる声なら、万人の個性をすぐつかんだ。

浜崎の声は、今までずいぶん聞いている。麻雀に来るごとに聞いている。その時、どうして感じなかったか。なぜ、その声がわが耳の傍を風のように抜けていたか。それはナマの声だったからだ。送受器《レシーバー》を通過しないジカの声だったからではないか。ナマの声と電話の声とは、耳に来る音感がずいぶん違う。よくその人に馴れたら同じに聞こえてくるが、初めはそうではない。二つの声は音質すら違って聞こえる。朝子が麻雀の時に聞く浜崎の声が、あの時の深夜の声と気がつかなかったのは、それがナマの声だったからである。電話機に乗って、はじめてその声がわかった。——

三人は麻雀をやめた。

「どうも面白くねえ。三人麻雀なんてえのは興味半減だな」

川井は煙草に火をつけて立ちあがった。

「浜崎の奴、しようがねえな」

村岡が牌を函《はこ》の中に掻き入れながら舌打ちした。茂雄は、朝子の姿がないので、

「朝子、朝子」

と大きな声で呼ぶ。

川井がふと不審そうに、その声を咎《とが》めた。

「君の奥さんの名は、とも子さんというのかい？」

茂雄は単純に、てれた顔つきをした。

「どんな字？」

「朝晩の朝です」

川井の眼が急に沈んだ。何かききたそうにした時、朝子の姿が現われたので、急に言葉を引っこめた。

「あらもうお帰りでございますの？」

川井は朝子のその顔を細い眼の隅《すみ》でさりげなく見た。いつもより蒼《あお》い彼女の顔色を見取ったかもしれない。

「一人が欠けたので脂《あぶら》が乗らないのですよ、奥さん。どうも失敬しました」

年輩者らしく川井は例のように如才がない。村岡と二人で出て行った。朝子は狭い玄関でそれを見送った。いつもそうしている。しかし今日は硬い表情であった。二人の客は一度も振りかえらずに去った。

「どうしたのだ？」

茂雄が朝子の顔を覗《のぞ》きこんできいた。

「どうもしませんわ」

朝子は顔を振った。この夫には話せない。話せない何かを茂雄は身に持っていた。はっきりわからないが、それは妻の直覚である。いわば、夫は向こう側にいた。この夫に打ち明けることは、恐れたものに筒抜けになりそうな危惧《きぐ》を感じた。酒やけした浜崎の赤い顔が眼の先にちらついてならない。

奇妙なことに、その日を限りとして川井たちは麻雀をしに来なくなった。

朝子は茂雄にきいた。

「みなさん、どうなすったんですか？」

「おまえ何か変な顔でもしたんじゃないか？」

茂雄は腹立たしそうな表情をしていた。

「あら、どうして？」

思わずどきんとした。

「川井さんから、あんまり君のところでばかりやるのは悪いので、次からよそでするると言われたよ」

「わたしは何も変な顔なんかしませんわ」

「日ごろからおまえがうちで麻雀するのを嫌がっていたから、顔に出たんだよ。それで川井さんは不愉快になったんだよ」

茂雄は、ぷりぷりして、預かった麻雀道具を担《かつ》いで出ていった。

やっぱり何かある。ぱったり来なくなったのは何か？

朝子は、あることに思い当たって、はッとした。もしや、自分が気づいたことを彼らが知ったのでは！　彼ら——浜崎も川井も村岡も同類なのだ。

だが、どうして、それを知り得よう。自分の思いすごしではないか。やはり他所へ場所を移す気になったのではなかろうか。

が、その気休めは翌《あく》る日、茂雄が言った何気ない言葉で砕けた。

「川井さんがね。おまえが朝子《ともこ》という名前なのに興味をもってね、前に××新聞社の交換手をしていたことはないかときくんだよ。そうだ、と言ったら、とても面白がっていた。あの深夜の殺人者の声を聞いたという新聞記事を覚えていたんだね。へえ、あの時の交換手が奥さんだったかと感慨深そうだったよ。何しろ新聞に出た君の名前まで記憶していたのだからな」

朝子は顔色が白く変わった。

七

そのことがあって四五日過ぎた。

その四五日が、朝子を痩《や》せさせた。疑惑と恐怖が襲う。夫には言えなかった。ここまで来てもやっぱり言えない。夫には影があった。為体《えたい》の知れないものがあった。それが彼女の告白を妨げた。ひとりで知った、秘密に懊悩《おうのう》した。誰にも言えないだけに、それは内攻した。

「そうだ」

と彼女は思いついた。誰かに向かってこれを話したい。滅多な人には言えなかったが、まさにその相談相手を思いだした。

「石川汎《ひろし》さんに話してみよう」

あの時の社会部の次長《デスク》だった。ある偉い人が急死して、談話をとるため朝子に電話をかけさせた人である。朝子が当直の夜だった。そのとき殺人者の声を聞いた。石川さんに関係がないとは言えない。勝手に理屈をつけた。この人に相談するほか、ないのだ。

あれから三年も経《た》っている。石川さんがあのポストにいるかどうかわからないが、とにかく新聞社に訪ねていった。昔の職場だ。なつかしい。玄関の受付にはいってきくと、石川さんは転勤していると知らされた。

「転勤?」

「九州の支社です」

九州へ。遠い。あまりに遠くへ行ったものだ。朝子は、がっかりした。せっかくの望みは絶えた。また元のひとりぼっちである。

彼女は近くの喫茶店へはいって、コーヒーを一ぱい注文した。昔、よく来た店である。給仕に知った顔は一人もなかった。皆、変わっている。何もかも彼女を残して変わった。

その変わっている世間で、あの時の声が今ごろになって彼女を追いかけてきたのは、何という因果か。声の主は酒やけした赤い顔の男であった。何度も会っている男であった。あの声が、この人とは気づかなかった。

ぼんやり考えて、コーヒーを喫《の》んでいる時に、朝子は不意に疑問を起こした。待てよ、この間きいた浜崎の声は、果たしてあの時の声と同一であったか、どうか。自分は頭からそれと思いこんでいる。しかし、今、ふと、疑いだしてみたら、その自信が崩れそうだった。

耳には自信があった。勘がよいことでは、皆からほめられたものだ。しかし、それは三年も前だ、三年間も職場を離れていることが聴覚の自信を不安にさせた。

もう一度、浜崎の電話の声を聞いたら！

そうだ、そうすれば、はっきりわかる。あの時の声と同じかどうかが。もう一度、聞きたい。浜崎の声をもう一度、聞く方法はないか。そしたら、はっきり確かめられる！

朝子は、そのことばかりを考えて、家に帰った。夫の茂雄は、まだ帰っていなかった。疲れた。すわりこんで、ぼんやりしていると、近所の食料品店の主婦が声を表からかけた。

「奥さん、お帰りですか？」

はい、と玄関に急ぐと、

「電話ですよ、名前は申されませんが奥さんに出てもらえばわかると言っています。もう何度もかかってきましたよ」

主婦は仏頂面《ぶっちょうづら》をしている。すみません、と言ってとびだした。川井かもしれない。最初に頭に閃《ひらめ》いたのはそれだった。もし川井なら浜崎が一緒にいる。もしかするとその声を聞けるかもしれない。——

「もしもし」

送受器を耳につけた。

「ああ、奥さん」

やはり紛れもない川井の声。

「すぐ来てください。ご主人が急病です。なに、ご心配はいりません。盲腸かもしれない。手術は簡単なのです。来てくださいますか?」

「参ります、もしもし、場所は?」

「文京区の谷町二八〇です。都電を駕籠町《かごまち》で乗りかえて、指ケ谷町《さすやちょう》の停留所で降りてください。そこで私が待っています」

「あ、もしもし。浜崎さんはいらっしゃいませんか?」

夫の急場に、何ということを。そんな余裕があるのかと朝子は、自分の心におどろいた。いや、これは夫の急病より大切かもしれないのだ。——

「浜崎は」

相手の川井の声が瞬時、そこで途切れたが、

「今、おりません。すぐ帰ってきますよ。奥さん」

声に少し含み笑いがあった。その笑いの意味を朝子は気がつかない。

「参ります、そちらにすぐ伺います」

朝子は電話を切って、息をついた。

行ってみれば、確かめられる。何とかして浜崎の声を実験するのだ！

二部　肺の石炭

一

東京都北多摩郡田無町《たなし》といえば、東京郊外も西のはずれで、西武線で高田馬場から四十五分もかかる。中央線からも離れているため、何となく田舎じみた町だが、近ごろの東京都の人口過剰の波はこの辺にも押し寄せてきて、最近では畑地がしだいに宅地に変わって、新しい住宅が建つようになった。

このあたり一帯は、まだ武蔵野の名残りがあって、いちめんに耕された平野には、ナラ、クヌギ、ケヤキ、赤松などの混じった雑木林《ぞうきばやし》が至る所にある。武蔵野の林相は、横に匍《は》っているのではなく、垂直な感じで、それもひどく繊細である。荒々しさはない。「林といえば主に松林のみが日本の文学美術の上に認められていて、歌にも楢林《ならばやし》の奥で時雨《しぐれ》を聞くというようなことは見あたらない」と言って、独歩は武蔵野の林の特色を最初に認めた。

その朝、日時でいえば十月十三日の午前六時半ごろ、新聞配達のひとりの少年が田無から柳窪に向かう小さい道を自転車で走っているとき、ふと、傍の雑木林に眼を投げた。林の葉も、下の草もだいぶ黄ばみかけていたが、少年の眼は、その草の間に何やら花のある模様のものを捉《とら》えた。

少年は自転車をとめて、叢《くさむら》に近づいた。薄いグレイ地にえんじの格子縞《チェック》のワンピースが草の中にひろがっていた。朝の空気に、その色彩は妙に冷たく、新鮮であった。少年は、黒い髪と白い足とがそれから出ているのを見て、夢中で自転車にとりついて走りだした。

一時間後には警視庁から検屍《けんし》の一行が来ていた。黒と白とで染め分けた警視庁の三台の車は物々しかったが、ひっそりした武蔵野の径《みち》では人通りもなく、群集の人垣《ひとがき》もできなかった。ただ近くの人がまばらに遠くから立って眺《なが》めていた。付近は新しい住宅が畑の中にぽつぽつと建っているその間に百姓家がある。そういう場所であった。

女は二十七八歳、痩《や》せ型で、細く鼻筋の通った美しい女であった。顔は苦しそうに歪《ゆが》んでいたが、どういうものかその顔全体が薄黒く汚れていた。咽喉《のど》には痣《あざ》のような鬱血《うっけつ》が、べたりとあった。扼殺《やくさつ》されていることは誰の眼にもわかった。

着衣はあまり乱れていなかった。その辺りの草も、そんなに踏み荒らされている形跡はなかった。女の抵抗は微弱のようだった。

ハンドバッグはなかった。はじめから持っていなかったか、どこかで紛失したのか、犯人が持ち去ったのか、いずれかであろう。持っていなかったとしたら、あんがい、被害者は近い所に住んでいたのではないか。服装からみても、それほど改まった外出着ではなかった。

警察でもそう考えたから、遠巻きのようにして立っている付近の人に、被害者の顔を見てもらった。こわごわのぞいた実見者は、この近くでは見覚えのない顔だと言った。

「しかし、身もとは早く知れそうですね」

警視庁捜査一課の畠中係長が、石丸課長に話していた。畠中係長は、早く起こされて寝が足りないように、眼をしょぼしょぼさせていた。石丸課長は屈《かが》みこんで、女の左指にはめられた翡翠《ひすい》の金指輪を見ていた。

死体が剖見のために病院に運びだされたあと、石丸課長はまだその辺に立って、あたりの景色を眺めていた。

「このあたりまで来ると、武蔵野の面影《おもかげ》が残っているね」

と彼は言った。

「そうですな。たしか独歩の碑も、この近くだと思いましたが」

畠中係長も、犯罪を忘れたように、雑木林のつづく景色を見て答えた。

「ところで畠中君、君の家のほうでは今朝早く雨が降らなかったかい？」

と課長が、ふとその辺の地面を見まわしてきいた。

「いいえ。降りませんでしたよ」

「ぼくの家は鶯谷《うぐいすだに》だがね、明けがたに雨の音を夢のように聞いたが、起きてみたらやはり地面が濡《ぬ》れていたよ。君の家は、たしか――」

「目黒です」

「あの辺は降らなかったのかな。それでは通り雨だったんだな。この辺も降った様子はないね」

課長は靴《くつ》の先で乾いた地面を叩《たた》いた。

その日の午後には、死体の剖見の結果がわかった。

被害者の年齢は二十七八歳。死因は扼殺。死後十四五時間経過しているから、犯行は前夜の十時から午前零時ごろの間と推定される。外傷なし。暴行を受けた形跡はない。内臓の解剖所見では、胃に毒物の反応は見られない。肺臓には石炭の粉末が付着していた。

「石炭の粉末？」

と畠中係長は口走って、石丸課長の顔を見た。

「この女は、石炭に関係のある環境で生活していたのでしょうか？」

「さあ」

解剖医は、

「鼻孔の粘膜にも石炭の粉末の付着がある」

と説明した。

二

被害者の身許《みもと》は、その日の夕刻にわかった。それは事件が夕刊に出たので、その夫というのが警視庁に届けたのである。

さっそく、死体を見せたところ、

「妻に間違いありません」

と確認した。

まずその男について質問すると、会社員で小谷茂雄と名乗り、三十一歳、住所は豊島区日ノ出町二ノ一六四であると言った。

「奥さんはいつごろから見えなくなりましたか?」

とたずねると、次のように答えた。彼は色の白い痩せ型の好男子で、服装も流行のものを身につけていた。

「家内は朝子といいます。二十八です」

それで被害者は小谷茂雄妻朝子、二十八歳とわかった。

「昨日の夕方、六時ごろ家に帰ってみますと家内がおりません。はじめ買い物かと思っていましたが一時間たっても戻らぬので、近所を尋ねましたが、家内が四時ごろ出て行く姿を見たという人がありました」

それは五六軒隣りの食料品店のおかみさんで、小谷茂雄が尋ねている様子を知って自分から出てきたのであった。

「小谷さん、あんたの奥さんは、電話がかかってきて、四時ごろ、そそくさと出かけて行ったよ」

「電話が？」

茂雄は、思いがけないことなので、びっくりしてききかえした。

「誰から？」

「それは、あたしが取り次いだのだけど、奥さんに出てもらえばわかると言って名前は言わなかったよ。奥さんを呼ぶと、奥さんは何か先方と話していたが、すぐに話がすんでしまって、帰っちまったね。それからすぐ奥さんが急いで出ていくのを見たよ」

茂雄には見当がつかなかった。

「どんな話をしていましたか？」

「あたしも店が忙しいからね、よく聞いていないが、何でも都電の指ケ谷へ行くような話をしていたようだったね」

都電の指ケ谷に行く。話はいよいよわからなかった。そんなところは、今まで彼ら夫婦には縁もない場所である。茂雄は帰って、置手紙がどこかにないかと捜したが、それもなかった。いったい、誰が妻を呼びだしたのだろう。名前を言わずに、電話口に呼ぶのは、よほど親しい男に違いない。自分が知らない秘密が妻にあるのだろうか。

小谷茂雄は、そんなことを思い惑いながら妻の帰って来ぬ一夜を明かした。今朝からどこにも出かけずに一日中いらいらして、家にいると夕刊の記事を見た。年齢や服装で妻であることを知った、というのであった。

「この翡翠の指輪も、ぼくが四五年前に買ってやったものです」

小谷茂雄はそう言って、変わりはてた妻の指にはまっている指輪をさした。

電話のことはひどく係官の興味をひいた。

「奥さんに、そういう呼び出しの電話をかける人間に、心あたりはないかね？　よく考えてみたら？」

「それは、ぼくもずいぶん考えたのですが、全く心あたりがありません」

「今までそんな電話がかかったことがあったかね？」

「ありません」

「死体の発見された田無町の付近には、何か土地的な関係があるかね？」

「それも全然ないのです。そんなところに家内がどうして出かけたか、不思議です」

「むろん奥さんは外出のときハンドバッグを持っていたろうが、現場には見あたらないのです。家の中にもないでしょうね？」

「ハンドバッグは持って出ています。四角い鹿皮《しかがわ》製のもので色は黒、金色の止め金がついています」

「現金は、どのくらい、はいっていますか？」

「さあ、千円にたりないと思います」

「奥さんは他人から恨まれていることはなかったかね？」

「ありません。それは断言できます」

この時、畠中係長が、

「君の家では石炭を使いますか？」

と質問した。

「石炭なんか使いません。燃料はガスだし、風呂《ふろ》は銭湯に行っていますから」

「近所に石炭屋のような商売の家は？」

「それもありません」

それでだいたいのことは訊《き》きおわったので、彼の勤め先など書きとめて、質問を打ち切った。

そのあとで当然なことに、捜査の関心は、被害者朝子を呼び出した謎《なぞ》の電話にかかった。その電話を取り次いだという食料品店のおかみさんに、捜査本部へ来てもらうことになった。

きいてみると、小谷茂雄が話したとおりのことであった。畠中係長は、そこのところをもっと突っこんだ。

「指ケ谷の都電の停留所に行くといったのは、小谷の細君から言ったのかね?」

「いいえ、そうじゃないのです。奥さんが、先方の言うことを確かめるように、指ケ谷の停留所に行けばいいんですね、と念を押していたのです」

「ふむ。そのほか、何か聞かなかったかね?」

「なにしろ四時ごろで店が忙しいときですから」

とおかみさんは答えた。

「それだけが、ちらと耳にはいっただけで、あとは聞き取れませんでした」

「そういう呼び出しの電話は前にはなかったですか?」

「そうですね」

おかみさんは、太った二重顎《あご》に指を当てて考えていたが、

「そういえば、前に一回ありました」

「え、あった？」

聞いている者は、膝《ひざ》をのりだした。

「ええ、もっとも奥さんにではないのです。旦那《だんな》を呼んでくれということでしたが、奥さんが代理に出たのです」

「先方は名前を言ったかね？」

「ええ、その時は言いました。浜、浜なんとかいう名でした。前のことで忘れましたが、浜という名がはじめにあるのは確かでした」

三

その電話のことは、刑事がふたたび、小谷茂雄にたずねて、わかった。

「浜崎芳雄という男で、小谷と同じ会社の者です。その電話は、その日、小谷の家ではじまる麻雀《マージャン》に都合が悪くて参加できなくなったという断わりの電話だったそうです」

刑事が茂雄から聞いたとおりを報告した。

「ほう、麻雀をやっていたのか、その連中の名前はわかっているだろうな？」

「これです」

手帳にはさんだ紙片には、川井貢一、村岡明治、浜崎芳雄と書いてあった。

彼らは小谷と同じ会社の者であった。前にはよく小谷の家で一緒に麻雀をやったものだが、近ごろは仕事が忙しいのでやめている。朝子は彼らをよく知らない。ただ家で麻雀をするときに、客として扱っているだけである。だから、その一人の誰かでも朝子を電話で呼びだすほど親しくないし、そんなことは考えられない。朝子が夫に無断で、その呼び出しに応じてゆく理由は絶対にあり得ない。

「そう小谷は言っています」

と刑事は報告を終わった。

「その会社というのは、どんな種類の会社だね?」

石丸課長が畠中係長にきいた。

「薬品を扱う会社というのですが、小谷によくきいてみると、二三流の製薬会社の製品を問屋に卸しているブローカーらしいですな。会社というほどでもないでしょう」

課長は考えていたが、

「それは一ぺんあたってみるがいいな。その、川井、村岡、浜崎というのも、一通り洗う必要があろう。念のため、昨夜のアリバイも調べてみるがいい」

「そうですな。その必要は、ありますな」

係長は、すぐ部下の刑事たちに指令した。

「ところで」

と係長は、茶をのみながら、課長の顔を見た。

「小谷の言うことが本当なら、その連中が彼の細君を呼びだしたとも思われんが、どうでしょう」

「小谷の言うのは本当らしいな。しかし、彼らの誰かが細君に呼び出しをかけた理由が、それでない、とは、まだ言えないな。もっと、はっきりするまではね。いったい、指ケ谷には何があるんだろう？　誰かの住所が、そこから近いのかな？」

誰かの、と課長は言ったが、それは川井、村岡、浜崎の三名をさしていることは明《めい》瞭《りょう》だった。それは、あとで刑事たちが三人の住所表を持ってきたときに、すぐとびつくようにして見たのでわかった。

「なるほど、川井は中野、村岡と浜崎は渋谷の同じアパートだね。うむ、指ケ谷の近くには誰も住んでいない」

近くどころか、みんな方角違いの所ばかりだった。

「畠中君、指ケ谷の方面はよく調べているだろうな？」

「それは、今、一生懸命にやらせています。都電の停留所で待ちあわせていたという見込みで、その近所にそれらしい女を見たという者はないか、都電の車掌や乗客の目撃者も捜しています。それから指ケ谷町を中心とした、白山、駒込、丸山、戸崎町など一帯の聞き込みに歩かせています」

「そうか。それなら、ぼくらもちょっと指ケ谷まで行ってみようか」

課長はそう言って立ちあがった。

車の中で課長は話しかけた。

「畠中君、朝子はどこで殺されたのだろうね」

「どこで？」

課長の横顔に振り向いた。

「田無の現場ではないのですか？」

「扼殺は厄介《やっかい》だね、血液が流れていないから、現場の認知がややこしい」

課長はお国の関西弁を出した。窓からはいっている向かい風に消されまいと苦心して火を煙草につけて、あとをつづけた。

「死体となって発見されたあの場所で殺されたとも言えるし、よそで殺してはこんできたとも言える。君、被害者の肺には石炭の粉末が付いていたという剖見だったね。つまり、朝子は死ぬ前に石炭の粉末を吸っているのだ。ところが、田無の発見された現場には、石炭の砕片《かけら》もなかったぜ」

「しかし、肺に石炭の粉末が付いていたからといって、殺されるときに吸ったとはかぎらないでしょう。その何時間も前か、あるいは前日に吸っていたかもわかりません」

係長はいちおう反論した。

「君、女ってものは、顔がよごれたと思ったら、すぐに洗面するものだよ。鼻孔にも石炭の粉が付着していたというではないか。こんなのは気持が悪いから、顔をあらうとき、タオルか何かの先を鼻孔に入れて拭《ふ》くはずだよ。つまり、朝子という被害者は、顔を洗う時間がないうちに殺されたのさ。だから死の直前ということになるね」

「なるほど。すると他所で殺して運んだことになりますね」

「まだわからないがね。そんな見方もあると思うのだ」

「それでは、被害者の足どりが、いよいよ大切ですね」

まもなく車は、指ケ谷の都電の停留所についた。二人はひとまず扉《とびら》の外に出て地上に立った。そこは勾配《こうばい》になっていて、水道橋の方からきた電車は、大儀そうに坂をのぼっていく。

課長は、その辺を見まわしていたが、

「君、あそこに行こう」

と歩いて電車通りを横切った。せまい坂道をのぼってゆくと、道端に八百屋お七の地蔵堂などがあったりして、高台に出た。そこからは谷のような一帯の町が見おろせた。

「この辺には工場はないね」

と課長は眺《なが》めまわしながら言った。煙突は一本も見えない。谷を埋めつくした甍《いらか》の波が、秋の陽《ひ》の下に鈍く光っていた。

畠中は課長の心がわかった。彼は石炭のある場所を捜しているのである。

四

それから二日ばかり過ぎると、いろいろなことがわかった。

まず、被害者の朝子の足どりについては、指ケ谷一帯を捜索したが、何らの聞き込みも得られなかった。その第一の原因は、朝子が出てゆくのを食料品店のかみさんが見たのが四時半ごろであるから、指ケ谷停留所に着いたのは、五時から五時半ごろの間と推定される。この時間はラッシュアワーでたいそう混雑しているから、それに紛れて誰も気がつかなかったのであろう。都電の車掌たちからも反響はなかった。

すると、朝子が指ケ谷に到着したと思われる十二日の五時乃至《ないし》五時半から、田無町で死体となって現われた十三日の午前六時半までの間、どこで過ごしていたか。もっとも死体の偶然の発見が六時半だから、それ以前どのくらい、そこに放置されてあったかわからない。仮りに剖見どおり殺されたのが十二日の午後十時以後、十三日の零時ごろまでとしたら、生存中の六七時間を、彼女はどういう場所で過ごしたのであろう。その足どりがさっぱり取れなかった。それで、それを逆にして、もし、彼女が生存中に、現場付近に来たとしたら、何かの乗り物は利用したに違いないから、田無に近い駅を調べることにした。東京方面から田無に来るには、西武線の高田馬場から出る電車で、〝田無〟に降りるのがもっとも近く、次は池袋から出る西武線で〝田無町（現在のひばりケ丘）〟に降りるか、中央線の武蔵境に降りてバスで行くかどちらかである。しかし、田無、田無町、武蔵境の各駅の駅員は、全部、朝子らしい女を見たことについては記憶がないと言っている。タクシーで飛ばしてくることも考えられるので、都内のタクシー会社全部に当たったが、心あたりがあるという運転手は出てこなかった。

今度は、朝子をどこかで殺し、その死体を現場に運んだとしたら、もっと局限される。これは電車、バス、タクシーなどの利用は絶対に不可能であるから、自動車なら自家用車か、タクシーの運転手の共謀を必要とする。なにしろ、人間一個の死体を車にのせるのだからごまかしはできないし、運転手の共謀が絶対条件になる。もしそうだったら、運転手が警察に目撃者となって申し出てくる気づかいはないのであった。

次に、被害者の鼻孔と肺臓に付着していた石炭の粉末の検査の結果がわかった。それはR大の鉱山科の試験室に頼んだのだが、特殊な顕微鏡で検《しら》べた結果、反射率が六・七〇だった。これは非常に進んだ炭化度だそうで、日本では北九州の筑豊《ちくほう》炭坑か北海道の夕張から出る石炭であることがわかった。

ところで、一方大変なことが知れた。

川井、村岡、浜崎の十二日の夕方から十三日の午前中にかけての行動を調べてみると、村岡は渋谷の飲み屋で飲んで、五反田の友人の家に泊まったことが立証されたので問題の外に置くとして、川井と浜崎は北多摩郡小平町《こだいらまち》の鈴木ヤスの家に十二日の午後七時ごろ来た事実があった。

「なに小平町だって？」

と、それを聞いた石丸警部も畠中係長も同じように叫んだ。無理はない、小平町は、死体の発見された田無町の西はずれから、さらに西へ二キロの地点であった。

「鈴木ヤスというのは何だ、いったい？」

それは川井貢一の情婦で、川井は月に四五回、泊まりにくるという。最近、川井は彼女のために十三坪くらいの家を建ててやり、そこでの生活は全く夫婦と同じで、近所の交際もしていると調べた刑事は言った。

「どうもおかしい」

畠中係長は首を傾《かし》げた。それで、もっとよく当夜の彼らの行動を洗わせた。

その結果と、あとで当の川井と浜崎と鈴木ヤスという三十すぎの女とを捜査本部に呼んで質問しているから、その申し立てと一致した内容を、手っ取り早く、筋だけにして書くと次のようになるのであった。

十二日午後三時から川井と浜崎とは新宿で映画を見て、六時ごろ館を出た。二人が小平町の鈴木ヤスの家についたのが七時前であった。（この申したてにしたがって刑事は裏付けの調査をしたが確証は得られなかった。映画館はともかくとして、午後七時といえば、日も暮れて、小平町のはずれにある鈴木ヤスの家の付近は、近所の家が早くも雨戸を閉めていて、真暗で、人通りもあまりない。二人の姿を見た者はなかった）

七時ごろ、川井は、近所の人三人を誘って立川市にかかっている浪曲をききにいった。これは鈴木ヤスが日ごろ世話になるというお礼心である。浜崎も同行した。浪曲が閉場《はね》たのが九時三十分。タクシーで帰った。十時すぎに鈴木の家の前に着いた。

この時、川井は鈴木の家で用意するから、今晩は一緒に飲んでくれと言った。近所の人は辞退したが、川井が執拗《しつよう》に勧めるので承知した。彼らはいったん、家に帰っていると、二十分後に、川井自身が「用意ができたから」と言って迎えにきた。三人の男が鈴木ヤスの家に行くと、いろいろな馳走《ちそう》が出ていた。そこで五人で飲みはじめたが、浜崎だけは、「用事があるから」と言って十一時ごろ帰った。川井と近所の三人は、ついに朝の三時半ごろまで飲みつづけ、三人は川井の家に泊まった。川井はヤスと隣室に寝た。

七時ごろ、近所の三人の細君がそれぞれ夫を迎えにきたが、この時、ヤスが寝巻の上に羽織を引っかけながら出てきて、

「川井はまだ寝ていますが、ちょっとご挨拶《あいさつ》させます」

と言って、細君連があわてて手を振るにもかかわらず川井を起こした。川井は眠そうな顔を出して、どうも、と言って頭を下げた。（これは近所の三人の男とその細君の証

言で確かめられた)

五

「浜崎が十一時に鈴木ヤスの家を出ている」

石丸課長も畠中も、これは注目した。朝子の推定死亡時は、十時から零時の間となっている。鈴木の家と死体の在った現場とは、二キロと離れていない。

「浜崎といえば、被害者が電話で最初に聞いた男ではないか?」

課長は畠中に言った。

「そうです。麻雀に行けないとことわった男です。朝子が小谷の代理に電話へ出て聞いたのですね」

「どうも一回でも朝子と電話で話したことがある、というのが気にくわないね。これはもっと調べてみよう」

浜崎芳雄は三十三歳で、鈍い眼をした、顔の扁平《へんぺい》な、背の低い男であった。ものの言い方も妙に気だるいような感じで、知能程度はあまり高いとは思えなかった。

彼は質問にはこう答えた。

「川井さんのところ(鈴木ヤス宅)で酒をちょっと飲んで、用事があると言って先に出たのは新宿二丁目に行きたかったからです。〝弁天〟という家に、私の好きな女がいるからね。国分寺から中央線に乗って新宿で降りて〝弁天〟についたのが十一時四十分ごろでした。女の名前はA子というのです。そこで泊まったのですが、久しぶりに来たのに、A子のサービスが悪いので、喧嘩《けんか》して朝の五時すぎに〝弁天〟をとび出しました。それから千駄ケ谷まで電車で行って外苑のベンチで二時間ほど眠り、八時ごろに渋谷のアパートに帰りました」

この供述にもとづいて、刑事が新宿の赤線区域にある〝弁天〟に行って、A子について調べたところ、確かに間違いないことがわかった。

「あら、機嫌《きげん》の悪かったのは浜ちゃんだわ。何だかぶりぶりして、まだ外の暗い五時ごろに出ていったのよ」

A子はそう言った。この時、刑事は大切な質問をするのを忘れていたことを、あとで思いあたった。

すると浜崎の行動は十一時に小平町の鈴木の家を出て四十分後に新宿の〝弁天〟に着いていることが明瞭だから、小平から二キロ離れた田無に行って朝子を殺す時間的な余裕がない理屈がわかった。また〝弁天〟では、翌朝の五時までA子と一緒にいたから、その間に抜けて出ることは不可能だった。

「すると、これはアリバイがあるから、いちおう嫌疑は薄いね」

「そうですな」

畠中は課長の言葉に気のない返事をした。

「しかし、朝子が面識のある人間に殺されたのは確かですね。これは絶対間違いないですよ」

それは、そうなのだ。電話で呼びだされたのだから相当深く知りあった人間であろう。だからこそ、指ケ谷あたりから、田無くんだりまで、おとなしくついて行ったのであろう。

「いったい、朝子はどこで殺されたのだ？」

課長が爪《つめ》を嚙《か》んで言った。

ああ、課長は石炭の粉のことを言っているのだと係長は思った。係長は、ふと考えついた。

「課長、都内の工場の貯炭場を調べさせてみましょうか？」

「そうだな」

と課長はすぐ賛成した。被害者の鼻孔と肺に残った石炭が彼には忘れられない。都内の工場の貯炭場をいちいち調べて歩くとなれば、たいへんな労力と日数がかかる。いったい、どれくらい、工場があるだろう。それに、はたして貯炭場に殺人事件の手がかりとなるような痕跡《こんせき》が残っているであろうか。――そんなことを思うと、何だか頼りない気になってくるが、やはり、やってみたかった。

はたして、その仕事は刑事たちを動員して三日目になったが、容易に目鼻がつきそうになかった。

すると、山を見上げて佇《たたず》んでいるような思いの石丸課長にとって、全く思いがけない吉報がはいった。天の与えというのは古臭い言葉であるが、石丸課長は全くそう思った。

報告は、田端署管内の派出所に十三日の朝、ハンドバッグの拾得品が届けられてある、というのだった。黒色の鹿皮製、函型《ボックス》。内容はロウケツ染の布でつくった女持ちの蟇口《がまぐち》に七百八十円の現金、化粧具、紙などで、名刺などははいっていない。小学四年生の女の児《こ》が通学途中に田端機関庫の貯炭場で拾ったといって届けてあったものだ。駐在所の巡査は、この事件には関係ないものと思って、捜査本部には報告しなかったという。それを貯炭場調べをして歩いている刑事の一人が駐在所に寄って聞きだしたものである。

さっそく、現品をとり寄せ、小谷茂雄を呼びだして見せると、

「たしかに家内のものです」

と確認した。

「田端の方に、奥さんは何か縁故でもあるかね？」

ときくと、小谷は、

「いや、田端なんて全く心あたりがありません」

と呆然《ぼうぜん》とした顔をしていた。

石丸課長と畠中とは、田端の貯炭場に行った。そこには、ハンドバッグを拾ったという女の児が、母親と一緒に警官に連れられて待っていた。

「お嬢ちゃんが拾ったところは、どこ?」

と畠中がきくと、

「ここ」

と女の児は指さした。

機関車の入れ換えのために十何条も走る線路の西側に巨大なクレーンがあり、その下に機関車用の石炭の山があった。その山は少し崩れて、石炭がばらばらと構内の木柵《もくさく》のあたりまできている。木柵に沿って錆《さ》びた廃線があるが、これは道路から近いのである。女の児は道路を歩きながら見たのであろう、ハンドバッグが落ちていた地点というのは木柵と廃線の間であった。そこには石炭の崩れた砕片のようなのが、かなり堆積《たいせき》していた。

六

石丸課長と畠中は、そこに佇んで見まわした。クレーンが石炭の山を崩して貨車に落としていた。東側は絶えず機関車の入れ換え作業が行なわれ、汽笛と車輪の音とがうるさく聞こえ、それに走っている国電の響きまで混じっていた。

廃線の西側は、駅の倉庫がならび、その裏手が線路に並行した道路になっていた。道路上はトラックがしきりと走った。あたりは構内特有の騒々しい活気に満ちていた。

「ねえ課長、この騒音も、深夜にはぴったりと静まるでしょうね」

「そうだ。ぼくもそれを思っていたところだ」

被害者の推定死亡時は午後十時から午前零時の間である。その時間はこの辺りは薄気味悪いくらい静寂に沈んでいるであろう。犯人は、どうして朝子をここまで無抵抗に連れてきたか。

そうだ、すべて無抵抗にことが運んでいる。電話で呼びだしたのも、指ケ谷に来させたのも、この田端機関庫の貯炭場に深夜連れ出したのも、被害者がその途中で抵抗した痕跡がないのだ。いかにも柔順についてまわったという感じがする。犯人は呼びだした五時ごろから朝子を七八時間も引きずりまわしているから、よほど彼女は犯人を信頼していたのであろう。

課長は、少女がハンドバッグを拾った地点を中心にして、地面を見ながらあるきまわっていたが、十歩ばかり歩いたところで立ちどまった。

「畠中君、これを見たまえ」

と指さした。

そこは木柵からはみ出した石炭の崩れが一めんに敷いてあったが、その一部分が少しだが乱れていた。ちょうど、何かの物体で撫《な》で崩したという感じであった。

「事件から五日もたつからね。原形がこわされたかもしれないね」

課長の言葉の意味は、次の行動でわかった。彼は左側にならんでいる構内倉庫の端にある事務所に行って、硝子《ガラス》戸をあけた。三人ばかりの駅員が雑談していたが、いっせいにふり向いた。課長は警察手帳を出した。

「十三日の朝、この辺に、何か変わったことはありませんでしたか？　たとえば人が格闘したあと、というようなものは？」

人が格闘したあと、という言葉を使ったので、それはすぐ先方に通じた。

「そうおっしゃれば、その日の朝でしたか、われわれが八時半ごろ出勤してみると、その辺の石炭や土がひどく散らかっていました」

その辺というのは、課長が指さしたところだった。彼は、その時の状態をこう説明した。

「その跡は、ちょうど、男女二人がふざけたあとという感じでしたね。それでここにいるA君がいまいましがって、散らかった石炭屑《くず》や土を箒《ほうき》で掃いたのです」

心ないことをしてくれたと思ったが、追っつきはしない。Aについて、その時の状態を聞き取ることで満足しなければならなかった。

石丸課長が待たしてある車まで引きかえすと、ハンドバッグを拾った少女が母親とまだ、ぽつんと立っていた。課長は、ふと何かを思いついたように、少女に近づいて頭をなでた。

「そうそう、お嬢さん、拾ったとき、ハンドバッグは濡《ぬ》れていましたか？」

少女はちょっと瞳《ひとみ》を宙に向けて考えるようなふうをしていたが、

「いいえ、濡れていなかったわ」

と、はっきり返事した。

「よく考えてくださいよ、ほんとうに濡れていなかった？」

と重ねてきくと、少女は、

「だって、あたしが交番に届けるとき、両手で抱いて行ったんですもの」

濡れていないから、そういう持ち方をしたのだ、と言いたげな答えであった。

課長は車内にすわると、運転手に、

「ここからいちばん近い道順を通って、田無町に行ってくれ」

と言う。運転手はしばらく考えていたが、やがてハンドルを回した。課長は腕時計を見た。

課長は流れて行く町なみに、ちらちら眼を逸《そ》らしていたが、横の畠中に、

「これで殺人現場はわかったね」

と言った。

「決定ですか？」

と畠中が、自分も同じ考えだが、念を押す意味できくと、課長はポケットからふくれた封筒を出して、中身をのぞかせた。いつのまにか、課長はあの現場の石炭の屑や粉末を封筒の中へ採取していた。

「すべては、これが決定するよ、君」

と微笑を口辺にうかべた。

車は駒込から巣鴨、池袋、目白を通って昭和通りに出て西に走り、荻窪の四面道《しめんどう》へ抜けて青梅《おうめ》街道へ出会した。それまで、車は、じぐざぐに道を拾って曲がりくねっていたが、青梅街道に出てからは、坦々《たんたん》と舗装した道を西へ一直線に走る。車はいかにも安心したように疾駆した。

課長が運転台のメーターを覗いてみると、五十キロの数字を針がさしていた。

やがて田無の町にはいり、そこを抜けると朝子の死体が横たわっていた見覚えの雑木林の地点に停車を命じた。課長はすぐ時計を見た。

「田端から五十六分かかったね」

と課長は言った。

「これは昼間だし、夜のタクシーやオートバイは六十キロぐらいで飛ばすから、まあ四十五分だろうな」

田端で殺した朝子の死体を、ここまで運んでくる時間を言っているのであった。

課長と畠中は車から降りて、両手を広げ武蔵野の清澄な空気を揃《そろ》って深く吸いこんだ。

七

石丸課長は庁内に戻ると、二つの調査を命じた。

一つは十三日朝の降雨は、何時から何時まで田端付近にあったかを中央気象台に問いあわせること。

一つは封筒の中に採集して帰った貯炭場の石炭屑について、その炭質の化学検査をR大の鉱山科試験室に依頼することである。

この二つを命じて、課長は煙草《たばこ》を喫《す》いながら考えていたが、やがて机の上に紙を置いて鉛筆で何か書きだした。

そこへ、畠中がはいってきた。課長の様子を見て、

「お仕事ですか?」

と途中で立ちどまった。

「いや、いいよ。どうぞ」

と言ったが、書く手もとはとめなかった。畠中はその辺の椅子《いす》にかけた。

「課長、今まであまり触れませんでしたが、今度の事件の殺人の動機は何でしょうね？」

畠中は、課長の手もとをぼんやり見ながら言った。

「そうだな、どうかね？」

と石丸は鉛筆を動かすことをやめなかった。

「物盗《ものと》り、これは完全に消えましたね？」

「うん、それはないね」

「あとは、怨恨《えんこん》、痴情ですが。いろいろ調べさせていますが、これが非常に弱いのです。朝子という女は、小谷茂雄と一緒になる前に新聞社の交換手をしているのです。そのころにさかのぼって洗いましたが、男女関係はありません。たいへんおとなしい性質の女で、評判もよく、殺害されるほどの怨恨をうけるとは思われません。しかも、この犯罪は断じて被害者と知りあいの人間が犯人ですから、迷うのです」

「そりゃ、ぼくも同じ意見だ」

と課長は、はじめて顔を上げた。自分の意見を述べるためというよりも、書きものが終わったからであろう。

「まあ、動機がよくわからねば事実からほぐしてゆくより仕方がないさ。君、これを見たまえ」

と畠中の方へ、いま書いたばかりの紙を渡した。係長は、それを両手に持って見た。

それは一覧表のようなものだった。――

(1) 小谷朝子。十二日午後4時ごろ、誰かに電話に呼びだされる。まもなく、外出する。電話では指ケ谷に行く様子であった。十三日の朝、発見まで14時間の実証不明だが、剖見によって死亡時が10時から0時までであるから、田端貯炭場を殺人現場とすれば、次のようになる。4時半ごろ自宅を出る。――5時ごろ指ケ谷停留所到着(推定)――この間、5～7時間ばかり所在不明時、――10～0時、田端にて殺害さる――この間7～8時間不明なるも、誰かが死体をその間に移動させる――6時30分、田無町にて死体発見。

(2) 川井貢一。十二日午後3時より6時まで浜崎芳雄と新宿の映画館。(第三者の証明なし)――6時より7時映画館を出て、浜崎とともに小平町の鈴木ヤスの家に着く。(鈴木ヤスのほか証明なし)――7時半より浜崎、付近の三人とともに立川市の浪曲をききにゆく。9時半に閉場。皆とともに小平町の鈴木方の前に帰り、10時10分に別れる。この時、三人に自宅へ招待する旨《むね》を言う。(近所の三人の証明)――この間、20分間、浜崎と鈴木ヤス方にヤスとともにいる。(浜崎、ヤスの他に証明なし)――10時30分。川井は近所の三人の自宅にそれぞれ招待を勧誘に現われる。三人を同行して鈴木方に帰る。10時50分ごろ。(三人の証明)——翌朝、未明の3時半まで一同とともに飲酒。それから三人を自宅に宿泊せしむ。彼は隣室にはいりヤスとともに就寝。(三人の証明)——7時30分まで睡眠——朝7時30分ごろ、鈴木ヤス宅に在って近所の三人の細君たちに顔を見られる。

(3)浜崎芳雄。十二日午後3時より6時まで川井貢一と映画館。(第三者の証明なし)以下、川井貢一と同一行動。——11時に鈴木ヤス宅を出る。(近所の三人の証明)——電車——11時40分新宿の〝弁天〟に登楼。A子を呼ぶ。——十三日の朝、5時すぎ、女が気に入らぬとて、〝弁天〟をとび出す。(A子の証言)——8時までおよそ2時間、外苑のベンチに眠る。(証明なし)

(4)村岡明治、小谷茂雄については、明白なアリバイがあるので省略。

「少し、ややこしいかね?」

と課長は言った。

「いや、よくわかります」

と係長は答えた。それから、その表の傍点のところを指で押さえて、

「この20分間というのに、点があるのは、何か意味があるのですか?」

「ああ、それはね、被害者が殺された時間に、二十分だけ川井にも浜崎にも、第三者の証明のない空白があるという意味だよ。つまり、この時間は、川井と浜崎と鈴木ヤスと

三人だけの時間なのだ。鈴木は川井の情婦だから証明にはならない」

そうだ、そのとおりだ、川井と浜崎は、課長の言うとおり、この十時十分（浪曲から帰って近所の人といったん別れる）から十時三十分（ふたたび近所の人を招待に誘う）までの二十分間だけ、第三者の眼から姿を消している。この時刻は被害者の死亡時間の圏内である。

「しかし殺害の現場は田端の機関庫貯炭場だ。これは明白だ。被害者が死の直前に吸いこんだと思われる鼻孔と肺臓に付着した粉炭は、おそらくあの貯炭場の炭質と同一であろう。試験の結果はやがてわかる。すると、たとえ二十分の空白があっても、川井たちのいた小平町と田端ではどうにもならないね。ぼくらは本庁の車で試験してみて、田端から小平まで五十六分かかったね。もっと飛ばしても、せいぜい四十分だろう。それを往復だから一時間二十分を要する。それに女を殺す時間もある。彼らが小平町にいた証明があるかぎり、たった二十分間の空白では仕方がないね」

二十分間で、小平から田端まで、およそ四十五キロをどんな快速車でも往復することは絶対にできない。

八

依頼した二つの問合わせの返事があった。

一つは、R大からで、課長が現場から採取した粉炭と、被害者の気管に付着していた粉炭とは、同一の炭質であるという化学検査の結果の報告である。なお、機関庫にたずねると、その石炭は、九州の大の浦炭礦《たんこう》から出た、いわゆる筑豊炭ということがわかった。

「これで現場は田端であることが確実になったね」

課長は結果が明白になったにもかかわらず、浮かない顔をしていた。

畠中には、その気持がわかる。殺害の現場が田端と推定すると、川井にも浜崎にもアリバイが成立するのだ。くどいようだが、二十分間の不明な時間では仕方がないのだ。誰か別な人間が、朝子を殺し、そのとき取り落としたハンドバッグを気づかずに遺棄して、死体を田無町まで運んだことになる。そう考えなければ不合理になる。

次に、中央気象台から回答があった。十三日の未明の田端付近の降雨は、だいたい三時ごろから四時五十分ごろまでであった。

「これだよ、畠中君」

と課長は、その降雨時間を見せた。

「これが突破口だね」

「突破口といいますと？」

畠中は課長の言葉を咎《とが》めた。

「拾った女の児《こ》にきいたら、ハンドバッグは濡れていなかったと言ったね。その届けをうけた交番にもきかせたが、同じことを言った。すると変ではないか、女の児が拾ったのは八時ごろだから、ハンドバッグは当然、二時間近くも降った雨に濡れていなければいけない。それが、ちっとも濡れていないのは、どうしたわけだろう？」

「さあ。ハンドバッグは、殺害の時に被害者の手から落ちたでしょうから、当然、三時ごろから降った雨に濡れているわけですな」

「それが濡れていないのは？」

「雨がやんだ後、つまり五時以後に、ハンドバッグが現場に遺棄された」

「うまい。そうだよ。筋道は立たないが、客観的な合理性は、それよりほかない」

「しかし、被害者の死亡時は前夜の十時から零時の間ですから、五時すぎにハンドバッグが現場に落ちたことになると、理屈に合いませんね」

「ぼくが筋道が立たないと言ったのはそれだ。しかし、客観的な合理性は動かせない。するとぼくらの立てた筋道がどこかで間違っていることになる」

どこで間違っているのであろう。石丸課長にもそれがわからぬのだ。朝子が殺されたのは十時から零時の間、田端貯炭場というのも事実。その時間には川井は小平町の鈴木ヤスの家にいたという事実。浜崎は鈴木の家から出て電車に乗り、新宿の赤線区域に泊まったという事実。しかし被害者のハンドバッグは、五時以後に田端の現場に遺棄されたという事実。

これらは、みんな事実でありながら、おたがいにばらばらで連絡がない。まるで狂った歯車のように嚙《か》みあわせるところがない。一つ一つが自己を主張してちぐはぐである。

「しかし、みんな、ばらばらだが、嘘《うそ》がないという強味がある。ことに、ハンドバッグが五時以後に現場に落ちたという事実は、突飛なだけに、ここに事件の入口があると思うな。まだ、もやもやで、さっぱりわからないが」

この時、年輩の刑事が部屋の入口に立った。

「はいって、よろしいでしょうか?」

課長がうなずくと、彼は机の前に立って、係長と両方に報告をはじめた。

「鈴木ヤスについて近所の聞き込みをおこないました。ヤスは川井のいわゆる二号で、日ごろ何もしていないようです。川井は近所づきあいがよく、評判は悪くありません。事件当日については変わったことはありません。川井の供述どおりです。ただ、これは参考になるかどうかわかりませんが——」

「言ってみたまえ」

「鈴木の家は、両隣りがかなり隔っています。もっとも、あの近辺はみなそうですが、二つの家の間隔は五十メートルくらいあります。その東隣りの家に、その日の夕方の七時ごろ、鈴木ヤスが団扇《うちわ》を借りに行ったそうです」

「団扇を？」

課長と係長は顔を見合わせた。十月半ばに団扇を借りに行く、と変に思ったが、そうではなかった。

「団扇といっても、台所に使う渋団扇です。それなら不思議はないのですが、鈴木の家は石油コンロで煮炊《にた》きをしていて、あまり団扇を使っていなかった。それで用意がないのでしょうが、あくる日、あの団扇を返してくるとき、鈴木ヤスは、お借りした団扇を破いたからと言って、新しいのを買って返したそうです。その家では、貸した団扇は、まだ丈夫だったのに、あれが破れたのかな、とちょっと変に思ったそうです。ただ、このことが事件に関係があるかどうかわかりませんが、いちおう報告いたします」

刑事が去ったあと、石丸課長は、係長ともう一度、顔を見合わせた。彼らにも、団扇の一件が意味のあることなのかどうか、判断がつかなかった。

九

その夕刻、畠中は課長の部屋にまた呼ばれた。石丸課長は、畠中の顔を見るとすぐに言った。その顔つきは気負っているように見えた。

「畠中君、例のハンドバッグが突破口だといったろう。どうやらモノになりそうだね」

「え、そうですか？」

「そら、これだよ」

課長がさしたのは、例の表のようなもので、浜崎芳雄の項のところに、十三日の朝5時すぎ、女が気に入らぬとて〝弁天〟をとび出す。（A子の証言）とあるくだりだった。

「あっ、そうか」

ハンドバッグが遺棄されたのは、雨のやんだ五時以後だった。

「はじめて、二つの歯車が、うまく嚙みあったね。五時という時間で」

課長は満足そうに言った。

「新宿と田端なら、国電で行っても二十分ぐらいだからな。新宿を五時に出て、田端の現場に到着すれば五時半かそこらだろう。そこで、ハンドバッグを置いてかえるのだ」

「え、浜崎が朝子のハンドバッグを置いたのですか？」

「それがいちばん、都合がよい。理屈に合うように考えてみよう。しかも浜崎は〝弁天〟を出てから外苑のベンチに眠ったなどと証明のないことを言っているではないか。そうだ、この仮説が事実と合うかどうか、〝弁天〟のA子にききにやらせようではないか」

刑事がすぐに新宿にやらされた。その報告は、石丸課長を晴れやかな顔にさせた。

「浜崎はその晩、泊まりに来たとき、小さい新聞包みを持っていた。ちょうど弁当函《ばこ》を包んだような格好だった。A子がそれ何なの、ときいたが、浜崎は返事はしなかった。それでA子はあまりきいては悪いのかと思って、それなりになった」

刑事の報告の内容は、こういうものだった。

「はじめにA子に会った刑事が、これを早く聞きだせばよかったのにね。所持品の有無をきく大切な質問を忘れていたとみえる」

課長は、ちょっと愚痴をこぼした。

「すぐに、浜崎を呼んで、その包みの内容を質問してくれ」

と彼は畠中に命じた。

しかし、刑事に連れられて浜崎はやってきたが、畠中が質問しても、知らぬ顔をしていた。

「そんなものは持っていませんでしたよ。A子の思い違いでしょう」

彼はそんなことで連行されたのが、いかにも不服らしく、鼻をふくらませて、空うそぶいた。

「おい、おまえが知らなきゃ教えてやろうか。その中身は、殺された朝子のハンドバッグだろう」

畠中がきめつけると、浜崎は鈍い白い眼をじろりと向けただけで、

「冗談じゃねえ。あっしがそんな人のハンドバッグなんか持つわけがないでしょう。どこかで奪ったとでも言うんですか?」

と切りかえしてきた。それには答えないで、

「おまえは五時すぎ〝弁天〟を出てどこに行った? 田端にいったろう? ハンドバッグを貯炭場に置いて、知らん顔をしてアパートに帰ったな」

とたたみかけた。

「ばかばかしい。何と言っても、あたしゃ知りませんよ」

と横を向いた顔色が白くなっていた。陰湿な感じの眼がいっそう鈍くなっていたが、彼の動揺は隠せなかった。畠中はその表情をじっと見た。

「課長、浜崎が、やっぱりハンドバッグを捨てたのですね、奴《やつ》は知らん顔をしていますが、間違いないようです」

「そうだろう、それでどうした？」

「危ないからいちおう、窃盗の疑いで勾留《こうりゅう》の手続きをとっておきました」

課長は、よかろう、というふうにうなずいた。

「しかしですね、浜崎はどこで朝子のハンドバッグを奪ったのでしょう。そこがはっきりしないうちは、証拠がないから釈放ものですよ」

「釈放はともかく、どこで彼が朝子のそれを手に入れたか、さっぱりわからんね。彼も当時は小平の鈴木ヤスの家にいる。その家を出たのが十一時。十一時四十五分には〝弁天〟に登楼しているから、途中の電車の所要時間はきっちり合う。とても田端に朝子を連れ出して殺してくる時間はない。また、ほかの事実とは、ばらばらだね」

「では、なぜ浜崎はハンドバッグをわざわざ田端の現場に捨てに行ったのでしょうか？」

「わからんな」

「それは朝子の死体を田無に運んだあとでしょう。運んだのは誰のしわざか、目下わかりませんが。どうもまだ、みんな歯車の歯が合いませんね」

畠中が歯車の歯が合わないと言ったので、石丸課長が笑った。

「しかし、田端で殺したものを、なぜ、小平まで運ぶ必要があったのでしょうかねえ」

「それは、田端が殺害の現場とわかっては、犯人にとって何か都合が悪かったからだろう。A地で殺してB地に捨てる、というのは、犯罪地を隠蔽《いんぺい》しようとする、犯人の心理だろうね」

「では、なぜ田端に、あとからハンドバッグをわざわざ捨てに行ったのでしょう？ 犯罪地の隠蔽を、またブチこわすようなものではないですか？」

畠中の理論は、知らずに浜崎を犯人の一環にしてしまっていた。石丸課長はそれを咎《とが》めなかった。彼も無意識に、それを承認している。二人の頭脳は期せずして、犯人の輪郭を描いていた。

「それだよ」

と課長は頭を抱えた。

ハンドバッグの小細工は別としても田端機関庫の貯炭場で朝子が殺害されたのは、動かしようのない事実だ。それは彼女の肺臓と鼻孔に付いた粉炭が証明する。

川井貢一が、朝子の死亡推定時刻に北多摩郡小平町の鈴木ヤス方にいたのも事実だ。これは付近の人が三人も証明している。ただし、二十分間の不明があるが、二十分間では、小平、田端間の往復は絶対に不可能だ。しかも、この絶対の矛盾にもかかわらず石丸課長と畠中のもっている犯人の影像は、細い眼と扁平《へんぺい》な顔をした川井貢一であった。

畠中は、くたくたになって家に帰った。彼の家は近ごろ風呂桶《ふろおけ》を据《す》えつけた。今年の夏のボーナスで買ったもので、永い間の念願が叶《かな》ったのだ。

畠中は、十時ごろ帰ってきたので、家族はみんな風呂をすませていた。

「おい、少し、ぬるいな」

と、彼は湯に浸って女房に言った。

女房は風呂竈《かまど》に石炭をくべている。炎の燃える色が暗い土間に赤く映った。

畠中は、そのことから石炭のことを考えていた。被害者朝子の肺にあったという石炭の粉末のこと。貯炭場で見た石炭。それから課長が封筒に採集した現場の石炭の屑《くず》や粉末。それを課長は封筒の口をあけて見せてくれたことがあったっけ。——湯が少しずつ熱くなってきた。畠中は、手も動かさず、肩まで湯に沈めてじっと考えていた。何か思い当たりそうである。当然に、何かを思いださなければならないのに、出てこない曖昧《あいまい》さが、彼をしばらく放心の状態に置いていた。

「湯加減はどう？」

「うん」

女房の問うのにも、上の空の返事をして風呂から出た。無意識にタオルに石鹼《せっけん》を塗りつける。

課長がポケットから出した粉炭のはいった封筒のことが、まだ頭にあった。ぼんやりそれを考えている。

するとと、はっとした。

——石炭は封筒でも運べるのだ。

畠中は湯から飛び上がった。身体の雫《しずく》を拭《ふ》く暇も惜しかった。

「おい、支度をしてくれ」

「あら、今からお出かけ？」

「課長の家に行ってくる」

服を着て表に出た。胸がわくわくしていた。近所の赤電話で、課長の家にかけると、石丸が自分で電話口に出てきた。

「何だね？　畠中君」

「課長、わかりましたよ、あれが。今から行って説明します」

電話を切った瞬間、少し気持が落ちついた。時計を見ると十一時を過ぎている。流しのタクシーを止めた。

石丸課長は、応接間を明かるくして待っていてくれた。コーヒーを運んで、奥さんが退《さが》った。

「どうした？　わかったというのは」

石丸は畠中の興奮したような顔を見て、身体を椅子《いす》から前によせた。

「暗示は、課長が石炭を入れた封筒ですよ」

と畠中は話しだした。

「封筒だって？」

「そうです。田端貯炭場の石炭屑を、課長は封筒に入れて試験のため持って帰ったでしょう。課長と同じことを犯人は——やったのですよ」

「あ、そうすると——」

「そうなんです。犯人は大型の封筒か、あるいは、別の容器かに、田端貯炭場の石炭屑を採集して、持って帰ったのです。そしてある場所で被害者を殺すときに、その直前に、ふんだんにその石炭の粉を吸わせたのです。おそらく狭い場所に連れこんで、むりやりに炭粉を肺まで吸いこませたのでしょう。団扇が必要だったのはそのためです。つまり、団扇で煽《あお》いで、石炭の粉を空気の中に散らしたのですよ。被害者はいやでも空気とともに炭粉を吸わねばなりませんでした」

話しているうちに、畠中は、その時の光景が眼に見えるようであった。朝子の鼻先で、ばたばたと団扇を煽いでいる。粉炭が灰のように舞って乱れる。朝子はむせびながら、苦しそうにそれを吸いこむ。誰かが、彼女を動かさぬよう押さえていた。

「団扇は石炭の粉がついて黒くなりました。あとで証拠になってはと思い、翌日、新しいのを買って返しました」

「すると田端の貯炭場は擬装だったのか」

課長は唸《うな》った。

「犯人はよく計算していますよ。死体は解剖される。肺臓の石炭の粉末が発見される。

これは本人が吸ったのだから、外部からの作為はないと誰でも考える、環境に同じものがあれば、絶対にそこが現場と推定されます。死体の内臓にそれがあるから、強いですよ」

「じゃ、田端にハンドバッグを置いた理由は？」

「誰かにそれを拾わせて、交番に届けさせたかったのです。つまり、犯人は、ここが現場だぞ、という告知を当局にしたかったのです。でないと、せっかく、被害者の肺に石炭を入れても、その場所がわからないでは、何にもなりませんからね」

「うむ、すると犯人の目的は、アリバイか？」

「そうなんです。犯人は、田端と小平では、短い時間では往復ができないというところを主張したかったのです。車でどんな速いスピードを出しても、往復一時間二三十分は必要です。これ以内には、絶対に不可能です。ですから、二十分くらいの不明の時間はアリバイのなかにはいります」

「二十分だって？　あ、そうか。川井が近所の人といったん別れて、ふたたび誘いに行った間の、十時十分から十時三十分の間だね」

課長は、その時のことを宙に覚えていた。

「そうです。その二十分間は、鈴木ヤスの家にいたというのですが、おそらく、朝子をその間に殺したのでしょう」

「すると、朝子は、鈴木ヤスの家に連れこんでいたわけか？」

「そうですよ。指ケ谷まで朝子を呼びだして、それから水道橋に出て、中央線で国分寺に一緒に行ったにちがいありません。鈴木の家は、あのとおり近所の家が、ばらばらにはなれていますから、家の中で少しぐらい大きな声がしてもわかりはしません。朝子は川井と七時ごろに鈴木の家について、監禁されていたに違いありません。川井は時間的な証明を作る目的で、七時すぎに近所の人と一緒に立川に浪曲をききにいく。九時半に閉場して、十時十分ごろに鈴木ヤスの家の前で別れる。それから大急ぎで朝子をあの方法で殺したに違いありません。朝子は石炭を吸って、扼殺《やくさつ》されたのです。犯人は川井、浜崎、ヤスの三名でしょう。したがって場所はヤスの家の中です。おそらく物置のようなところか、押入れの中ではないでしょうか。それから川井は近所の人のところへ招待に誘いに行く。これが十時三十分ごろでした」

「なるほどな」

と課長は、考え考え、うなずいた。

「それから近所の人を呼んで飲みはじめたのですが、浜崎は、例のハンドバッグを田端に捨ててくる仕事があるので十一時ごろに帰る。川井は夜明けの三時半まで、近所の人と飲んだわけですな」

「すると、被害者を、田無の現場に置いたのは？」

「そら、三時半から、みんな寝たでしょう。川井とヤスは、近所の人が眠っている次の間に寝た。寝たというのは口実で、みんなが酔いつぶれて熟睡しているのを見すまして、死体を物置か押入れかから取りだして、田無の西まで、二キロの道を捨てに行ったのでしょう？」

「二キロの道を？」

と課長は畠中の顔を見た。

「それは、車で運んだのかね？」

「いや、おそらく、そうすればアシがつくから川井が死体を背負って行ったに違いありません。女ですから、軽いから、川井のような頑丈《がんじょう》な身体の男には大したことはなかったでしょう。ただ、心配したと思うのは、途中で誰かに行き会うことですが、あの辺の田舎では、未明の三時半から四時半というような時間には、通行人はありませんよ。そこで、あの雑木林の現場に捨てて、ふたたび歩いて鈴木ヤスの家に帰ってきたのでしょう。この時間は、だいたい、五時すぎと思います。ですから、近所のおかみさんたちが、鈴木の家に泊まった亭主を迎えにきたときは、彼も悠々《ゆうゆう》と今まで一緒に眠っていたというふうに、眼をこすって顔を見せることができたのです」

「恐ろしい男だな」

と課長は嘆じた。

「田端と小平の距離ばかり考えていたから、ぼくも、うまうまと一ぱい食うところだったな。では、明日朝、すぐに鈴木ヤスの家を捜索しよう」

「もう、すっかり拭いて、あとを消していると思いますが、しかし隅《すみ》のほうに、あの石炭の小さい屑が一つか二つ残っていたら、こっちのものですな」

「恐ろしい男だな」

と課長は同じことをもう一度言った。

「川井ですか。よく考えた奴ですな」

「いや、君だよ。その川井の企《たくら》みを、そこまで見破った君が、おそろしい男と言っているのさ」

川井貢一の自白は、それから十日後であった。朝子殺しに関する限りは、畠中の立てた推理が間違っていないことがわかった。

ただ、捜査当局が、どうしてもわからなかった殺人の動機については、彼は予想以上に重大なことを自供した。

「私と浜崎は、三年前、世田谷に起こった重役の奥さん殺しの犯人です。あの時、強盗にはいって奥さんに騒がれて殺したのです。ちょうど、その最中に、電話のベルが鳴りました。あれにはびっくりしました。深夜の、しかも、人を殺したばかりのところですからね。浜崎が電話口に出たのですが、どうやら先方は電話を間違えたらしいので、ほッとしました。ところが、浜崎の奴、やめればよいのに『こちらは火葬場だよ』とか言って、まだからかいたいふうだったので、私が横から、あわてて切りました。が、やはり案の定、それが災いしました。相手は新聞社の交換手で、殺人犯人の声を聞いたというので、新聞に大きく出ました。私は浜崎の不注意をどんなに叱《しか》ったかわかりません。ところが、彼は、三年後にまた重大な不注意をしました。つまり、また自分の声を同じ交換手に聞かれたのです。その交換手は、しかも、われわれが麻薬の密売の仲間に新しく入れた小谷の細君だったとは、どこまで縁が深いかわかりません。彼女は交換手特有の耳の記憶で、ちゃんと浜崎の声があの時に聞いた声だと悟りました。私は、その様子が見えたものだから、これは生かしてはおけないと思った。それに、あの細君が妙に浜崎の声をもう一度ききたがるので、今度はこっちがそれを利用しました。浜崎は小平町の方にあなたのご主人と一緒にいる、と言ったら、彼女はおとなしくついてきましたよ。彼女にすれば、浜崎をもっと確かめたかったのでしょう。それが、やすやすと死の穽《あな》に陥る結果となったのです……」

放火

藤原審爾

藤原審爾（ふじわら・しんじ）

一九二一年生まれ。四六年「永夜」でデビュー。その後、初長篇となる恋愛小説『秋津温泉』（四七年）で注目を集める。五二年に「罪な女」他で第二七回直木賞受賞。五九年に「若い刑事」で《新宿警察》シリーズを開始。このシリーズは、様々な版元で二五年にわたって書き続けられたため、全貌が把握されておらず、作品数は六十とも百を超えるともいわれている。警察小説のみならず、純文学や恋愛小説、スパイ小説に仁俠小説、動物小説など、幅広いジャンルで活躍した。八四年没。主な著作に『赤い殺意』『泥だらけの純情』『殿様と口紅』など。

一

若い巡査からの電話は、部長の仙田がうけとった。

若い巡査は、昂奮《こうふん》し、勢いこんで、

「放火にちがいありません。出火した個所に、ガスライターがありました」

と言った。

新宿署の刑事室の時計は、ちょうど二時をさしていた。明るい燈の点っている部室の中には、足のわるい宇野といま帰ってきた村山と駆けだしの三浦の三人が、ラーメンを戸口にちかいところでひとかたまりになってたべていた。

仙田は、あと三時間ばかりで、急襲する賭場の指揮をとるため、たったいま出てきたところだった。

受話器を大きな顔の耳もとへあてたまま、仙田はちょっと卅貫《さんじつかん》以上ある軀《からだ》を、もじもじっとさせた。

若い巡査の報告のしかたが、気に入らないのである。派出所の若い巡査は、多分、はじめて火のつく事件にぶつかったので、昂奮したのだろう。それへ、彼の主観的な推理が、火に油をそそいだように、加わっているのである。

「おい、探偵さん、ところで場所はどこなのかね」

という言葉がうかんだが、仙田はそれを口にしなかった。推理でものを言っちゃいかんと、百万遍も聞かされているにちがいない。むろん若い彼はいま昂奮して、それを忘れているのだが、それは知らないということではない。ここで指摘したり注意するより、自分でそれを気づくことが、それを身につける道なのである。

それに、警官にとって、冷静に科学的に状況を判断することも大切だが、それよりもこんなふうに事件に対して燃えることのほうが、いっそう大切なのである。その芽を折っていけない。

仙田は黙って、若い彼がやがて場所を報告し忘れていることに気づくまで、待っていた。むろんぼんやり待っていたわけではない。ラーメンをたべ終って帰り支度にとりかかった村山に手をあげ、この仕事にあたらせる手筈にしたりしていた。

場所は、十二社《じゆうにそう》通りの少してまえの、工事中の道路ぞいのところで、九分通り建ちかけの家だそうである。そういえば、そんな家があったのを、仙田は思い出した。

仙田が電話をきった時には、村山がデスクのむこうにやってきて、命令を待っていた。

「放火らしいという報告だ。裏の新しい通りを、十二社へ突きあたる少してまえの、去年、女房殺しのあったとこの前に、空地があったろう」

「家が建ちかけてますよ」

「その家が焼けたンだ」

「さっきの火事ですね」

「出火場所からライターが出てきたらしい。三浦を連れていってみてくれ」

村山のいいところは、どんな時でも、いやな顔をしないことである。朝からずっと彼は働きどうしなのだが、すぐに身を翻《ひるがえ》し、三浦へ声をかけて飛びだしていった。戸口で一緒になった、疲れてがっくりしている三浦の背を、彼はがんばれよというように、どやしつけていた。

二

消防庁のほうの専門家の調査で、まず十中九は放火ということになった。

現場は、塀にかこまれ、表門も出来上っており、

沢井忠

という表札もかかっている。

しかし、塀の一部と庭がまだ出来上ってなく、家のほうも建具がまだ入っていない。横に一間ほどの横町があり、その奥のほうの、裏門のところが、まだ未完成で、あいたままになっている。そこから犯人は入ってきて、ちょうど風呂場の外になっているところに積んであった、かんな屑や木片の山の中へ、ガスライターに火をつけて、投げこんだようだった。ライターは、どこにでも売っているダンヒルのイミテーションで、新品である。

庭は三日前土を入れたばかりなので、まだ柔らかくて、いい具合に、足跡がくっきりついている。たたき起された鑑識が調査したところでは、火事とともに消防隊の連中が雪崩れこんだので、これという足跡を得られない有様だった。

放火事件は、保険金か怨恨か、変質者か、相場がきまっている。流しの変質者ということになると、捜査はなかなか困難である。去年も、冬の間、柏木で四件ほどそういう放火魔が出たが、結局、逮捕することが出来ずじまいだった。

今度の場合は、しかし、そういう変質者的な傾向がごく稀薄だった。そういう連中にはマッチ程度しか金をかけない傾向と、さもなければ時限装置をつくったりするような、ひどく手のこんだ方法をつかうか、その二つの傾向が特徴なのである。つまり千円からのライターを投げこむような、中くらいの方法をほとんどとらない。

村山たちは、保険、怨恨の線で、沢井忠を洗いはじめることにした。

三

賭場は、十二社のはずれの、小さい旅館で、隣家の菓子商からの密告があり、このところ根来が内偵をすすめていた。

旅館の主人の大内勇雄という男は、渋谷の解散した暴力団祥花会の幹部だったことがあり、前科四犯のしたたか者である。五年前にここに住みつき、いつの間にか十二社の花町の連中相手に賭場をひらきだした。

客は待合の女将や芸妓の旦那などで、遊び半分のものだが、それだけに姦しくて近所迷惑なのである。それにこのところ、このあたりの昔からのやくざの咲太郎一家が、この賭場に気づいて、殴り込みにきそうになっている。とんだ災難にあわないうちにと、菓子商が密告したものだった。

仙田は四時かっきりに、署から武装警官たちの車のあとから、根来と一緒に黒い車で現場へむかった。十二社のてまえから十二社へ入ったところへ一台、水道道路の側へ一台、警官たちの車をとめて現場をはさみこみ、仙田たち私服の連中は、十二社通りの大内の旅館へ入る横町のところで待機した。

五時かっきりに、富田と根来の指揮する警官たちが、大内の賭場へ踏みこむ手筈になっている。仙田は冷い朝のまだ薄暗い路で、浮かぬ顔で、時のくるのを待っていた。なにも仕事だからいやというわけではないが、こういう賭場を手入れするのは、つまりあまり奮起出来ない仕事なのである。これが暴力団の資金源で、イカサマだというようなら、また別だが、遊び半分のバクチを法に照らすのには、すっきりしないものがある。街の麻雀屋でもバクチは大流行だし、警視庁の記者クラブでもそうなのである。

どうせやるなら、そこまではっきりと清掃したいという気持ちを、なだめすかさなければならないものだから、浮かぬ気分になってしまうのだった。はやく時のたつのを祈るばかりである。

やがて五時かっきりに、大内の旅館へ警官たちが雪崩れこんだ。むろん、大した捕物ではないが、人数が多勢だから賑やかである。客の十四人と大内はじめの博徒たち五人を、用意の車の中へ詰めこみ、たちまち仕事は終った。思いがけないことには、エロフィルムが六十本あまりも見つかった。大内はそういう仕事もしていたのである。

こういう場合、客のほうは、説諭始末書くらいのところで、放免するのが普通である。十五人の客のほうは、根来がうけ持ち、一ト通りかたちばかりの取り調べを行なった。

十四人のうち、八人は十二社の待合や芸者や置屋の連中で、四人はその旦那だった。あとの二人は、新宿の新興の愚連隊の伊熊三郎という男と、凄い美人の情婦とだった。

はじめ根来は、その女を女優かファッションモデルかで、嵯峨美智子ばかりの美貌からおしはかってみて、かなり知名な女かもしれない。そうであれば、後悔もしていることだろうし、先に帰してやろうというような仏心をおこし、最初に取り調べてやった。ところが、ちんぴらの伊熊のスケだとわかり、態度も不貞腐《ふてくさ》れているものだから、根来はちょっといらいらせざるを得なかった。

「何時頃にいったんだ」

「関係ないわ。あたし、見てただけよ」

「何時頃にいったときいてるンだ」

「忘れたわ」

「一ト晩、泊って思い出すか」

「十二時ごろよ」

「いって見ていただけか。なにを見ていたンだ」

プイと横をむいて、せせら笑った顔が、なんとも美しい。美人というのは、見るものだから、なかなか取り調べにくい。根来はそのあたりで手をうって、始末書をかかせることにし、次の連中の取り調べにかかった。なん人目かに、伊熊が入ってきて、これま

た、

「おれ、見ていただけなンだ、真佐子がよ、面白いのがあるから、観にいこうと、電話をかけてきたンで、観にいったんだよ。賭場のことなんか、知らなかったンだ」

「電話？」

「そうよ、十一時半頃だったよ、それで十二時に、十二社の温泉のとこの、朝鮮料理で落ち合って、一時すぎに初めていったンだ」

「朝鮮料理をくって、エロ映画をときたか」

「たべやしねえよ。落ち合っただけよ」

「一時間以上もいたのにか」

四

あくる朝、仙田が部屋に入ると、村山が待ちかまえていた。

秋の空は変り易くて、昨日あんなに天気がよかったのに、今日は朝からしとしとこまかい雨が降っていた。デコラのデスクがじっとり濡れたようになっている。

「あの沢井忠というのは、沢井工業という会社の社長で、クリーニングの機械をつくってる会社で、東南アジアへ輸出してるんで、すごい景気なんだそうです、火災保険もまだかけていませんね」

「怨恨か」

「それも、どうでしょうか。なかなか評判のよい人で、人の面倒もよくみるそうですから、怨まれるような人物ではないと、銀行でも、出入りの店でも言ってますよ」

「出来心で、通りがかりの男がやったということになると、厄介だな。前歴は？」

「そこなんですよ、以前、県の経済部長だったそうですよ、それをやめて、東菱へ移ったんです。それから五年後、独立していまの会社をやりだしたんです」

「東菱の工場が、静岡にあったな」

「静岡県警へ彼のことは照会を頼んでおきました」

「当人は、家族は、心あたりがないのかね？」

「まるでないそうですよ」

「本庁の放火班に頼むかね」

所轄には所轄の意地がある。あわてて村山は、仙田のデスクに両手をついた。

「今日明日、やらせて下さいよ」

仙田はそれを待っていた。本庁の連中は、たしかにえりぬきのベテランだが、肩で風をきって歩けるお偉方になったせいで、自分が最高だと思いこみがちである。捜査が壁にぶつかれば、そこで意地張れない。しかし所轄の刑事たちは、つまり顔見知りの市民の中でおこった事件なのだから、かたをつけなければ、市民のほうがおさまらない。市民は新聞記者のように事件をすぐに忘れてはくれないのである。

「今日明日だぞ」

仙田が渋々答えるふりをすると、たちまち村山は三浦に合図して部屋から飛びだしていった。

入れちがいに、静岡県警から村山あてに電話があった。居合わせた根来が、その電話に出ると、沢井忠の前歴の件だった。

「東菱が工場用地を買う時、奴さんが尽力したそうですよ。新造成の土地なんで、問題もあったし、それとずいぶん東菱から貰ったという噂もありましたよ。なかなか男前で、あっちのほうも達者で、私設秘書なんか連れてましてね、そっちのほうでも反感をもたれていましたからね、それで部長の席を棒にふって、東菱の本社へ勤めたんですよ。当時、こちらでも内偵中の人物だったんで、その頃の調査のコッピーを、さっき警視庁へ出かけたうちの河本という男に頼ンでおきました。ほかに必要事項があれば、調査しますが」

根来はこの件に関しては、ちんぷんかんぷんである。係りの者が帰ってきたら、あらためて電話をさせると、相手の名をきいて電話をきった。

そこへ富田がえらく昂奮した顔でやってきて、ちょっと得意そうに、

「大内がゲロしましたよ」

と言った。そう力むほどのことはない、なにを吐いたのかと根来は、ちょっと当てられたようになった。人手が足りないのに、むやみに事件が多い。結局、警察は、重点主義にならざるを得ないから、バクチ程度の犯罪はそう力めなくなってしまう。ところが、それがその程度の悪をはびこらせる決め手になっておるのであり、その程度の悪がはびこると、それが大きな悪の温床になるのである。そういうことを百も承知の根来は、すぐ当てられたような自分をひきしめ、単純居士の富田を見直した。どんな小さい犯罪にも昂奮するような、いきいきした心を刑事はもたなければならない。

「そりゃよかった。かたづいたな」

「そうじゃないんですよ。フィルムのほうですよ、あれは伊熊から買ったというンですよ。伊熊がつくってるンですよ」

「あの野郎、ビラがいいと思ったら、そうか」

「しょっぴきましょう」

「よし、行こう」

仙田へ逮捕状を頼んで、これまた二人も部屋から飛びだしていった。

五

聞き込みは、運が左右する。不意に思いがけないことをきかれて、すらすら思い出せるものではない。それに、なにか大事な目撃をした者が、聞き込みの時に居合せなければ、それきりである。それに喋るほうは無責任で、正確を期そうとするわけではない。それらの悪条件を克服するのは、犯人を捕えないではいられない情熱と運と、足が棒のようになるほど、根気よく聞き込みをつづけることである。

村山と三浦は、情熱をもってそれを実行した。

村山たちは、夕方まで現場附近の聞き込みをしてまわり、日暮れから現場の横町の角で、通りがかりの人たちに、当夜、なにか心当りのことを見かけなかったかと、機械のようにたずねはじめた。

ちょうどその頃、若い女が運転してきた小型トラックが、表に停った。庭をつくっている職人たちを迎えにきた、山田造園の車だった。村山は反射的に彼女のところに近より、なにか気づいたことはないかときいた。すると、へんな女が四五日まえ、この表門の前に佇んでいて、彼女がやってくると、この沢井というのはどういう人かときいた。彼女は、もと東菱にいた人で、いまでは沢井工業という会社をやっている人だと答えたそうだった。その女はそれで新宿のほうへぶらぶら歩いていったが、はっきり印象にのこった。礼もいわずにいってしまったばかりでなく、すごい美人で、そのうえ酔っぱらったようにふらふらしており、目もどろんとしていた。年は卅まえで、女優みたいな綺麗な面長な女だったそうである。

山田造園の職人たちが帰ったあと、村山たちはねばりにねばって十一時すぎまで、その横町の入口でがんばっていた。十時をすぎると、ぱったり人通りがたえたが、十一時ごろからまたぽつぽつ人が通りはじめた。横町の奥に、小さいアパートがいくつもあり、そこに住んでいる連中である。

十二時ちかくなって、すごい勢いで新宿のほうから駆けてきた小柄な女を呼びとめ、警察手帳をみせてから、事件当夜のことをきくと、その喫茶店に勤めているという廿歳《はたち》前の子は、自分はその日、早番だったが、一緒にいるけい子が、なにかあの晩みたらしいわ、と言った。新聞の放火の記事をみて、男物のライターに警察はだまされているのよ、犯人は女よと言っているというのである。そのけい子はその晩風邪で熱を出し、部屋で寝ているそうだった。

女の子たちの部屋へ出かけて、寝床にもぐりこんでいるけい子に、そのわけをきいてみると、犯人をみたンだもんと、いうではないか。

「あたいが門のとこまで帰った時、スラックスをはいた女の人がさ、横町へ入ってったのよ。それでさ、すぐ横町へ曲ったのに、もう居ないじゃない。ほら、中途にさ、犬がいるでしょ、あいつ、あたいをみると唸るのよ。それでその女の人と一緒に帰ろうと思っていそいだのに、いないじゃない。入るとこは、あの焼けた家っきゃないでしょ。裏門のとこを通りすぎて、ちょっと行ったとこで、駆けていく足音がしたのよ。ふりかえってみたら、さっきのスラックスの女だったのよ」

横町は真っ暗じゃないか、ほんとに見えたのかと村山がつとめて冷静にきくと、

「ばかね、あんた」

と彼女は言った。表通りを車がひっきりなしに通っていて、そのヘッドライトでよくみえたそうだった。

まったく手応えのある話だった。

六

根来と富田は、伊熊のいる清和マンションへ出かけて、その豪華さにまず驚かされた。七階建ての二十七坪ほどの広さの部屋なのである。

二人が踏みこんだ時には、もう伊熊はずらかったあとだった。しかしこういう連中は、かたぎの生活が出来ないゆえ、そう簡単に行方をくらますことは出来ない。ホテルか仲

間のつてで身をかくすのである。そしてこういう連中の場合、それ相当のやり方がありもするのである。

富田は暴力関係が専門で、柔道五段の彼はそういう連中に一目おかれているし、そういう方面に詳しい。半日、彼の穴や手なづけている連中に当っているうち、伊熊のフィルムの仕事は、彼の組の仕事ではなく、彼が内緒でやっていたことがわかってきた。

こうなれば、ことは実に簡単なのである。根来と富田は、曾根崎組の組長曾根崎大五郎のところへ出かけていった。表むきは聞き込みだが、微妙な取引めいたものでもある。富田が、入道といった感じの曾根崎に事情を話すと、曾根崎は初耳だという顔をした。二つ返事で、

「心あたりを探させてみましょう」

と言った。

それで根来たちは、ひとまず署にかえり、指名手配の支度にとりかかったのだが、その必要はなかった。曾根崎の子分から富田のところへ、伊熊たちの居所を知らせてきた。なんと伊熊たちは、十二社の大内の旅館にいるというのである。燈台もと暗しをねらったのだろうが、大胆きわまりない。

早速、根来たちは、応援を連れ、十二社へ出かけ、伊熊と真佐子をパトカーにおしこみ、署へしょっぴいてきた。十一時すぎのことである。

伊熊は大内が自供したことより、曾根崎がサツに協力したことで、すっかり威勢をなくし、すらすら自白した。彼はただの売り子で、エロフィルムをつくっているのは、静岡にいる前田という男とそのグループだそうだった。そして真佐子は、なんの関係もないと言った。もちろん関係のない筈はないが、伊熊がすらすら自供したのだし、ただの売り子なのだから、そう大したこともしてないにちがいない。

それで、始末書くらいのところで、真佐子は放免、伊熊は留置、余罪追求というけりをつけた。

十二時すぎ、やっと取調べ室から、根来が部屋へもどり、帰り支度をしているとき、村山と三浦がえらくはりきった感じで戻ってきた。根来の妹の登志子と村山は婚約中なのである。ひきこまれるように根来は笑顔になり、

「ホシの見当、ついたのか」

と声をかけた。

「いい線が出たんですよ、ホシは女らしいですよ」

「机の上に、静岡から書類がきてるよ」

「すみません」

「一緒に出るか」

「ちょっと待ってくれますか」

「いいよ」

村山は、今夜の聞き込みの様子を、うれしそうに喋りながら、机の上から書類袋を取り、立ったまま、中味に目を通しはじめた。束の間、話を中途でやめ、三浦へ、

「どっかで、みたな、この顔」

と顎をしゃくった。それで三浦が近より、写真をのぞきこんだ。

「美人ですねえ！」

根来も独身で美人には弱いほうである。どれどれとのぞきに出かけ、のぞくなり、

「こいつは、伊熊のスケだよ」

と大声を出した。

「あっ、そうか、こないだしょっぴいた連中のなかにいた、あの女」

そこで村山は声を忘れ、宙を睨んだかと思うと、唸るように、

「まさか！」

と言った。三浦が、

「植木屋の細君に、見せてきましょう」

と勢いこんできた。

「いったい、どういうことなンだ」

わりこんだ根来へ、村山が早口で答えた。

「沢井の個人秘書だったンですよ、筒川真佐子っていうんですよ」

「しょっぴけよ、あのスケは、あの晩、そうだ、出火時刻にあのあたりへいたンだぜ」

「それだけじゃなあ」

「よし、それじゃもう一度、おれが、明日、呼んでやる。ついでに、少したたいてみろよ」

七

根来はあくる日の朝、仙田に事情を報告し、少々せめてみる許可をとり、村山と連立って清和マンションに出かけていった。

七階の伊熊の部屋の前でベルをおしたが、返事がない。ちょうど昼飯時だから、食事に出たのかもしれない。それで根来たちも昼めしをとり、一時すぎにもう一度ベルを押したのだが、返事がない。念のため管理人を同行して部屋へ入ると、真佐子はしどけない恰好で、ベッドの中にいた。ネグリジェだけのからだへ毛布をかけ、揺り動かしたが、反応がない。村山が、蒼くなり、

「自殺じゃないですか」

と昂奮した声で言うのを、根来が叱りつけた。

「いいかげんなことを言うンじゃない。署に電話して、婦警の応援をたのむンだ。ヤクだよ、これは」

腕にも注射のあとはないが、寝顔のゆるみぐあいは、麻薬のせいのものである。

やがて村山の電話で、婦警がやってきて、真裸の真佐子に着るものを着せ、署まで連れて帰ったのは、三時半すぎだった。

まだとろんとした真佐子は、すぐ取調室へ入れられた。そのまま、一時間以上、ほっておかれた。取調室での一時間はほんとうに長い。じりじり居ても立ってもいられないようになってくる。

その潮時をみはからって、根来がまず入って行き、無言でむき合って腰かけた。もちろん真佐子は、いったいなんで自分を呼んだのかと、えらい権幕だが、根来はとりあわない。そのうち真佐子がくたびれて声を出さなくなると、そこをねらって村山が山田造園の細君をつれてきた。そして戸口に立ち、村山と一問一答してすぐ出ていった。

「この人かね」

「はい、この人ですわ、間違いありません」

二人が出て行くと、はじめて根来が口をきいた。

「今の人を覚えてるかね、君が沢井さんの家の前で、沢井さんのことをきいた、小型トラックに乗っていたひとだよ」

「それがどうしたっていうんです」

「おいおい、警察をあまくみちゃあ、いけないよ」

と根来はそっぽをむいた、自信たっぷりにである。

真佐子はなかなか気がつよい。かなり時間がたってから、ほんの心持ち動揺しはじめたのをとらえ、根来は次の手をうった。

村山が手筈どうりに、れいの風邪で寝ていた女の子を連れて入ってきた。そこでまた一問一答した。

「あんたがあの横町でみたのは、この人かい」

「あの時は、スラックスでしたけど、この人です」

さっさと二人が出て行くと、やおら根来は真佐子にむき直った。

真佐子の顔は蒼ざめてこわばり、凍てついたようになっていた。

「あんたは、裏門を入るところを、あの子に見られていたンだよ」

「嘘よ、デッチあげだわ」

「君もばかなことをしたもんだ、放火は、五年はくらうんだぜ」

瞬間、こわばった顔の目が吊りあがり、青白い憎悪の火が顔中へ燃えあがった。

「当然の酬いよ、あいつのせいよ、あいつのせいで、あたしはこんなに落ちぶれたのよ、映画にだって出れたのに、あいつがみんな駄目にしたのよ、結婚するっていって騙したのよ、あたしのからだをもてあそんだのよ。罪もないあたしが、こんなに落ちぶれて、あんな悪党が、あんな大きな家をたてるなんて、許せないことだわ。神様がほっておくからいけないンだ、だから代りにあたしがやってやっただけだわ。あたしはちっとも悪くないわ、あいつを死刑にすればいいンだわ」

夜叉そっくりの形相で、あらぬかたを睨みつけながら、真佐子はますます過激な調子になりつづけた。

八

やっと自供書をとり終ったのは、十二時すぎで、根来と村山と三浦は、疲れきって署から出た。夜空から霧のような雨が降っているなかを歩きだしながら、さっき沢井を取り調べた村山が、

「沢井は頼まれてあずかった子で、あの子にはなかされたといってましたよ。出張先の旅館で、沢井が寝ているところへ、もぐりこんできたそうですよ。別れようと思っても、別れたら処女をうばったとバラして、自殺するといっておどかされたといってますよ。そんなことで公務員の生活を諦めて、東菱へ移ったとね」

「どっちもどっちだな」

「しかし、法はあの子のほうに分が悪いですよ」

根来と村山はそれでちょっと黙りこんだ。まったくその通りであり、それは刑事稼業の辛いところの一つでもある。

しかし三浦はまだお茶くみ刑事で、そこまでこたえはしない。夜空を仰いで降る雨をみながら、

「昨年、買っときゃよかったですよ。バーバリの防水してあるのが、二千二百円高くなってるンですよ、いやになっちゃうよ」

と突然言いだした。

それがかえって根来たちの気持ちを救った。

二人はげらげらと笑った。

「ラーメンでもたべるか」

「いいですね」

と三浦がすぐ合槌をうった。

三人の刑事たちは、それで現金に活気のある足どりになり、夜の秋霖雨の街の中へ遠去かっていった。

夜が崩れた

結城昌治

結城昌治（ゆうき・しょうじ）
一九二七年生まれ。〈エラリイ・クイーンズ・ミステリ・マガジン〉日本版第一回年次短篇探偵小説コンテストで「寒中水泳」が第一席に入選し、五九年にデビュー。同年の初長篇『ひげのある男たち』を皮切りに郷原部長刑事の推理が冴える三部作を発表。その後六〇年代には、第一七回日本推理作家協会賞を受賞した悪徳警官小説『夜の終る時』（六三年）をはじめとして、日本におけるハードボイルドの開拓者として活躍。七〇年『軍旗はためく下に』で第六三回直木賞受賞。九六年没。主な著作に『ゴメスの名はゴメス』『暗い落日』『白昼堂々』『終着駅』など。

1

浩子は、安井の押したコール・サインで眼を覚ましたようだった。ネグリジェの上にセーターを羽織って、腫れぼったい眼をしてドアをあけた。

「早いのね」

「もう十時だ」

「そんなになるかしら」

「兄貴はこなかったか」

「あたしの？」

「当り前だ。ぼくには兄なんかいない」

「ずいぶん怖い顔してるわ。何かあったの」

「連絡もないか」

安井はうしろ手にドアを閉め、部屋に上った。

六畳一間きりに洋服簞笥《だんす》があって、それだけで狭苦しい感じのする部屋だった。浴室はなく、キッチンと専用トイレのついているのがましなくらいだ。

安井はベッドの脇にあぐらをかき、浩子がコーヒーをいれるというのを断った。

「いったい、どうしたっていうの」

浩子はベッドに腰をかけた。

ネグリジェの裾がややめくれて、白いほっそりした脚が、挑発するように安井の眼の前にあった。

彼女は化粧品会社から派遣されて、デパートの化粧品売場のマネキンをしているが、きょうはデパートの定休日だから、安井が仕事をサボってきたと思ったらしい。

安井は彼女の脚から眼をそらし、煙草《たばこ》に火をつけた。

「最後に兄貴と会ったのはいつだ」

「一週間くらい前かしら」

「そのときのことを話してくれ。何か、いつもと違う様子はなかったか」

「変ね、きょうの安井さんは少し変よ。兄がどうしたの」

「わけはあとで話す。一週間前に、ここへきたのか」

「ええ。夜だったけど、ずいぶん遅かったわ」

「何をしにきたんだ」

「例によってお金よ。十万円貸してくれって。そんなお金はないし、もちろん断ったけれど」

「十万といえば大金じゃないか。飲代や馬券を買う金とは違う。なぜ十万も入用だったのだろう」

「教えてくれなかったわ。どうしても必要だって、いつもと同じよ」

「しかし十万もまとめてきたのは初めてだろう」

「そうね。たいてい一万円どまりだったわ」

どうせ借りっ放しで、中根孝は堅気に働いている妹から小遣いをタカるようなケチな野郎だったのだ。

安井が浩子を知ったときは、彼女の兄が茨組のやくざとは知らなかった。夜道でぐれん隊にからまれていた彼女を助けたのが口をきいた最初で、その後偶然に何度か会ううちに親しくなり、どちらかといえば浩子のほうが積極的で、安井もいつか恋に落ちた。刑事という職業を、安井は敬遠されると思って隠し、ごく普通のサラリーマンのように言っていたのが、愛し合ってからはそんな配慮も杞憂にすぎず、結婚の約束までかわす仲になったのである。

だが、初めに隠しごとがあったのは安井だけではなく、浩子はやくざ者の兄がいることをやはり負い目に感じていて、浩子の部屋で安井と孝が顔を合わすまでは内緒にしていたのだ。

それを知ったときの安井はさすがに動揺し、挨拶に戸惑った。浩子に紹介されなくても、茨組の中根孝といえば少しは顔が売れていて、安井は債権取立てにからんだ恐喝容疑で彼を調べたことさえあったのである。

浩子と結婚すれば、孝は安井の義兄になる。そのような結婚に上司が反対することは分りきっていた。強いて結婚するなら左遷を免れない。

安井は苦慮し、孝を堅気にさせようとして就職の世話をしたことも二度や三度ではなかった。

しかし、やくざな生活が身に沁みてしまった孝は、せっかく勤めた仕事も一週間と続かなかった。すぐに上役や同僚と喧嘩をしたり、無断欠勤をしたりして自分から退職した。子供のころ両親に死別して叔父夫婦の冷たい家に育ったせいか、性格は多少ひねくれているが、小心で涙もろい面もあり、安井より一つ年下の二十七歳である。

「きみの兄貴が強盗をやった」

安井は浩子に背を向け、ベッドの側面にもたれて言った。

「兄が強盗を――?」

浩子は信じられないという声で聞返した。

「そうだ。大川という金貸しのところへ真昼間から押込んで、鉄のパイプかスパナみたいな物で頭を殴った。金庫をあけさせてから殴ったらしいが、もちろん殺すつもりで、殺したと思って逃げたのだろう。大川は七十歳になるじいさんだ。頭を割られて、血だらけになって倒れていた。救急病院へ運ばれてからも三日間意識不明だった。普通なら当然死んでいるくらいの重傷を負っていた。犯人は指紋を残さなかったし、目撃者もいなかった。金庫の中の現金は、いくらあったかはっきりしないが、きれいに持去られていた」

安井は煙草を揉み消した。

口の中がにがかった。

睡眠不足が続いていた。

「それで――？」

浩子が先を促した。喉の奥から、やっとしぼりだしたような嗄《か》れた声だった。

「昨夜おそく、大川が意識を取戻したんだ。まだ口も満足にきけない状態だが、とにかくきみの兄貴の名前を言った。ほかにもう一人共犯がいたようだが、そいつは顔を見られていない」

「本当に兄がやったの」

「確からしい。彼は事件のあといったんアパートに帰ったようだが、それっきり姿を消している。そのため、ぼくは捜査本部のメンバーからはずされた」

「そのためって？」

「ほかに理由は考えられない。ぼくがきみの兄貴に仕事の世話をしてやったりしていたことは、係長や部長も知っている。ぼくが彼と飲んでいるところへ同僚が入ってきたこともある。ぼくは彼を堅気にしたかったので、疚《やま》しくないから平気だったが、ほかの連中は別の目でぼくを見ていた。ぼくが信頼している係長でさえ、きみの兄貴に深入りするなと言った。おそらく、そのとき係長が言いたかったのは、孝のことよりきみとの関係だったかもしれない。ぼくはきみのことを誰にも話していないが、孝が誰かに喋《しゃべ》って、係長たちの耳に入ったということは考えられる」

「すると――」浩子はベッドを下りて、横坐《よこずわ》りに安井とならんだ。「あたしたちがこうなったのは、いけないことだったというの」

「そうじゃない。彼が真面目になってくれればよかったんだ」

「申しわけないわ」

「きみが謝ることはない。とにかく、きみの兄貴は警察に追われている。どうせ捕まるなら、ぼくの手で捕まえたい。そのあとでぼくは警察を辞め、きみと結婚する。こんな事件が起る前から、結婚するときは退職するつもりだった。兄貴がどこにいるか、心当りを教えてくれないか。幸いに、大川の命は助かりそうだと聞いた。兄貴が捕まっても決して死刑にはならない」

「――」

浩子は首を垂れ、弱そうな肩が痛ましかった。

このアパートは転居したばかりで、まだ兄の孝以外に知る者はいないはずだが、いずれは捜査本部の連中が探しだして、孝の行方を追求するために訪ねてくるだろう。安井は彼らをだし抜くという意味ではなく、自分の手で孝を逮捕し、刑事としての職責に潔白の証《あかし》をたてたいのだ。

孝は浩子と二人きりの兄妹で、別べつのアパートに住んでいたが、もし助けを必要とするなら、小遣いに困るたびに浩子からせびっていたように、やはり何らかの連絡が彼女にあるはずだった。

それとも、大川の金庫から大金を奪った彼は、共犯と一緒にどこかへ高跳びして、のんびり遊んでいるのかもしれない。

「兄は、自分のやったことがバレたと分って、それで逃げているの」

「いや、大川の意識が回復したことは公表されていないし、まだ捜査関係者以外は知らないはずだ。孝にはタミ江という女がいた。その女との関係は今でも続いているのだろうか」

「分らないわ。兄は、そういうことをあたしに何も言ってくれなかった。そのくせあたしのことだけは心配して、安井さんをいい人だって言っていた。あたしのためにも真面目になる気はあったのよ。でも、結局は駄目だった。意志が弱くて、仲間から離れることができなかったのね。他人《ひと》の言うことに引きずられやすかったわ」

「ぼくはまた出直してくる。それまでに彼から連絡があったら、居場所を確かめておいてくれ。刑事が訪ねてくるかもしれないが、もちろんぼくがここにきたことは内緒だ」

「安井さんは、ほんとに兄がやったと思っているのね」

「本人に会って聞きだす」

「あたしには信じられないわ。どうしても信じられない」

浩子は興奮を抑えるように唇を噛んだ。顔が青ざめ、膝の上の両手を堅く握りしめている。

安井は抱き寄せてやりたかった。力いっぱい抱きしめたら折れてしまいそうな細い体だが、こんなときこそ優しく抱いて、いつまでも抱いていてやりたかった。

しかし、安井は黙って立上った。

2

安井は浩子のアパートをでた。

タミ江を訪ねるのは後回しにした。もし、孝が彼女の部屋にいるとしたら、今朝、安井が出勤する前に逮捕されているはずだった。孝とタミ江の仲は、ほかの刑事たちも知っているのだ。

安井は茨組の事務所へ行った。

組織は解散したことになっているが、それは表向きのことで、商事会社の看板をかけ、組長と呼ばれていた茨銀作が社長と呼ばれるようになっただけだ。

「中根のことですか」

茨銀作はくわえ煙草の煙がしみたように眼を細め、無愛想に迎えた。半白の髪を短く刈上げ、小柄だが引緊った体つきで、漁師のように日焼けした顔は一見木訥《ぼくとつ》でおとなしそうだが、薄い唇は笑うときにも声をたてず、何を考えているのか底の知れぬ印象を与える男だった。

「よく分りますね」

安井は軽く応酬して、すすめられた椅子に腰を落とした。

「中根のことを聞きにきたのは、今朝からあんたで五人目だ。強盗《たたき》をやるなんてあいつらしくないが、わたしは勝手な真似をした者の面倒までみない。野郎からも全然連絡はありませんよ」

「彼が金に困ってたことは知ってましたか」

「知らんかったな。競馬で大分スッたという話をあとで聞いたが、十万とか十五万とか、そんな程度の金らしかった。わたしに話せるのはこれくらいだ。野郎が戻ったら自首させますよ」

「西山の住所を知ってますか」

「なぜかね」

「中根は、西山といちばん仲がよさそうだった」

「西山も一緒に強盗をやったというのか」

「いや、中根については、あんたより西山のほうが詳しいようだ。聞いてみたいことがある」

「何だろうな」

「あんたのしらないことだ。あんたは、中根が金に困っていたことさえ知らなかった」

「ふむ」

銀作は薄い唇をすぼめたが、かかり合いを警戒したのか、案外あっさりと西山のアパートを教えた。

池袋の簡易旅館街に近く、ごみごみした路地うらの小さなアパートだった。

しかし、ノックをしたが西山は不在らしく、ドアは錠がかかっていて、隣室の中年の女に聞いたが要領を得なかった。

「昨日の晩は明りがついてましたけどね」

中年の女はそう答え、西山の部屋は時折若い女が出入りしていると付加えた。

安井はさらにタミ江を訪ねた。

タミ江は安井を憶えていたが、すでにほかの刑事たちが訪ねたあとで、また刑事がきたかという表情で迎えた。

「朝の六時前に叩き起こされたのよ」

タミ江はいかにも不機嫌そうに、寝込みを襲われたときの様子を話した。

「みんな、あたしがまだ中根みたいな男とつき合ってると思ってたのね。ひどい迷惑だわ」

「中根とは切れたのか」

「とっくよ。新しい女ができたらしくて、三か月くらい前から全然寄りつかなくなったわ」

「新しい女というのは？」

「あたしの知らない女ね。一度だけ擦れ違ったことがあるけど、中根はその女と腕を組んで、あたしに気づいたくせに知らんふりしていたから、あたしも知らんふりしてやったわ。焼餅なんか焼く気も起らなかったし、中根が離れてくれてほっとしたくらいですもの」

「相手はどんな女だった」

「色が白くて、ちょっと見はきれいだけど、すぐに飽きる顔ね。安っぽいキャバレーかバーで見つけたんじゃないかしら」

女の職業は服装で見当がついたという。

タミ江もバーに勤めているが、外国産の洋酒しか置かない高級バーだった。

安井は初めてタミ江に会ったとき、美しいと思った。しかし、それは夜と化粧のせいだった。昼間みると彼女はどことなく薄汚れて、まだ若いのに老いの影を瞼《まぶた》や首筋のあたりに漂わせていた。

「その安っぽいキャバレーの名を知らないかな」

「知ろうとも思ってないわ」

「こっちはその女に会いたいわけじゃない。中根を探しているんだ」

「中根が何をしたの」

「ほかの刑事に聞かなかったか」

「教えてくれなかったわ」

「それじゃ、ぼくも教えられない」

「ずいぶん勝手なのね」

「切れた男のことなど、どうでもいいじゃないのか」

「好奇心よ。悪いことをしたなら、早く捕まればいいと思ってるわ」

「そのときは差入れにくるかい」

「なぜ」

「きみはまだ彼に惚れている」

「ふん――」

タミ江は鼻を鳴らして横を向いた。

老けてみえる横顔だった。

3

安井は本署に戻った。

捜査係の大部屋はガランとしていた。刑事のほぼ半数は捜査本部へ吸収され、残りの刑事もあらかた出払って、当直の刑事を含めて三人しかいなかった。

その三人も、安井が戻った気配に顔をあげたが、それぞれすぐに視線をそらした。

彼らの沈黙はあまりに静かで、重苦しい空気だった。

安井はいたたまれなくなった。机にむかっても、捜査本部の編成替えを理由に彼だけメンバーからはずされたばかりで、差当って手がけねばならぬという仕事がないのだ。

――こいつらはおれを疑っている。おれが中根を逃がしたと疑っているに違いない。

安井は三人の同僚の態度に、そう思わざるを得ないものを感じた。安井が戻ったのに、声ひとつかけようとしないのだ。

安井はふたたび署をでた。

玄関の階段を下りるとき、捜査本部員になった同僚と擦れ違った。

しかしその同僚も、チラッと眼をあげて挨拶にかえただけだった。

安井は無性に口惜しかった。

昨夜、安井は重傷を負った大川の病院に詰めていたが、大川が意識を回復して犯人の名を指摘したのは、安井が次の当番と交替して帰宅したあとだったのだ。それを、日ごろの安井と中根の間柄から変にカンぐって、中根の逃走を安井が内通したせいだと思っているのだろう。あるいは浩子との仲も知れているのかもしれない。

安井は焦った。なまじ弁解するより、自分の手で中根を逮捕したかった。

地下鉄で池袋へでた。

西山は依然留守らしかった。

安井は戻りかけた。

そこへ、太った体がいかにも重そうな歩き方で、西山が戻ってきた。

「パチンコをしてたんですよ」

西山は諂《へつら》うような笑いを浮かべた。歯が出ているので、そうでなくても笑ってみえる男だった。競馬のノミ屋の走り使いをしている程度で、あまり頭の回転はいい男ではなかった。

「中根に会わないか」

安井はさりげなくきいた。

「きょうですか」

「昨日でもいい」

「昨日なら会いました」

「どこで」

「池袋駅の近くの喫茶店です」

「何という店だ」

「コーヒーを飲みに行くんですか」

「おれに質問するな」

「済んません」

「答えてくれ」

「トリノという店です」

「中根と二人きりで会ったのか」

「ええ、まあ——」

「まあ、という答えがあるのか」

「済んません」

「いちいち謝るな。ほかに誰がきた」

「後藤さんです」

後藤というのは、茨銀作の配下のノミ屋で、茨組の幹部だった。

「三人で会って、それからどうした」

「後藤の兄貴がミルクで、おれがレモン・パイとコーラで、それから中根が——」

「そんなことを聞いているんじゃない。中根が競馬につぎこんで、金に困っていたことは分っているんだ。中根は後藤に金を払ったのだろう」

「——」

西山は下を向いた。正直に答えていいかどうか、迷っているようだった。

「いくら払ったんだ」

「ええと——、いくらだったかな」

西山は、今度は上を向いた。上を向くと、どんぐり眼が白眼がちになった。

「ここで答えられなければ警察で聞く」

「いや、考えているんです」西山はたちまち怯えた眼になった。

「確か、三十万と少しでした」

「かなりの額だな。そんな大金を、どこで都合したんだ」

「あっちこっちから借りて、ずいぶん苦労したと言ってました」

「昨日が期限だったのか」

「期限はとっくに過ぎていたんです」

「三十万も払わねばならなかったのは、やはり競馬のためか」

「さあ、ぼくはよく知らないんです」

「おまえが話さなければ、後藤に会って直接聞くぞ。そして、おまえがそのほかの余計なことを喋ったと言ってやる」

「それは困る」

「困らせるためにやるのだ」

「内緒にしてくれるなら話します」

「いいだろう。おれは約束を守る」

「ほんとに内緒ですよ」

「くどい」

「馬券の外れが十万くらいと、あとは花札《オイチヨカブ》の借りでした」

「そのことは茨銀作も知っていたのか」

「――?」

西山は太い首をひねった。

「競馬でも花札でもいいが、ほかに大きく負けこんでいたやつを知らないか」

「誰ですか」

「おれが質問しているんだ」

「――」

西山はまた首をひねった。とぼけている顔つきではなかった。

「中根に会いたいんだが、どこにいるだろう。もちろん、競馬や花札のことで用があるわけじゃない。少し聞きたい話があるだけだ」

「部屋にいませんでしたか」

「いなかった」

「すると映画を見にいったかな、きょうは競馬が休みだし」

「女のところじゃないのか」

「良美のところですか」

西山はポロッと女の名を口にした。

良美は新宿のソレイユという喫茶店に勤め、三部制勤務で早番は六時に退《ひ》け、次ぎは九時、遅番は十一時半が退店時間だが、いずれにせよ、良美はまだ店にでているはずだから、中根がひとりで彼女の部屋にいるとは思えないという。

「どんな女だ」

「色の白い、ポチャッとした感じです。前につき合ってたタミ江みたいにスレていないし、中根はうまいことやりましたよ。あれなら、おれだって女房にしてもいい」

「中根のほうが惚れてるのか」

「そうですね。初めは中根が夢中だったけど、この頃は良美のほうもまんざらじゃないらしい。半月くらい前には、新婚気取りで一週間も北海道へ旅行してきたと言ってました」

西山は良美の住所を知らなかった。

「昨日中根に会ったとき、またどこかへ旅行するような話はしなかったか」

「聞きません」

「彼の妹の住所を知ってるか」

「四谷でしょう」

「そうか」

安井は少しほっとした。浩子が四谷にいたのは、現在のアパートに移る前だった。安井と浩子の仲を西山が知っているようにも見えない。あるいは知らぬふりをしているのかもしれないが、もはや、安井にとってはどっちでも構わなかった。

安井は新宿へむかった。

4

ソレイユは新宿の東口に近く、ビルの地階にあった。

割合大きな喫茶店で、俳優かファッション・モデルの卵くさいウエイトレスがあちこちに澄ました顔で立っていて、そのせいかコーヒー代が普通の店の倍だった。

それでも結構客が入っている。

安井は店内を見渡したが、良美に対する印象はタミ江と西山とで違っていたし、どの女が良美か分らなかった。

レジスターからやや離れた電話台に、ピンク電話が二台ならんでいた。

安井は席を立ち、ピンク電話の受話器をとり、ソレイユのマッチに印刷してある電話番号を見ながらダイヤルをまわした。

レジスターの脇の黒い加入電話が鳴り、レジの女が受話器をとった。

「ソレイユでございます」

きれいな声だった。

「良美さんをお願いします」

安井は低い声で言った。

「少々お待ちください」

レジの女は受話器を置き、ドアの近くにいたウエイトレスに何か言った。

そのウエイトレスはショウ・ステージに立っているような気取った歩きかたで店の奥へ行ったが、間もなく、鮮明な水色のスーツを着た女を呼んできた。

呼ばれてきた女が良美だった。

「もしもし、良美ですけど――」

彼女の声が、安井の受話器に伝わった。

ハスキーな声だった。

さほど美人ではないが、愛くるしく清潔な感じで、やくざ者の中根などにかかわりのある女には見えなかった。

安井は返事をしないで電話を切った。

席に戻り、残りのコーヒーを飲干した。

良美が出勤しているということは、西山が言ったように、中根が彼女の部屋にいないことを示しているだろう。

しかし、そう決めつけてしまうのも早計に思えた。もし彼が警察に追われたと気づけばこっそり彼女の部屋にひそんでいることも考えられるし、高跳びするなら、惚れた女をいっしょにつれて行くはずだった。

安井はいったんソレイユをでて、軽い食事をした。

やがて六時だった。良美が早番なら、退店する時間である。

安井はふたたびソレイユへ行った。

レジの女は同じだったが、ドア係のウエイトレスは交替していた。

安井は事務所へ直行して、額の禿げ上った支配人に会った。

「この店に栗橋というバーテンがいませんでしたか」

安井は警察手帳を見せ、でたらめの口実をつくって捜査を装った。

「憶えがありませんね」

支配人は首を振った。

安井は従業員名簿をださせ、その間に、壁にかかっていた勤務割をみた。

きょうの良美は遅番だった。

安井はさりげなく名簿をめくり、良美が阿佐谷の朝日荘というアパートに住んでいることを知った。

「ソレイユという店は、歌舞伎町にもありますよ」

支配人が口をはさんだ。

「すると、そっちのソレイユかもしれないな。ちっぽけな寸借り詐欺で、無理に引っぱるほどのこともないんだが——」

安井は適当に言葉を濁し、失礼した、と言って表へでた。

日が暮れかけていた。

捜査本部の連中はどこを歩き回っているのか、まだ良美という愛人の所在さえつかんでいないようだ。

安井は彼らより確実に一歩先を歩いていると思い、満足した。

地下鉄に乗り、南阿佐ケ谷で下車した。

街灯がともり、すっかり夜になっていた。

安井は杉並署に勤務したことがあるので附近の地理に詳しかった。

静かな住宅地のはずれの朝日荘まで十分ほど歩いた。

二階建の小ぢんまりしたアパートだった。一、二階とも四世帯に仕切られているらしく、そのうち、一階の西寄りの一室だけ暗く、二階は東側の二室が暗かった。

「島村」という表札がかかっていたのは、一階の暗い部屋の隣だった。島村良美の部屋に間違いなさそうだが、彼女に同居人がいたかどうかは聞いていなかった。

安井はそっとノックをした。

「はい——」

明るい、いかにもこの部屋の住人らしい物馴れた男の返事があった。

中根の声だった。

すぐにドアが開いて、中根の顔が覗いた。妹の浩子に似て優しい顔立ちだが、眼の色は険しく落着きがなかった。

「やっぱりここにいたのか」

安井は玄関に入って言った。

中根はさすがに驚いたようだった。

「どうしてここが分りましたか」

「調べれば分るさ」

「良美に聞いたんですか」

「いや」

「おかしいな。浩子も知らないはずなんだ」

「上らしてもらうよ」

安井は靴を脱いだ。

六畳一間きりだが、ベッドがないので、浩子の部屋より広い感じだった。洋服箪笥は壁にはめこみで、鏡台つきの小さな整理箪笥の上にトランジスタ・テレビがあり、部屋の隅に縫いぐるみの小熊が転がっていた。

「急な用ですか」

 中根は、寝るときはベッドになるらしい折畳み式マットレスのソファに腰をかけ、煙草に火をつけながらきいた。

「ヘマをやったようだな」

安井は立ったまま言った。

「ヘマって？」

中根は不安を隠せなかった。安井の眼をまっすぐに見られないのだ。

「大川のことさ」

「大川？」

「おれに向ってとぼけるのは止せ。金貸しのじいさんをやっただろう」

「おれがか」

「そうだ」

「冗談じゃねえな。大川が強盗にやられたという記事は新聞で読んだ。しかし、おれが強盗なんかやるわけがない」

「確かに、以前のおまえはケチな恐喝《かつあげ》くらいしかできなかった。おまえが気の小さい男だということも知っている。だが、気の小さいやつに限って、とんでもないことをやらかすものだ。おまえは競馬や花札で負けがこんで、後藤に三十万以上も借りてしまった。

返さなければ指をツメる程度では済まない。妹に急場しのぎの十万円でも借りて返そうとしたが、妹にそんな大金はなかった。期限が過ぎて、おまえは土壇場に追いつめられた。それで独り暮らしの金貸しを思い出した」

「とんでもない誤解だな。大川をやったのはおれじゃない」

「それでは誰がやったんだ」

「知らない。まるで寝耳に水だ」

「寝耳に水なら、はっきり眼をさますように、もっと水をぶっかけてやる。おまえは大川を殺したと思った。事実、普通なら死ぬほどの重傷で、昨日の夜なか過ぎまで意識不明だった。ところが、じいさんは奇蹟的に意識を取戻し、おまえの名を言った」

「嘘だ」

「嘘をつくために、わざわざおれが来たっていうのか」

「――――」

中根は黙ってしまった。

右手の指の間で煙草がけぶり、灰が畳に落ちた。

「おまえはもう逃げられない。おれが来なくても、いずれは捜査本部の連中がくる」

「すると、安井さんはおれを逮捕《バク》りにきたのか」

「ほかの刑事にパクらせたくなかった。浩子も心配している」

「――」

「やはりおまえがやったんだな」

「――」

中根は灰皿に手を伸ばし、煙草を揉み消した。腰を浮かして、そのまま玄関へむかって逃げる姿勢だった。

「撃つぞ」

安井は素早く拳銃を抜いた。

中根の動きが止まった。怯えきった眼で、突きつけられた拳銃を眺め、もとの位置に腰を落とした。

「済まない」中根は頭をさげ、急に神妙な態度になった。「おれは、ああするより仕方がなかったんだ。金を返さなければ、腕を折られるか脚を折られるか、とにかく片輪にされただろう。後藤は平気でそれくらいのことをする男だった。それに、おれは今度こそ堅気になって良美と世帯を持ちたかった。そのためにはどうしたって金がいる。こんなちっぽけなアパートにくすぶって、今さら安月給でこき使われる勤め人になるのは厭《いや》だった。どんな商売でもいいから、自分の店が持てるくらいの金が欲しかった。おれは以前から大川を知っていた。因業《いんごう》な高利貸しで、あいつのために自殺した者もいる。あいつの倅《せがれ》は家出して行方不明だし、死んだって泣く者なんかいない。だからおれは大川を狙った。もう死んだって不足のない年だし、生きていたってろくなことをするじじいじゃない。用心深いやつだが、おれは手形のことで何度も出入りしていたから、あいつもおれには油断していた。理由さえつくれば、金庫をあけさせるのは簡単だった。それでもおれは迷っていたんだが、金庫の中に札束が見えたら、あとは夢中で、どんなふうにやったか細いことまでは憶えていない」

「ひとりでやったのか」

「ひとりだった」

「大川は、もう一人いたようなことを言っている」

「それは、おれが廊下に客を待たせていると言ったせいかもしれない。金庫をあけさせるためにでたらめを言ったんだ」

「大川はそのもう一人を見張り役と思っているらしい」

「違う。そんな奴はいなかった」

「札束を数えてみたか」

「ざっと数えただけだが、三百五十万円あった」

「すると、まだ三百二十万残っているのか」

「そうだ。おれは正直に喋《やま》っている。洗いざらい、きれいに喋った。頼む。見逃してくれないか。金は安井さんと半分けにしてもいい。大川が死んだと思って安心していたが、関西へ逃げれば、絶対にパクられない自信があるんだ。もしパクられたとしても、安井さんのことは決して喋らない。喋ったところで刑が軽くなるわけじゃないし、浩子を不幸にするだけだ」

「金はどこに隠した」

「新宿の地下道の、コイン・ロッカーだ。嘘じゃない。これを見てくれ」

中根はズボンのポケットから鍵をだした。プラスチックの札がついていて「地下鉄互助会新宿営業所」と刻んであり、ロッカーの番号は16だった。

「良美は事件のことを知らないのか」

「もちろん知らない。大川が死ねば、誰にも分らずに済んでいた。見逃がしてくれたら、本当に恩に着る。浩子のためにも頼む。三百二十万円を百六十万ずつ分けて、せめてその金で浩子を幸福にしてもらいたい。お願いだ。これ以上の迷惑はかけない」

中根は哀れっぽく、今にも泣きだしそうな眼で安井を見つめた。

「――――」

安井はしばらく沈黙した。

中根を逃がしてやっても、いつかは捕まるに決っている。そのとき、札束を山分けにしたことを彼が喋らないという保証はない。浩子のためにもなどと口では言うが、臆病で、自分のことしか考えない男なのだ。

いずれにせよ、彼が逃げても捕まっても、署内における安井の立場は苦しく、敢えて浩子と結婚するなら退職せざるを得なくなるだろう。

——どうせおれは退職する。しかし、中途半端な学歴しかない刑事あがりに、果してどんな仕事が待っているか。ガードマンか興信所員か、せいぜいその辺だろう。浩子と結婚できても、貧しい不安定な生活に耐えていかねばなるまい。しかもこうなったのは、すべて中根孝が原因なのだ……。

「立て——」

安井は拳銃を突きつけたまま言った。

「ロッカーへ行くのか」

「黙って言う通りにしろ。立って、壁に向うのだ」

「なぜだ」

中根は呟きながら立上り、背中を向けた。

その瞬間だった。

安井は拳銃を逆手に持ちかえると、ありったけの力で中根の後頭部を殴りつけた。

「う……」

中根は低い呻《うめ》き声を挙げ、崩れるように倒れた。

安井は余裕を置かなかった。中根が大川を殺しそこなったようなヘマをしてはならなかった。すぐにハンカチをだすと、意識を失っている中根の首を絞めた。

——金貸しの大川は、中根に共犯がいたと思っている。今では、捜査本部の連中もそう信じているに違いない。だから中根を殺せば、その架空の共犯が中根を殺し、強奪した金を一人占めにしたと考えられるだろう。それが推理の筋道なのだ。おれは決して疑われない。おれがここにきたことは誰も知らない。ソレイユへ良美の様子をみに行ったことも誰も知らないし、ソレイユの事務室で従業員名簿をみたが、それは今度の事件と切離され、まさかあの支配人が、良美の住所を調べるためだったとは気づかないだろう。そしてコイン・ロッカーに隠した三百二十万円は、そっくりおれのものになる。中根が金の隠し場所を喋り、鍵を見せたからいけないのだ。おれが殺意を抱いたのはそのときだった。彼が生きていては、おれも浩子も幸福になれない。三百二十万円は、これまでにさんざん迷惑をかけた代償なのだ……。

安井はハンカチを解き、自分のポケットに戻した。

中根の息は絶え、完全に脈がきれていた。

5

タクシーに乗ると、運転手に顔を憶えられる危険があった。

安井は周囲に気を配りながら、また地下鉄に乗った。

殺人の実感はなかなか湧かなかった。あまりに突然だったたし、中根の死もあまりにあっけなかった。

安井はロッカーの鍵を握りしめながら、ミスをしなかったかどうかを検討した。

――大丈夫だ、むろん指紋を残すようなヘマはしない。

彼は電車のドア・ガラスにうつっている自分の顔に呟いた。緊張しているが、顔は普段と変らないようだった。

もし自分が逮捕され、殺人の動機を聞かれたら何と答えるだろうかと思った。憎しみのため、金のため、浩子のため、そして自分のためだ。そうに違いない。

しかしそれだけではない。おれを疑って捜査本部から除け者にした上役たちへの復讐の気持もこもっている……。

安井はそう思った。その怨みがなかったら、あるいは殺さなかったかもしれない。本当は逮捕するつもりだったのだ。

電車が新宿に着いた。

ロッカーは西口寄りにあった。

縦に五段、横に二十四列、百二十個のロッカーの扉が明るいさまざまの色に彩られ、16番は最上段の黄色い扉だった。使用料一日百円で、百円玉を投入口に入れると鍵をまわせる仕組だが、継続して四日間使用後は保管所へ移される。

安井は鍵を差込み、黄色い扉をあけた。

黒革のボストン・バッグが入っていた。

バッグをとりだし、地下道の奥の便所へ行った。バッグのジッパーをはずすとき、手が震えた。

一万円札が剝《む》きだしで積重なっていた。

彼は尿意にうながされ、小用を足して便所をでた。

札束を見てから、急に落着かなくなっていた。万一の場合を考えると、札束を自分の部屋へは持帰れなかった。バッグをロッカーに隠したときの、中根の気持が分るような気がした。結局は安井も、ロッカーがいちばん無難に思えた。

ロッカーは鍵を一回使用するごとに百円玉を入れなければならなかった。

16番は鍵を差込んだままになっていた。

ほかにも空いているロッカーがあったが、安井は16番に百円玉を入れ、もと通りにバッグをしまった。

鍵をズボンのポケットの中で握りしめ、西口の地上へでた。

どこへ行っていいか分らなかった。

署に戻っても、捜査本部員のほかは当直しか残っていないだろう。

自宅へ帰っても落着けそうにない。不安なのだ。不安が波のように押し寄せ、大きなうねりが彼を呑み込もうとしている。

——ばかな。

彼は不安を打消そうとした。心配することなど何もないじゃないか。彼は何度もそう自分に呟き、不安を静めようとした。

しかし駄目だった。

無性に浩子が恋しかった。

犯行のあと、良美の部屋にこもった中根の気持と同じようだった。

安井はバスに乗った。複雑な気持だったが、浩子に会わずにいられなかった。

中根の死体が見つかるのは、良美が勤めを終えて帰宅する十二時前後になるだろう。それとも、もっと早く、捜査本部の誰かが良美のことを知り、彼女に聞いて朝日荘へ行くかもしれない。いや、中根のことを考えるのは止そう。あいつのことはきれいに忘れるのだ。それより、これからの生活を考えねばならない。三百二十万円あれば何ができるか……。

安井は危く乗り過ごしそうになり、慌ててバスを下りた。

浩子の部屋は明りがついていた。

ノックをする前に耳をすましたが、話声は聞えなかった。

安井はそんな自分を、追われているように錯覚した。

浩子はきものに着替えていた。顔が青ざめ、安井が部屋に上るなり、胸にすがった。

「どうしたんだ」

安井は、肩を抱いて聞いた。

「もう、来てくれないかと思ってたの」

「なぜ」

「――――」

浩子は答えなかったが、聞かなくても分っていることだった。彼女は、安井とは別の不安に耐えつづけていたのだ。

「誰か来なかったか」

「来ないわ」

「そうか」

安井はほっとした。このアパートは、転入したばかりのせいだが、中根孝のほかは、まだ浩子の勤務先の化粧品会社にも知らせてなかった。

しかし未だに浩子の住所をつきとめられないようでは、捜査の停滞ぶりが想像できた。

おそらく、孝の女がタミ江から良美に変ったことさえ分っていないのではないか。

安井は浩子に背中を向けた。

「どうしたの」

「顔を洗う」

中根孝の首を絞めた手と、地下鉄のドア・ガラスに映った殺人者の顔が気になっていた。

「兄は見つからなかったのね」

「うん」

「タミ江さんとかいう女のひとには会えたの」

「会えたが、彼女はとうにきみの兄貴と別れていた。きみの兄貴はあちこちに借金をしていたらしい」

「どうして？」

「博打《ばくち》だ」

流し場は狭かった。

顔と手を洗い、タオルで拭いた。

安井は部屋に戻ると、明りを消した。

「真っ暗だわ」

浩子が言った。

いつもなら、ベッドの小さなスタンドに明りを切替える。

「今まで来なかったなら大丈夫と思うが、ことによると刑事が訪ねてくる。そのとき明りが見えたらまずい」

「泊っていってくれるの」

「うん。きみは何も心配しなくていい、兄貴のやったことは仕様がないんだ。ぼくはどんなことがあってもきみを放さない」

「――」

浩子が顔を埋めてきた。

安井は力いっぱい抱いた。

帯が解け、きものが落ちた。

まるい肩が仄白《ほのじろ》く浮かんだ。

安井は貪るように彼女を求めた。

その矢先だった。

ノックの音が聞えた。

抱合ったまま、安井も浩子も返事をしなかった。

ノックの音は次第に高く、執拗につづいた。

「あけないか」

ついに、ドアの外で男の声がした。

聞憶えのある声、捜査係長の声に違いなかった。

安井はドキッとした。絞めつけられるような痛みが鋭く胸を走った。

「あけてくれんか、安井くん」

浩子の姓ではなく、係長の声は安井を呼んだ。

いったいどうしたのか。なぜおれがここにいると分ったのか。

もはや、安井は考える余裕がなかった。急いでベッドを下り、暗がりの中で服を着た。

「きみはこのまま待っていてくれ。じきに戻る。きみとのことはしれても平気だ」

安井は浩子の耳に囁《ささや》いた。

熱い耳だった。肩が震えていた。

安井は錠をはずし、ドアをあけると、係長を室内に入れないように廊下へでた。

係長のほかに、二人の刑事が立っていた。一人は同僚だが、もう一人は本庁から捜査本部にきた刑事だった。

「中根の妹の部屋だな」

係長の眼は険しかった。

「そうです」

安井は頷くほかなかった。

「外で話したほうがいいだろう」

係長が先に立って、アパートをでた。

明るい月夜だった。

「残念だが――」係長は重く沈んだ声で言った。

「きみを逮捕する」

「なぜですか」

安井は声がかすれた。

「わたしは失敗したんだ。こんなことになったのは、わたしの責任と言ってもいい。きみが必ず中根を探しだすと思ったことに間違いはなかったが、彼を殺すとは考えなかった。わたしは、きみをわざと捜査本部からはずさせ、そして、きみにずっと尾行をつけさせておいた。きみがタミ江や西山に会い、ソレイユへ行ったことも、コイン・ロッカーのボストン・バッグを出し入れしたこともみんな分っている。中根の死体はきみがあの部屋をでたあとで、尾行していた本庁の刑事がすぐに見つけた。わたしはきみを信頼していたが、その信頼がとんでもないほうへきみを暴走させてしまったのだ」

「――――」

そうか、そうだったのか、それで捜査本部の連中は、西山にも良美にも会おうとしないで、浩子のこともしりながら、大きな網を張っておれを泳がせていたのか……。

安井は不安が消え、かえって安心したような気がしてきた。そして涙を流している自分に気づき、この涙はいったい誰のためだろう、と思った。

発展期

警察小説の書き手も増え、
人気に火がつきはじめた——

老獣　大沢在昌
黒い矢　逢坂剛
薔薇の色　今野敏

老獣

大沢在昌

大沢在昌（おおさわ・ありまさ）

一九五六年生まれ。七九年に「感傷の街角」で第一回小説推理新人賞を受賞してデビュー。九〇年にキャリア警察官を主人公とした長篇『新宿鮫』を発表。同書で第一二回吉川英治文学新人賞と第44回日本推理作家協会賞を受賞。同書はシリーズ化され、第四弾『無間人形　新宿鮫Ⅳ』（九三年）で第一一〇回直木賞受賞。デビュー作に始まる《佐久間公》シリーズ、《アルバイト探偵《アイ》》シリーズなど、多くのシリーズを発表する一方、ノンシリーズの長篇や短篇もコンスタントに執筆。ハードボイルド小説の第一人者として知られる。主な著作に『パンドラ・アイランド』『海と月の迷路』『帰去来』など。

パトロールカーを止めた若者はドアを開けて降りたつと、ベルトに警棒をさしこみ、制帽をかぶった。制帽のひさしの位置を直しながら、頭上を見あげる。三階の窓に灯《とも》を点した褐色の建物は、いつ取り壊されても不思議がないほど古く思えた。実際、一階のドラッグストアをのぞき、ほとんど使われていない。住人は、三階のあの部屋をのぞいては、誰もいないだろう。

建物の持主が、なぜ取り壊して新しいビルを建てないか、彼にはわからなかった。鉄道の駅はすぐそばだし、この一角をのぞけば、あたりはひと晩中人通りが絶えない繁華街なのだ。レストランやバー、劇場やいささか怪しげな娯楽を提供する店が、表通り裏通りにひしめきあっている。

若者は、パトロールカーのドアを閉めるとロックした。前任者の忠告に従ったのだ。

――今度おまえさんが担当する地区は、今までのお屋敷町とはわけがちがう。車を離れるときは、必ずドアに鍵をかけておくんだ。さもないと、たとえパトカーとはいえ、

車に戻ったときには、無線機からタイヤにいたるまで洗いざらい持っていかれたってことになりかねないぞ

前任者は、アイルランド系の、大柄で気のいい赤毛の男だった。今、その言葉を裏づけるように、甲高いサイレンの響きが、駅から始まる目抜き通りを疾走していった。

この街が本当に美しかったのは、自分が生まれる前のことだ。若者は思った。美しく着飾った男女がいきかい、成功と富、希望と夢の香りが、街のすみずみにまで満ちていた。その頃、ネオンサインは今ほどけばけばしくも壊れてもおらず、クロームとガラスでできたショウウインドウは磨きこまれていた。袋小路の闇《やみ》に危険はなく、その恩恵に浴するのは、強盗やかっぱらいのような犯罪者ではなくて若く情熱に溢《あふ》れたカップルたちだった筈《はず》だ。

古び、汚れ、年をとった盛り場は、新たに市の反対側に生まれた地区にナンバー・ワンの座をとってかわられた。それでも生きつづけ、いささかすすけて安っぽくなった夢を、足を踏み入れる者たちに提供しつづけている。

なぜなら、ここへやってくる者の多くが、大都会を夢みて、南や北の田舎町から鉄道に乗りこみ、この街のあの駅で輝かしい第一歩を踏みだしているからだ。大都会に求めた成功が、手に入ろうと入るまいと、この街が彼らにとって特別な存在であることに変わりはない。胸をふくらませ、スーツケースをひきずってプラットホームに降りたった

あの日のことを思いだすため、人々はこの街にやってくる。

そうしたことを教えてくれたのも、彼の前任者だった。

パトロール警官が等しく持つ夢――重罪犯を、偶然に助けられ逮捕するという幸運――に恵まれ、栄転していった。

その前任者が忠告したことがもうひとつあった。今、彼はそれを果たすために、車を降りたったのだ。

ドラッグストアの入口の横に古いスティールのドアがあった。それを押すと、狭く、急な階段が上までつづいている。

――夜勤のときでいい、時間があれば、少しでも寄って話し相手になってやれ。決して損はしない筈だ
木でできた階段を三階まで登った。コツコツと足音がこだまする。なぜ、彼女はこんなところにいつまでも住みつづけるのだろう。年寄りが残された時間を過すには、もっとすんだ空気と緑に恵まれた場所がいくらでもある筈なのに。

三階まで登りつめると、軋《きし》み声をあげる廊下を歩き、つきあたりの扉をノックする。

彼女はいつだって、階段の足音に気づいて待ちかまえているようだ。すぐさま鍵を外す音がして、扉が開く。

「おや、いらっしゃい」

とうに七十を過ぎたと思える老婆が、若い警官を迎え入れた。ひとり暮らしで、身の回りの世話を焼く者もいないのに、身ぎれいで部屋の中はかたづいている。いつものように、正面の窓辺に椅子《いす》がひとつ。かたわらにスタンドが点っている。

「変わりありませんか？」

軽く挙手をして、彼はいった。小柄な老婆は彼の顔を見あげ、首を振る。

「別に。これといって変わりはないよ。老い先短い年寄りだからね。でも気にかけてくれてありがとう。熱いお茶を一杯、飲んでいくかね？」

「いただきます」

「じゃあ、そこの長椅子におかけ。今、湯をわかしているところだから」

老婆はいって、くるりと背を向けた。彼は帽子をとり、警棒を外しながら、部屋に足を踏み入れた。

壁紙はあせてはいるが、決して破れてはいない。セピア色に変色した写真が、あちこちに飾られている。居間と寝室のふた間きりしかない、小さなアパートだ。テレビもなく、読みかけの本すら、彼は見たことがない。猫を飼っているわけでもなく、老婆はいったいどうやって、独りのときを過しているのだろうか。

「クッキーを焼いたんだ。それほど甘くないが、よかったら召しあがれ」

紅茶を注いだポットとクッキーの皿を、彼の前に押しやりながら、老婆はいった。彼は礼をのべて、クッキーをひとかけとり、熱い紅茶をすすった。紅茶のいれ方には、コツがあるのだろう。この部屋で飲む紅茶は、彼が今までに飲んだどの紅茶より香り高く、おいしかった。

「今日はどうだい？」

老婆が向かいに腰をおろし、膝《ひざ》の上で手を組んだ。

「感謝祭の休暇も終わり、静かなものです。いつもの通り、バーでの喧嘩《けんか》が一件。酔っぱらいがショウウインドウを割ったのが一件、もっとも中には何も飾っちゃありませんでしたが……」

彼は肩をすくめた。

「人の出は？」

「わずかですが、少ないような気がします。駅前にある映画館が閉館したことも関係しているようです」

「あの映画館には、あたしも通ったものさ。トム・コンウェイの〝ファルコン〟なんて、あんたは知らないだろうね。RKOの映画だったよ」

彼は首を振った。老婆はひとしきり、映画の話をして聞かせた。

「あたしも老いぼれたけれど、この街もずいぶん老いぼれたものさ。まるで歯が抜け、毛がすりきれるように、店がなくなっていく。ロレンツォのバーが閉めたのは先月だっけね」

「ええ。三月の初めです。でも新しい店が建つようで、工事が始まっていますよ」

老婆の目がぱっと輝いた。

「そうかい。どんな店だろうね」

「アイスクリームスタンドだそうです」

「若い子が集まるかしら」

「どうですか。若者はやはり、この街よりも……」

彼の言葉はしぼんだ。老婆がひどく悲しげな表情をしたからだった。

「わかっているよ。この街は二度と、あの頃のような活気をとり戻さない。少しずつ、死にかけているのさ」

老婆が寂しそうにいったので、彼は急いでいった。

「でも、決して悪い街じゃありません。歴史がある」

「そうとも。生きつづけてきたってことは、それだけいろんな思い出を詰めこんでいるってことだよ。あんたのようなお若いのや、旅行者にもわかってもらえるんだね」

「もちろんです。僕はここが好きです」

老婆の顔がほころんだ。

「お茶をもう一杯、どうだい？」

彼は首を振った。そろそろ行かなくてはならない。老婆は敏感にそれを察した。

「今夜はきっと静かだね」

「多分。僕もそれを期待しています」

彼はいって、立ちあがった。

老婆は戸口まで、彼を送った。彼が出ていこうとすると、老婆がいった。

「あたしより長生きするね、きっと」

老婆は窓辺を振りかえっていった。

「この街のことさ」

彼は何と答えてよいかわからず、とまどった。

「……ええ。おそらくは」

老婆は笑った。

「よかった。おやすみ、お若いの」

「おやすみなさい。ミセス」

若い警官が立ち去ると、彼女は、今までしてきたように、窓辺の椅子にすわった。両脚をおりたたみ、背中を預けて、街を見つめた。

「いい子だ……今夜はお眠り」

彼女は低い声でいった。彼女の言葉に、赤い目が瞬いて答えた。

ふたつの赤い目は、老いたライオンの頭のような、鉄道駅の屋根にあった。右目の「STATION」のAのサインが切れかけているのだ。

鉄塔でできた角《つの》が、まっすぐに夜空にのびている。大きく開いた口は、目抜き通りから人を吸いこんでいた。たたんだ前脚は、横にのびた白いビルの梁《はり》だ。

いつの頃か、彼女は、生き物としての街を感じるようになっていた。老いぼれた、しかし、誇り高き獣。

傷つき、疲れはてている。まるで彼女のように。

しかし、まだまだ生きつづけるだろう。

彼女は手をのばし、ガラス窓に触れた。横たわった獣の毛をなでつけるように、そっと指先で梳《す》いてやる。

「お前の眠りを、今夜は誰も妨げない。あの、若いのが、守ってくれる」

獣の体の中で起きている変化を彼女は感じとることができた。いいことも、悪いことも。

来週になったら、あの若いのに悪い変化のことを教えてやらなければならない。映画館の手前にあるイタリア料理店に、この子を苦しめる悪い奴らが出入りしていることを。

確か、若い警官の前任者にも、そんなことを教えてやったっけ。おかげで、翌日の新聞で、その警官はヒーローだった。

「お前はひとりぼっちじゃないんだよ。あたしが生きている限りひとりぼっちにはしない」

彼女は囁《ささや》くようにいった。長い長い時間をこの街で過してきた。そしてこの街は、決して彼女を不幸にしなかった。今、その恩を返してやるときだった。もし、そう思わなければ、生き物としてこの街を、彼女は決して感じることはできなかったろう。

ひとりきりだからこそ。

ひとりきりではないのだ。

黒い矢

逢坂剛

逢坂剛（おうさか・ごう）

一九四三年生まれ。八〇年に「暗殺者グラナダに死す」（初出時のタイトルから改題）で第一九回オール讀物推理小説新人賞を受賞してデビュー。八一年に公安警察に軸足を置いた『裏切りの日日』を発表。八六年の続篇『百舌の叫ぶ夜』によりシリーズ化。その他、コメディ色の濃い《御茶ノ水警察署》シリーズや悪徳警官ものの《禿鷹》シリーズなどの警察小説も執筆。また、八六年発表の冒険小説『カディスの赤い星』で第九六回直木賞や第四〇回日本推理作家協会賞などを受賞。他に、第二次世界大戦の欧州を舞台とするシリーズや、時代小説シリーズも手掛ける。主な著作に『クリヴィツキー症候群』『イベリアの雷鳴』『平蔵狩り』など。

月が雲間に隠れた。

草野弥生《くさのやよい》は、人通りの途絶えた街路に目を配りながら、自宅のマンションへ向かった。

ふだんのデートなら、彼がマンションの入り口まで送って来るのだが、その夜は思わぬ事態が発生してそれができなくなった。これからというときに、会社の役員からポケットベルで呼び出され、取引先の社長が急な心臓発作で倒れたので、様子をみてくるように命じられた。そのため彼は、弥生を新宿のシティホテルのベッドに残したまま、港区のさる病院へすっ飛んで行ったのだ。

一人取り残された弥生は、しかたなく中央線の電車に乗って、マンションのある御茶《おちゃ》ノ水《みず》駅までもどった。不完全燃焼のままでおもしろくないが、ほかに気晴らしをするあてもない。電車に揺られているうちに、不愉快な気分もいくらか収まった。マンションは駅から近いし、なるべく無駄遣いをしたくないので、電車があるうちはタクシーに乗らないようにしている。

弥生が住むヒルサイド・マンションは、駅前の明大通りからマロニエ通りにはいり、四分ほど歩いた文化学院の先にある。居室はそれほど広くないが、場所が便利なことから賃貸料は安くない。彼が家賃を肩代わりしてくれるおかげで、はいっていられるのだった。それだけでも、彼と不倫関係を結んだ価値がある。以前弥生が住んでいたのは、勤め先まで一時間二十分もかかる、埼玉県下のぼろアパートだった。もう二度と不便な場所に住みたくない。

この界隈《かいわい》は学校や雑居ビルが多く、昼間こそ学生や勤め人でにぎわっているが、夜が更けるとぱたりと人けがなくなってしまう。たまにオフィスをねらう空き巣が出るくらいで、とくに物騒な土地柄というわけではないのだが、やはり深夜の一人歩きは心細い。自然に歩調が速まる。

そういえば、最近夜中の十二時過ぎになると、このマロニエ通りやもう一本中央線寄りのかえで通りにかけて、ときどきすさまじい車の暴走音が鳴り響くことがある。毎日というわけではないが、週に一度か二度はかならずある。おそらく欲求不満の若者たちが、憂さ晴らしに車を暴走させているのだろう。騒ぎを聞きつけて、駅前の派出所から警官が様子を見に来ることもあるらしいが、そのころには車はとうに姿を消しているので、らちがあかない。周辺の住民が、正式に御茶ノ水警察署に苦情を申し立てれば、それなりの手段が講じられるのかもしれない。しかし今のところ、だれも訴え出る気配がない。夜間人口が少ないせいもあって、そこまでする者がいないようだ。とはいえ、あまり騒音が続くようならマンションの理事会を通じてでも、きちんと取り締まるよう嘆願するしかないだろう。

　そんなことを考えながら、弥生が文化学院の前を足速に通り過ぎたとき、突然後方でエンジンの爆発音が響いた。ぎくりとして、反射的に振り向く。明大通りから曲がり込んで来た車のヘッドライトが、暗い街路に大きくバウンドするのが見えた。邪悪な意図を感じさせる、荒あらしい音と光だった。それときびすを接するように、後ろからさらに二台の車が、同じ光を振りまきながら一直線に、街路を疾走して来る。轟音《ごうおん》が耳をつんざく。

　弥生は唇を引き締めた。例の暴走族に違いない。ハンドバッグを胸に抱き、向き直ってマンションの方へ足を速める。文句の一つも言ってやりたいところだが、女一人ではなめられるのがおちだ。へたに関わったりすると、何をされるか分からない。明日にでもさっそく、理事会に訴えてやろう。

　急激にエンジン音が高まり、弥生のいる歩道をかすめるようにして、先頭の車が通り過ぎた。囃《はや》し立てるような男のだみ声が耳を突き抜け、風が渦を巻いてスカートの裾《すそ》をはためかせる。弥生は唇を嚙《か》み、車道からできるだけ身を遠ざけながら、小走りに走った。その横を二台目が走り抜ける。男女の嬌声《きょうせい》が耳を打った。ほとんど時をおかず、三台目がそれに続く。

そのとたん、左の肩口に焼けるような痛みを感じて、弥生は悲鳴を上げた。衝撃に足元が乱れ、思わず石畳に膝《ひざ》をつく。バッグが落ち、中身がその場に散らばった。石でもぶつけられたかと思い、怒りに狂いながら左肩に手をやる。

そこに何かが刺さっていることに気づいて、弥生はほとんど気を失いそうになった。

1

「これがその矢だ」

御茶ノ水署の刑事課長代理辻村隆三《つじむらりゅうぞう》は、斉木斉《さいきひとし》と梢田威《こずえだたけし》の前のテーブルに、オレンジ色の矢羽根がついた黒塗りの細い矢を置いた。

梢田は辻村のいかつい顔を見上げ、それからテーブルの矢に目を落とした。

「ボウガンの矢ですね。こいつが被害者の肩に、刺さってたってわけですか」

「そうだ。左の肩口だ。傷そのものはたいしたことはない。せいぜい、全治一週間というところだろう。ただ被害者の草野弥生は、だいぶショックを受けている。ひとつ間違えば、顔をやられていたかもしれんし、そうでなくとも体にとがったものが刺さるのは、だれだって気持ちのいいものじゃないからな」

梢田はぶるぶる、と身震いした。

「やめてくださいよ、警部。自分は先端恐怖症なんです。とがったものを見ると、そいつが目に飛び込んでくるんじゃないかと、怖くて目があけられなくなるんです」

斉木が口を挟む。

「まったくこいつときたら、鉛筆もだめなくらいで。毎年のように、巡査部長の昇任試験をしくじるのも、そのせいに違いありません」

梢田は斉木を睨《にら》みつけ、辻村に訴えた。

「それは鉛筆のせいじゃないです。試験が近くなると、斉木係長が自分にあれこれ雑用を言いつけて、勉強する時間を取り上げるからなんです」

「警部、こいつの言うことを信用しちゃいけませんよ。時間があろうとなかろうと、どだい勉強とは縁のない男なんですから」

辻村はあきれたように、首を振った。

「おまえたちは確か、小学校の同級生同士じゃなかったか」

梢田は不承不承うなずいた。

「そうです。思い出したくもありませんが」

斉木は、ダックスフントに似た顔を歪《ゆが》めて、せせら笑った。

「同級生といっても、頭の出来が違ってましたからね。それでごらんのとおり、長じてみればわたしが保安二係の係長で警部補、この男はわたしの部下で平刑事というわけです」

「くそ、あんたの下にさえいなけりゃ、おれは今ごろ警視さまだ」

梢田が悪態をつくと、斉木はおおげさに顔をしかめた。

「上司に対する口のきき方に注意するよう、こいつに言ってやっていただけませんか、警部。ほかの署員に対しても、示しがつきませんし」

辻村は苦笑いをした。

「幼なじみなら幼なじみらしく、もう少し仲良くしたらどうだ。いつも角突き合わせてばかりいると、それこそ署員の士気に影響するぞ。ともかく、今は仕事の話が先だ。この矢の出所を洗ってもらいたい」

梢田は手を丸めて口に当て、こほんと咳払《せきばら》いをした。

「ええと、この事件は確か、刑事課の担当じゃありませんか。一応傷害事件ですから、強行犯捜査係の」

「そんなことは分かってる。しかしこっちは今殺しを抱えていて、目が回るほど忙しいんだ。同じ署内で、知らないわけでもあるまい」

「まあ、噂《うわさ》程度には聞いてますが」

「ばかもん。百人足らずの小所帯《しょうしょたい》で、噂程度ということがあるか。忙しいときは、互いに助け合うのがこの御茶ノ水署の、というより警察官たるものの、本分ではないか。文句があるなら言ってみろ」

「めっそうもない、自分は文句なんかありません。ただ、生活安全課長が、なんとおっしゃるか。ですな、係長」

同意を求めると、このときだけは斉木もうなずいた。

「わたしたちはその、生活安全課に所属しているわけでして、いくら刑事課長代理のお言葉とはいえ、命令系統が違いますと」

「生活安全課長には、おれが了解をとった。もっと言えば、この矢の出所だけじゃない。事件そのものを、おまえたちに担当してもらうつもりだ」

斉木は目をむいた。

「事件そのもの。それはちょっと、手に負えない気がします。保安二係はわたしたち二人だけですし、矢の出所を突きとめるだけなら、なんとかお力になれると思いますが」

梢田もハンカチで額をふいた。

「係長の言うとおりです。傷害事件となると、われわれ素人にはちょっと」

「素人だと。デカになって何年になる。ばかも休みやすみ言え。傷害事件といっても、これは暴走族のガキどもが通りすがりにやった、悪質ないたずらにすぎん。被害者には気の毒だが、このくそ忙しいときにこの程度の事件で、第一線の強行犯担当を割くわけ課の方が詳しいです」

「ガキどもの事件なら、生活安全課に少年係が二つもありますし、暴走族事件なら交通

にはいかん。おまえたちだけで十分だ」

辻村は口を閉じ、じっと梢田を見つめた。辻村の目に射すくめられると、なぜか梢田はいつも平静さを失い、犯罪者のような気分になる。管内のバーで、いつも只酒《ただざけ》を飲んでいることが、こういうときにふと思い出される。ふだんは何も感じないのに、辻村に見つめられると、急に後ろめたくなるのだ。

辻村は妙にやさしい声で言った。

「すると何か。おまえたちはもうこの署内で、仕事をしたくないというわけか」

梢田はあわてて首を振った。

「とんでもない。自分はいっこうにかまわんですが、斉木係長がどうも立場上、渋っているような気がしまして」

斉木は、首を絞めたそうな顔で梢田を睨みつけたが、辻村に作り笑いを向けた。

「わたしもかまいません。ちょうどいい機会ですから、昇任試験のために経験を積ませる意味でも、梢田に捜査をやらせます」

梢田が抗議しようとすると、辻村は斉木の胸に人差し指を突きつけた。

「二人でやるんだ。そもそもこの矢自体が、管内の銃砲店で買われたものかどうか、分

からんだろう。通信販売もあるし、全国に手配する必要が出てくるかもしれん」

梢田はうなずき、斉木は口をつぐんだ。

辻村が続ける。

「この半年ほどの間に都内で何件か、アヒルや猫がボウガンで撃たれる事件があったな。それも含めて、ボウガンやエアガンの取り締まりは、おまえたち保安の担当だろう。別に筋違いの仕事を押しつけてるわけじゃない。本腰を入れてやってくれ」

そう言い捨てると、不服顔の二人に気を留める様子もなく、さっさと会議室を出て行った。

斉木はどんとテーブルを叩《たた》いた。

「くそ。辻村のやつ、自分を何様だと思ってやがるんだ」

ドアがもう一度開いて、辻村が顔をのぞかせた。

「それから報告は、直接おれにするように。何か言ったか」

斉木は椅子を飛び立ち、気をつけをした。

「いえ、何も。梢田がテーブルの蝿《はえ》を、叩きつぶしただけです」

辻村はにやりと笑った。

「この時節に蝿とは、よほど能天気な蝿だな。まるでおまえたちみたいだ」

辻村の足音が遠ざかるのを確かめると、斉木はようやく体の力を抜いてすわり直した。

「やれやれ。めんどうなことになったぜ、まったく。だいたいおまえが、辻村に口答えするからいかんのだ。最初からはいはいと言うことを聞いていれば、この矢の出所を突きとめるだけですんだかもしれんのに」

梢田はため息をついた。

「今さら言っても始まらんだろう。こうなったらてきぱき事件を片付けて、辻村の鼻を明かすしかない。さっそく強行犯の担当に、事件のいきさつを聞いてみようじゃないか」

2

草野弥生は左腕を三角巾で吊《つ》り、その上にグリーンのカーディガンを羽織っていた。

「いや、何もかまわんでください。お話をうかがったら、すぐに退散しますから」

そう言いながら梢田威は、さりげなく室内を見回した。

独身の若い娘らしい部屋かどうかは、めったに見たことがないのでよく分からないが、とにかくこざっぱりしている。大画面のテレビが、まるで部屋の主のように壁際にのさばっており、それだけがやけに目立った。

斉木斉は、弥生が不自由な手つきで紅茶を運んで来るのを待って、事務的な口調で切り出した。

「暴走族の車は、三台とおっしゃいましたね」

「はい。昨日刑事さんに、お話ししたとおりです」

同じことを聞くなと言わんばかりの、そっけない言い方だった。

斉木は、いっこうに気にするふうもなく、続けた。

「あなたの感じでは、どの車からボウガンが撃たれた、とお考えですか」

「それもすでに申し上げましたけど、よく分からないんです。ただ、先頭の車ではなかった、と思います。痛いと感じたときには、一台目はだいぶ行き過ぎていましたから」

「だとすると、二台目ないし三台目ということになる。どちらの可能性が高いですかね」

梢田が口を挟むと、斉木は膝を小突いた。

「それを考えるのは、おれたちの仕事だ。ええと、草野さんが痛いと感じたとき、二台目の車は通り過ぎていましたか、それともまだでしたか」

弥生は首をかしげた。

「はっきり思い出せませんけど、ほとんど同時だったような気がします。少なくとも、完全に通り過ぎてはいなかった、と思います」

梢田はもっともらしく、うなずいてみせた。

「なるほど、完全には通り過ぎていなかった、と。そして二台目と三台目は、ほとんどくっつくように走っていたわけですな」

「だと思います。先頭車だけが、少し先を走っていました。でも、二台目か三台目かは、どうでもいいことじゃないでしょうか。その暴走族をつかまえれば、だれが撃ったかははっきりするはずです」

「いや、どうせ連中はかばい合うだろうし、自分がやったと白状するわけもないですからね。事前に証拠を固めておかないと」

「とにかく、つかまえるのが先決だと思いますけど。夜中に騒音を撒《ま》き散らした上に、ボウガンで人を撃つなんて、ただのいたずらじゃすまされないわ。当たりどころが悪かったら、命にかかわったかもしれないんですよ。こんな危ないものが、いつでもお金さえ出せば手にはいるなんて、アメリカのことを笑えないじゃないですか。もっと厳しく取り締まってほしいと思います」

そう言う弥生の頬《ほお》が、しだいに紅潮していく。

梢田は背筋を伸ばした。

「まったく、お説のとおりです。いたずらにしては悪質すぎる。とにかく犯人をとっつかまえて、たっぷりお灸《きゅう》をすえてやりますよ」

斉木が割ってはいる。

「ところで、車の色とか型とかについては、まったく覚えていないということですが、そのとおりですか」

「はい。暗かったですし、車から顔をそむけていたものですから」

「しかし三台目はともかくとして、一台目と二台目は後続車のヘッドライトの明かりで、ちらっとくらいはどんな車か、見えたんじゃないですか」

弥生は少し考えた。

「見たかもしれませんけど、覚えていません。なにしろ動転していたので」

斉木はメモをめくった。

「あなたの供述によると、車に乗っていたのは複数の人間で、それも男女が入り交じっていたと」

「嬌声とか笑い声で、そう思ったんです。見たわけじゃありません」

「それで車が走り去ったあと、あなたが歩道にうずくまっているところへ、近所の人が出て来たわけですね」

「ええ。通りの向かいのビルにお勤めのかたが出て来られて、あとからその隣に住んでいらっしゃる主婦のかたが」

「吉沢卓巳《よしざわたくみ》さんと、篠山喜代子《しのやまきよこ》さんですな。それまでに、お二人とは面識がありでしたか」

「いいえ。ただ篠山さんのお姿は、ときどき犬を散歩させていらっしゃるのを、お見かけしたことがあります。お話ししたことはありませんが」

斉木はメモを閉じた。

「お店の方は、いつまでお休みを」

弥生は、上野の松丸デパートに勤めている。

「今週一杯です。傷自体はたいしたことないんですけど、なんだか外へ出るのが怖くて」

「分かります。まあ出社されたあとも、当分は夜遅くならないように、気をつけた方がいいでしょう」

「はい。警察の方でも、取り締まりをお願いします。このあたりは、以前から暴走族の車がうるさくて、迷惑してるんです」

梢田は、紅茶を飲み干して言った。

「ボウガンを撃った連中は、もうこの界隈にはやって来ませんよ。つかまえてください、と言うようなものだから」

「暴走族は、彼らだけじゃないと思います。別のグループの中に、もしかすると犯人に心当たりのある人が、交じっているかもしれませんし」

梢田は立ち上がって、わざとらしく最敬礼した。

「貴重なご意見をありがとうございます。何かほかに思い出すことがありましたら、お渡しした名刺の番号へ電話してください」

ヒルサイド・マンションを出ると、梢田はたばこに火をつけて言った。

「けっこう、うるさ型の女だな。まあ美人の部類にははいるが」

「歩きたばこはやめろ。警察官として、市民の手本となるべき立場だろうが」

梢田はしぶしぶ、一服吸っただけのたばこを投げ捨て、かかとで踏みにじった。

斉木は通りを渡り、少し離れた斜め向かいの白いビルに、足を運んだ。二階の小窓のすぐわきに、《六研出版》と袖《そで》看板が出ている。二人は黙ってビルにはいった。マロニエ・ビルという四階建てのビルで、ほかにテナントとして商事会社や、税理士事務所などがはいっている。吉沢卓巳は二階にある、六研出版の編集課長だった。廊下に積まれた本のカバーで、どうやら医学関係の出版社らしいことが分かる。

吉沢に面会を求めると、入り口の横の狭い応接室に通された。古いスチール製の戸棚に、『脳神経外科手術の実際』とか『精神科救急処置ハンドブック』といった本が、雑然と詰め込まれている。

吉沢はワイシャツに黒い肘《ひじ》カバーをした、五十代後半に見える小柄な男だった。つるが少し歪んだ、黒縁の丸い眼鏡をかけている。

「しかしなんですなあ、ボウガンで人を撃つなんて、正気の沙汰《さた》じゃありませんな。昨日も刑事さんに言ったんですが、あんなことをする輩《やから》は即刻刑務所にぶち込むべきです。そしてウィリアム・テルの息子みたいに、頭にりんごを載せて標的にしてやるんです。そうすれば、少しはこりるでしょう」

梢田は、たばこに火をつけた。

「ぜひそうしてやります。ところで、吉沢さんはおとといの夜、事件が発生した時間に、こちらにおられたわけですね。残業はけっこう多いんですか」

「週に一度か二度ってとこですね。たまに泊まることもあります。実はおとといも、そのつもりで通りに面した湯沸かし室に、歯を磨きにはいったんです。そこへちょうど、例の暴走族の車の音が聞こえましてね。前にも何度かそういうことがあったものだから、どんな連中だろうと小窓をあけて外をのぞいたんです」

「通りがよく見える位置ですか」

「ええ。袖看板のすぐ横の窓です。湯沸かし室の隣に仮眠室があるんですが、こちらには換気扇がついているだけで、窓はありません」

「オフィスの窓は」

「通りに面していますが、あの時間にはあたしがブラインドを下ろして、明かりも消していました。ほかにだれもいなかったし、節電節電と会社がうるさいものですから」

「それで、外をのぞいたら」

「車が三台、すごいスピードで走り抜けて行きました。それも耳がつぶれるような音を出しながらね。あれはひどい。あたしらみたいな昼間勤務者はまだいいが、住んでいる人たちはとてもたまらんでしょう。警察があの手の連中をほうっておくから、今度のような事件が起こるんじゃないですかね」

梢田は、たばこをもみ消した。

「その件については、署長によく伝えておきます。それで吉沢さんは、被害者の草野さんが撃たれるのを、ごらんになったんですか」

吉沢は残念そうに、肘カバーを引っ張った。

「いや、昨日申し上げたように、見てないんです。車はヘッドライトで、まぶしいくらい明るかったんですが、向かいの歩道は逆に陰になった感じでした。ただ車が通り過ぎたあと、だれか倒れているのがぼんやりと見えましてね。最初は酔っ払いかなと思ったんですが、服装の様子からどうやら若い娘さんらしいと分かったので、急いで外へ出てみました。そうしたら倒れた娘さんの、草野さんでしたか、肩のところに矢が突き刺さって、血が出てるじゃないですか。暴走族にやられたと言うので、びっくりしてすぐに一一九番したわけです」

「会社の電話でかけられたんですね」

「そうです。ちょうどあたしと前後して、お隣に住んでらっしゃる篠山さんが、同じように様子を見に出て来られましてね。それで草野さんを篠山さんに任せて、あたしはここへ駆けもどったわけです。篠山さんは草野さんを自分の家へ連れて行き、救急車が来るまでの間に応急手当をしてやったようです。なんでも、矢を抜くと出血が激しくなるからと言って、刺さったまま肩の付け根をさらしで縛っていました」

斉木が思い出したように、わきから口を出した。

「吉沢さんは、被害者の草野さんやお隣の篠山さんと、ご面識がおありですか」

「草野さんのことは知りませんでしたが、篠山さんのお顔は存じ上げています。なんといってもお隣ですから。昼休みで外へ出たときなんかに、ときどき顔を合わせることがあります。別に挨拶《あいさつ》はしませんけどね」

斉木は話題を変えた。

「ところで暴走族の車について、黒か濃紺の車だったことしか覚えていない、と供述書にありますが、もう一度思い出していただけませんか。どんなことでもいいんですが」

吉沢は腕組みをした。

「とっさのことでしたからねえ。とにかく、三台ともそれほど大きくなくて、黒っぽい車だったことは確かだと思います。型は全然分かりません。実のところあたしは、キャデラックとダットサンの区別もつかないんですから」

斉木は、顎《あご》に親指と人差し指を当て、唇の両脇を引き下げた。

「高いアンテナを立てていたとか、パワーショベルを引っ張っていたとか、屋根にミイラが寝そべっていたとか、何か覚えていることはありませんか」

吉沢は一瞬ぽかんとして斉木を見返したが、ふと何かに驚いたように腕組みを解いた。ゆっくり右の拳《こぶし》を握り締めると、もう一方の手のひらを勢いよく叩く。竹のはぜるような音がして、不意をつかれた梢田は、反射的に顎を引いた。

吉沢は、口から泡を吹きながら言った。

「そうだ、それで思い出した。確か二台目、つまり真ん中の車の、あれはリヤウインドーというんですかね、後ろの窓にワッペンみたいなものが、貼ってありました」

「ワッペン。ステッカーのことですか」

「そう、そのステッカーです。夜光塗料だかなんだか、黄色い鮮やかな色で、シャレコウベの絵が描いてあった。シャレコウベ、分かりますか」

梢田は興奮して言った。

「分かりますとも。子供のころ学校の理科室で、模型を見たことがある。要するにリヤウインドーに、シャレコウベのステッカーが貼ってあったんですね」

「そうです。今思い出しました。けっこう目立つステッカーでね。なんで昨日は、思い出さなかったんだろう」

斉木も顔を輝かせた。

「よくあることですよ。それは非常に参考になる証言です。助かりました」

二人はそのあと、吉沢の案内で湯沸かし室へ行き、小窓から通りをのぞいた。草野弥生が倒れていたあたりが、ちょうど斜めに見下ろせることが分かった。

位置関係を確認してから、二人はマロニエ・ビルを出た。

3

犬がけたたましく吠《ほ》える。

ペンキの褪《あ》せた白いドアがあいて、品のよい中年の婦人が顔をのぞかせた。梢田威が来意を告げると、婦人は自分が篠山喜代子だと名乗り、犬に向かってジロー、と強い口調で呼びかけた。人差し指を立てて、シッと合図する。すると犬は、見えない口輪をはめられたように、吠えるのをやめて緑色の犬小屋に潜り込んだ。

喜代子は二人を、玄関のわきの応接室へ上げ、自分は少しの間、奥へ引っ込んだ。

家は平屋でかなり古いが、床を歩く足の感触だけで、しっかりした造りだということが分かる。しばらくすると、喜代子が日本茶と煎餅《せんべい》と灰皿を載せた盆を、うやうやしく捧《ささ》げてもどって来た。梢田は、慣れない茶会に紛れ込んだように、居心地が悪くなった。

喜代子は、五十をいくつか出たくらいの年格好で、地味なグレイのワンピースに、らくだ色のカーディガンを着ていた。細面《ほそおもて》の顔に、薄く口紅をさした様子は、かつてこのあたりにもその雰囲気があったと聞くが、いわゆる山の手によく見られるタイプだ。

斉木斉が切り出す。

「こちらには、だいぶ長くお住まいですか」

「はい、主人の祖父の代からですので、家はもう五十年になります。わたくしが、はたちで嫁いでまいりましてから、三十二年たちますの。このあたりは、それからほとんどビル化されてしまって、個人住宅は珍しくなりました」

斉木はメモを開いた。

「そのようですね。ご主人のご両親は早く他界されて、ご主人も二年ほど前に亡くなられた、とうかがいましたが」

「はい。肝臓癌《がん》を患いまして」

「お気の毒でした。それで現在は、お一人でお住まいなわけですね」

喜代子はちょっと目を伏せた。

「はい。息子も娘も昨年所帯をもちまして、それぞれ独立しております」

梢田は少しいらいらして、わきから口を挟んだ。

「それで、例の事件のことなんですがね。昨日、うちの署の刑事がお尋ねしたことと、重なる部分があるかもしれませんが、よろしくお願いします。暴走族の車の音に気づいたのは、ちょうどトイレに立たれたときだった、と供述されていますね」

喜代子はうなずいた。

「深夜のニュースを見終わったときですから、午前零時を回ったころでした。お手洗いから出ようとしますと、いつもの暴走族の騒音が聞こえてきたのです」

「いつものとおっしゃると、かなり頻繁だったわけですね」

「週に一度か二度はかならず。ここ何か月か、ずっと続いております」

「それでこの応接間にはいって、外をのぞかれたと」

「はい。もし運転している人たちか、せめて車のナンバーでも分かれば、警察に取り締まっていただけるのではないか、と思いまして」

喜代子の目に、警察の対応の生ぬるさを非難するような、冷たい光が宿った。梢田はばつが悪くなり、口をつぐんで煎餅に手を伸ばした。

斉木はすばやく菓子皿を遠ざけ、梢田の話を引き取って続けた。

「この窓からのぞかれたんですね」

「はい」

斉木はソファを立ち、カーテンを引いて窓をあけた。梢田もぶつぶつ言いながら、斉木のそばへ行く。

窓の下に犬小屋があり、小さな花壇が見える。通りとの境に、腰くらいの高さの低い鉄柵が埋められ、その内側に目隠しの木が何本か植わっている。木と木の間から、ところどころ通りの様子が眺められるが、草野弥生が倒れていたあたりは枝と葉に遮られて、直接見渡すことができない。

斉木が言う。

「ここからでは、車の型やナンバーを確認するのは、ちょっと無理ですね」

喜代子は、残念そうにうなずいた。

「結局、通り過ぎるのが分かっただけで、車の様子は何も分かりませんでした」

「車だけじゃなくて、草野さんが倒れていた場所も、この位置からは見えませんね」

「はい。車が通り過ぎて少しすると、表の方で何か人声がするものですから、様子を見に出てみたのです。すると、向かいの歩道に娘さんが倒れていて、そのそばにかがみ込むワイシャツ姿の男のかたが見えました」

「それが隣のビルの、吉沢さんだったんですね」

「はい。吉沢さんは、しっかりしなさいとか、すぐに救急車を呼ぶからとか、草野さんをいろいろ励ましておられました。わたくしがそばへまいりますと、一一九番に電話するからあとを頼む、とおっしゃって会社へもどって行かれました。それでわたくしは、草野さんをとりあえずここへお連れして、応急手当をして差し上げたのです」

「吉沢さんが言っておられましたが、矢を抜かずに処置されたのは正解でした。抜くと急激に出血することがあるんです。よくご存じでしたね」

喜代子は恥ずかしげに目を伏せた。

「女子高時代に救急訓練で教わったことを、たまたま覚えていただけです。それより、たいした怪我《けが》でなくて、ほんとうにようございましたわ」

「いや、まったく。わたしらもできるだけ早く、犯人を検挙したいと思っています。事件に関連して、ほかに何か気づかれたことはありませんか」

形ばかり考えるしぐさをしたあと、喜代子は首を振った。

「ございません。何か思い出しましたら、また警察の方へお電話いたします」

通りへ出たとたんに、梢田は悪態をついた。

「どうして、煎餅を食う邪魔をした。おれの煎餅好きは、知ってるだろうに」

「聞き込みに行って、ばりばり煎餅を食うばかがいるか」

「しかしあれは《もち吉《きち》》の煎餅だぞ。あんたは知らんだろうが、《もち吉》といえば九州の」

「管内のバーで、おつまみを只食いするのとは、わけが違うんだ。そんなに食いたきゃ、九州に転勤してから食え」

二人が言い争っていると、篠山家の犬が犬小屋から走り出て来て、けたたましく吠え始めた。二人はあわてて、その場を離れた。

斉木が言う。

「おまえはこれから堂本《どうもと》銃砲店へ回って、ボウガンの矢の製造元が分かったかどうか、聞いてこい。それがすんだら署へもどって、シャレコウベのステッカーを貼ってる暴走族に心当たりがあるかどうか、交通課の連中に確認するんだ」

「あんたはどうする。まさか日も暮れないうちに、どこかへしけ込むつもりじゃないだろうな」

「ばかを言え。おれはもうひと回り、この界隈で聞き込みをしてくる」

二人は互いに、猜疑心《さいぎしん》のこもった目で相手の顔色をうかがいながら、左右に別れた。

梢田は、男坂の一直線の急階段を猿楽《さるがく》通りまで下り、さらに錦華《きんか》通りを突っ切って白山《はくさん》通りへ出た。堂本銃砲店は、神保町と水道橋のちょうど中間くらいにある、古い銃砲火薬店だった。

店主の堂本滋《しげる》は、自分でもクレー射撃やハンティング、エアガンによるサバイバル・ゲームまでこなし、あらゆる銃火器類に詳しいことで知られている。年齢は四十代の後半、目がくりっとした丸顔の好人物で、御茶ノ水署との付き合いも長い。そのうえ趣味がよりによって、古今東西のモデルガンの収集ときているから、堂本の人生は銃器を除いては考えられなかった。ただしボウガンだけは、毛嫌いして絶対に店で扱おうとしない。それでも知識の方は、銃火器類と同様かなり詳しい。

梢田と斉木はその日の午前中、草野弥生を襲ったボウガンの矢を堂本の店に持ち込み、その製造元を調べてほしい、と頼んでおいた。堂本は、それをためつすがめつしたあと、珍しく心当たりがないと首を捻《ひね》って、夕方までに調べておく、と約束したのだ。

店にはいると、堂本は自慢のコレクションから取り出した、コルトＳＡＡ（シングル・アクション・アーミー）の無可動モデルを、セーム革でせっせと磨いているところだった。年に一度、アメリカのオールド・ツーソンへ本物の拳銃《けんじゅう》を撃ちに行くのが、生き甲斐になっているという。なんでもそこへ行くと、西部劇そのままの町並みがそっくり残されていて、決闘ごっこが楽しめるらしい。そういう遊びは、子供のころに卒業したつもりの梢田には、とうてい理解のできない趣味だった。

堂本は例の矢を、カウンターに置いて言った。

「分かりましたよ、梢田さん。クロスボーに詳しい仲間に聞いたんですが、こいつは九年か十年ほど前に、アメリカのホブスンというメーカーが、限定生産で作った珍しいクロスボーの矢だそうです」

堂本はボウガンと言わずに、クロスボーと呼んだ。それが業界の正式名称らしい。

「限定生産か。それなら出所を特定できるかもしれんな」

「ワイルドストームというタイプで、日本には百セットしかはいらなかったそうです。当時の価格で一セット十五万円ですから、かなりの高級品といっていい。輸入したのは新宿区のバルネ商事。わたしのとことも付き合いのある、老舗《しにせ》の銃砲輸入代理店です」

梢田は指を鳴らした。

「百セットなら、追跡は楽だ。卸先の記録も残ってるだろう」

堂本はにっと笑い、カウンターの下から紙を出した。

「バルネ商事からファックスで、リストを送ってもらいました」

「ありがたい。近いうちに署の経費で、回転寿司をおごってやるよ」

リストには、銃砲店やモデルガンの専門店が、十軒並んでいた。場所は東京都と大阪府だけで、それぞれ十セットずつ卸したようだ。

「ところであんたのとこは、なぜクロスボーを扱わないんだ」

堂本の顔が渋くなる。少し考えたあと、まじめな口調で言った。

「この際だから言いますがね。クロスボーは、ひとつ間違えば人を殺しかねない、危険な武器です。改造する必要がないから、不心得者がちょっとした出来心で、簡単に鳥や犬猫を撃ってしまう。もっと頭に血がのぼると、今度の事件みたいに人を撃つことにもなるんです。もちろん純粋にゲームとして、クロスボーを楽しむ連中もいる。しかし危険であることに変わりはない。わたしがクロスボーを扱わないのは、こうした凶器をなんの規制もせずに野放しにしている、警察へのささやかな抵抗なんです」

梢田は、指でこめかみを掻《か》いた。

「あんたの言うことも分かるが、そうなんでもかでも規制しちまっては、業界にとってもファンにとっても、不都合だろう。要は使う側の、良識の問題なんだから」

「良識か。良識なんて、政治家の靴の底にこびりついた泥ほどにも、役に立ちゃしませんよ。赤い絨毯《じゅうたん》の上を歩いただけで、跡形もなく消えてしまう」

「あんたが、政治に興味をもっていたとは、知らなかった」

堂本はコルトSAAを、カウンターに置いた。

「ちょっとお尋ねしますがね。警察はなぜこういう、罪もないモデルガンを規制するんですか。これなんか本物とそっくりだが、引き金も撃鉄も焼き付けて可動しないようになってます。可動するモデルとなると、銃口をふさがれたもろいダイキャスト製で、しかも銃身はぴかぴかの金メッキです。黒い色を塗れるのは、合成樹脂のおもちゃだけ。今どき、モデルガンを本物に改造しようなんていう、暇で器用な暴力団はいませんよ。いくらでも、本物を手に入れるルートがあるんだから。まったく冗談じゃない。こんな無邪気なおもちゃを規制しながら、人を傷つける道具にもなるクロスボーをほっとくなんて、わたしは許せないね」

だんだん鼻息が荒くなる。

形勢不利とみた梢田は、あとずさりしてガラス戸を探った。

「その件については、国家公安委員会に意見を上申しておくよ。とにかくありがとう」

そう言い残して、そそくさと店を出る。

確かにボウガンを買うのに、今のところ特別の許可証もいらないし、どこかへ申請書を出す必要もない。堂本の言うとおり、事実上野放しの状態だった。草野弥生が息巻くのも無理はない。

ただどこの店でも、購入者に身分を証明する書類、たとえば運転免許証や健康保険証の提示を求めるよう、警察の指導を受けている。店によっては、住所氏名を書かせる場合もあるが、どちらにせよ規制は形式的なものにすぎない。

堂本の指摘は、正論かもしれなかった。

4

斉木斉は、ラーメンをすすった。

「それで、ワイルドストームを売った店には、連絡をとったのか」

梢田威は、ニラレバ炒《いた》めを箸《はし》でつついた。

「ああ。十店全部に電話して、販売伝票の控えか購入者リストをファックスするよう、丁重かつ強引に依頼した。しかし、すぐに回答できると返事した店は、一軒もない。早くてもあしたの午前中だろう。考えてみりゃ、古い話だからなあ。たとえ、その時点で記録をとったとしても、今日まで保存してるかどうか、怪しいもんだ」

「それに問題の矢も、ワイルドストームで発射された、とはかぎらん。別のボウガンでも、使えないわけじゃないだろうからな」

「限定生産のセットだから、矢を持ってるやつはまず間違いなく、ワイルドストームを買ったやつだ。だから購入者をたどれば、かならず足取りがつかめる」

「それと、交通課で暴走族のことは調べたか」

「ああ。交通課のコンピュータに、データがはいっていた。シャレコウベのステッカーを貼ってる暴走族は、文京区内に拠点をもつドクロ団というグループだ。二年前に解散したらしいが、例によって形式だけの解散かもしれん。少なくとも残党がいるはずだ」

「そうか」

梢田は、ラーメンの汁を飲む斉木の顔を、つくづくと眺めた。

「そうか、で終わりかよ。こいつはボウガンの出所より、ずっと有力な情報だぞ。それでなくとも、おれはあんたが街をぶらぶらしてる間に、二つも有力な手がかりをつかんだんだ。少しは驚け」

「ああ、驚いた」

梢田はため息をついた。

「勝手にしろ。これを辻村に知らせてやれば、あとは強行犯の連中が引き継いでくれる。

こっちもお役ごめんで、またのんびりできるだろう」

斉木は丼《どんぶり》を、とんとテーブルに置いた。

「このお人好しめ。せっかく手に入れた情報を、辻村にお知らせ申し上げる、だと。だからおまえはいつまでたっても、ただの平刑事でくすぶってるんだ。頭を使え、頭を」

とたんに会議室のドアがあき、辻村隆三がいかつい顔をのぞかせた。

「ここにいたのか。頭がどうした」

斉木はすぐに立ち上がり、辻村に最敬礼をした。

「梢田に、たまには首から上を使うように、指導していたところです」

辻村は腕を組み、戸口に立ちはだかった。

「それはいい傾向だ。今日の報告を聞こうか」

梢田も立ち上がる。

「実は六研出版の」

そう言いかけたとき、斉木が急にテーブルを体で押したので、ラーメンの汁が丼から
あふれ落ち、梢田の上着に飛び散った。

「くそ、何しやがるんだ」

梢田は急いでハンカチを出し、汁をふき取りにかかった。

その間に斉木が言う。

「ボウガンの出所について、手がかりをつかみました。アメリカのホブスン社の、ワイルドストームというブランドの限定セットで、十年ほど前日本に百セットだけ輸入されたものでした。梢田が管内の銃砲店で、聞き込んで来たのです」

「ほんとうか」

辻村に念を押され、上着の染みをふくことに専念していた梢田は、われに返って顔を上げた。

「ほんとうです。輸入業者から入手した卸先リストをもとに、購入者の特定を急いでいるところです」

辻村は頬を緩めた。

「そうか。おまえたちにしては、なかなか手際がいいじゃないか。ほかには」

「ほかにはありません」

斉木が言下に答えたので、梢田は発言するタイミングを失ってしまった。

辻村は二人を見比べ、ぐいと人差し指を振り立てた。

「よし、その調子でやってくれ。署長にはおれの方から、しかるべく報告を上げておく」

辻村が出て行くと、梢田はテーブルを拳で殴りつけようとしたが、かろうじて思いとどまった。

辻村の足音が、廊下を遠ざかるのを確かめてから、斉木に食ってかかる。

「ほかにはありませんだと。ドクロ団のことをなぜ黙っていた」

「さっき言っただろう、頭を使えと。何もかもしゃべったら、いいところだけ刑事課に横取りされて、おれたちの苦労は水の泡になっちまう。成績を上げるためには、おしゃべりは禁物だ。おれに任せておけ。ボウガンの出所については、おまえの手柄にしてやったじゃないか」

「現に、おれの手柄だからな」

梢田は言い捨て、ハンカチをしまった。一張羅の背広を汚されて、気分が悪い。上司でなければ、張り飛ばしているところだ。

斉木は腰を下ろした。

「おれもただ、街をふらついてたわけじゃない。それなりの収穫はあった」

梢田は、汚れていないテーブルの方へ、椅子をずらしてすわった。

「ただで酒を飲める店を見つけたか」

「見つけた。ばかやろう、それはついでの話だ。マロニエ通りをまっすぐ行くと、線路沿いのさいかち坂に出るだろう。それをくだり切った左側の、東洋高校の裏手に小さな自動車修理工場がある」

「それならおれも知ってる。さいかち自動車って名前だろう」

「そうだ。あそこは夜遅くまで店をあけてるから、深夜にカーマニアが集まると聞いた。おやじをつかまえて締め上げると、確かにシャレコウベだかドクロだかのステッカーをつけた車が、何度か来たことがあると白状した。しかし素性は知らんとぬかしやがる。すぐ先の、スナック《ザザ》にも立ち寄るようだと言うから、今度はそのスナックへ行って、開店準備中のマスターを締め上げた」

「よくよく、締め上げるのが好きなやつだな」

「だまって聞け。自動車修理工場に来た連中に、修理を待つ間酒を飲ませたりすれば、飲酒運転を奨励するようなものだ。徹底的に取り締まる、と教育的指導を行なってやった。するとマスターは、そういう連中にはソフトドリンクしか飲ませない、と頑張りやがる。いいかげんなことを言うと、営業停止にするぞと脅したら、くたびれたチューリップみたいに、こてんと折れやがった」

「あんたの話は、いつも前置きが長すぎる。その店で、今後只酒にありつけることが分かった以外に、どんな収穫があったんだ」

「おとといの夜、草野弥生が狙撃されたちょっとあとくらいの時間に、元ドクロ団のメンバーだったガキどもが、何人か店に立ち寄ったそうだ。マスターの話によると、解散したあともドクロのステッカーを貼って走り回っていたのは、日比野淳一《ひびのじゅんいち》というはたちのガキらしい。そのときはいなかったそうだから、たぶん近くで別れたんだろう」

梢田はポケットに手を入れ、交通課のコンピュータからアウトプットした、元ドクロ団の構成員のリストを取り出した。

「ヒビノジュンイチか。おう、確かにいるぞ、日比野淳一って野郎が。住所は文京区白山四丁目。こいつを締め上げれば、だれがボウガンで草野弥生を撃ったのか、すぐに分かるだろうぜ」

「そういうことさ。今度はおまえに、締め上げさせてやる」

「よし、そうと決まったら、さっそくみこしを上げようじゃないか」

白山四丁目は、すぐ近くに小石川《こいしかわ》植物園を控えた、閑静な住宅街だった。

日比野淳一の家に着いたときは、午後八時を回っていた。日比野家は、どちらかといえばこぢんまりした造りで、間口もそれほど広くない。表札の名前は、日比野進《すすむ》となっている。おそらく父親だろう。

屋根だけのガレージに、中型の黒い車が後部を道路側に向けて、ひっそりと停まっているのが見える。車体が低く、タイヤの幅が広い。街灯のほのかな光を受けて、リヤウインドーに貼られたドクロのステッカーが、夜光虫のように光った。

梢田はそばへ行って、車の中をのぞき込んだ。座席にボウガンでもあれば、すぐに逮捕状を請求できると思ったが、それらしいものは見当たらない。

「この車に間違いないな。あとでトランクをあけさせようじゃないか」

斉木はそれに答えず、リヤウインドーの疵《きず》をこすりながら、ステッカーに見入った。

「思ったほど大きくない。吉沢は、ビルの二階の窓からこいつを見て、よくシャレコウべと分かったもんだ」

「けっこう光ってるし、形で見当がついたんだろう。それより、さっさとすませようぜ」

斉木は門扉に取りつけられた、インタフォンのボタンを押した。

太い男の声が答える。

「はい」

「御茶ノ水署の者ですが、日比野淳一さんはいらっしゃいますか。夜分申し訳ありませんが、ちょっとお尋ねしたいことがありまして」

少し間があく。

「息子は外へ出ていますが、ちょっと待ってください」

インタフォンが切れた。

しばらく待っていると、やがて玄関の白いドアが開いて、茶色のセーターを着た中年の男が、サンダルを突っかけて出て来た。中背だががっしりした体つきの、四十代半ばに見える男だった。

「どういったご用件ですか」

斉木はそれに答えず、男をじっと見た。

「御茶ノ水署生活安全課の、わたしが斉木、こっちが梢田です。日比野進さんですか」

「そうです。淳一の父親です。どういったご用件ですか」

いくらか、不審の念がこもっているにせよ、警察の人間に対する気後れを感じさせない、しっかりした口調だった。手ごわそうな男だ、と梢田は直感的に思った。

「おとといの夜、御茶ノ水駅付近で発生した、ボウガンによる女性狙撃事件について、息子さんにお尋ねしたいことがありましてね」

斉木が言うと、日比野の顔がわずかにこわばった。事件のことは承知しているようだ。

「息子が関係している、とでも」

「それを確かめたいんです」

「息子は中学時代の、クラス会に行ってましてね。今夜はだいぶ遅くなると思います」

「連絡をとってもらえませんか」

斉木が口をつぐんだのを見て、梢田はどすのきいた声を出した。

「もし差し支えなければ、そこの車のトランクの中を、見せていただけませんかね」

日比野はじろりという感じで、梢田の顔を見直した。

「令状をお持ちですか」

梢田は、ちょっとたじろいだ。

「いや、今は持ってませんが、必要ならば取ってきますよ」

「では、取ってきてからにしてもらいましょう」

梢田は口を閉じた。思ったとおり、手ごわい男だ。

二人が黙り込んだのを見て、日比野は少し表情を緩めた。

「御茶ノ水署とおっしゃいましたね。辻村君は元気ですか」

梢田は驚いて、斉木と顔を見合わせた。

「辻村というと、刑事課長代理の、辻村警部ですか」

梢田が念を押すと、日比野は無造作にうなずいた。

「ええ、その辻村警部です。彼とは大学が同期で、一緒に警察にはいりました。本庁の捜査二課でも、コンビを組んだ時期があります。わたしは事情があって、五年前に退職しましたがね」

梢田は生えかけてきた不精髭《ぶしようひげ》を、ごしごしとこすった。この男は元警察官だったのか。道理で手ごわいわけだ。

「こりゃどうも、たいへん失礼しました。辻村警部をご存じとは、まったく奇遇ですな」

斉木が言う。

辻村の名前を聞いたとたん、手の裏を返したように愛想がよくなった。

それに気づいて、梢田は内心苦にがしく思いながら、わざとぶっきらぼうに聞いた。

「退職されて、今はどちらに」

日比野は唇の端をかすかに動かした。

「セグーロに勤めています」

セグーロは、大手の警備会社だ。おそらく警察時代より、いい給料をとっているに違いない。梢田はわけもなく、不愉快になった。

斉木が、お世辞笑いを浮かべて言う。

「ともかく、お見それしました。そういうことでしたら、あしたにでも出直してきます。どっちみち、息子さんから事情聴取するにしても、遅すぎる時間ですし」

日比野は、ためらいがちに片手を上げた。

「もし差し支えなければ、事件の顚末《てんまつ》を聞かせてもらえませんか。淳一が関係しているにせよいないにせよ、父親として経緯を知っておきたいんです。表通りに、なじみのスナックがありますから」

二人が答えあぐねていると、日比野は返事を待たずに家の中へ引き返し、靴にはき替えて出て来た。先に立って、表通りの方へ歩いて行く。

小さなスナックだが、奥に仕切りのついたボックスがあった。ディキシーランド・ジャズが流れており、高い声さえ出さなければ、周囲に話の内容を聞かれる心配はない。

三人ともコーヒーを頼んだ。

斉木がざっと事件の概要を説明する。梢田は口を挟まなかった。話を聞き終わると、日比野はたばこに火をつけて、煙を天井に吹き上げた。心なしか緊張しているようだが、とくに動揺した様子はみえない。

「別に息子をかばうわけじゃありませんが、三つの理由で息子は事件に関係していない、と断言できますね」

梢田は日比野を見つめた。

「どんな理由ですか」

「一つはおとといの夜、淳一がわたしと一時半過ぎまで、つまり問題の事件が起こったあとまで、ずっと自宅でテレビを見ていたこと。二つめは、淳一がこれまで一度もボウガンを持ったことがない、ということ。そして三つめは、ドクロのステッカーを貼っているのが、淳一の車だけじゃない、ということ。元ドクロ団の構成員の中に、同じようなのがいるはずです」

斉木が薄笑いを浮かべる。

「なるほど、分かるような気がします。しかし、できれば息子さんの口から直接、お話をうかがいたいですな。そもそもボウガンを撃ったのが、息子さんだと決まったわけじゃない。三台のうち、どの車から矢が発射されたのか、まだ特定されてないんです。かりに息子さんの車から発射されたとしても、実際に撃ったのは同乗していた別の人間かもしれない。どだい車をフルスピードで運転しながら、かたわらボウガンを撃つというのは、かなりむずかしいですからね」

「それ以前に、息子にはちゃんとしたアリバイがあるわけだから、運転していたのもボウガンを撃ったのも、別の人間ということになる。話ははっきりしてますよ」

「身内の人間のアリバイ証言は、かならずしも証拠能力が高いとはいえませんね」

梢田がずばりと言うと、日比野はすごい目で睨んできた。

「わたしが嘘《うそ》を言う人間かどうか、辻村警部に聞いてもらえば分かるでしょう」

斉木がとりなすように、二人の間に割ってはいった。

「まあまあ。とにかく、息子さんが無実なら何も問題ないわけですし、明日の朝御茶ノ水署へ出頭するように、伝えてもらえませんか。もちろんお二人ご一緒でもかまいません。かりに息子さんが、なんらかのかたちで関係しているとしても、日比野さんが辻村警部のお知り合いとなれば、悪いようにはしないつもりです。別に人が死んだわけじゃなし、マスコミの口を封じるくらい、わけもないことですから」

異論を唱えようとする梢田の足を、斉木がテーブルの下で蹴り飛ばす。梢田は小さくののしり、体をかがめて向こうずねをさすった。

その間に、斉木はさっさと席を立って、日比野を店から送り出した。

あわててあとを追おうとする梢田を、マスターが呼び止めて勘定を請求した。コーヒー三杯にしては、予想を上回る金額だったので、梢田は警察手帳を見せて文句を言おうかと思ったが、その余裕がなかった。

店を出たときには、すでに日比野の姿はどこにもなく、斉木が一人ガードレールに足をかけて、たばこをふかしているだけだった。

梢田はその背中に、非難の声を浴びせた。

「くそ、あんたがこれほど根性なしだったとは、今の今まで知らなかったぞ。なんだ、辻村の知り合いだと分かったとたんに、ぺこぺこしやがって。たとえ相手が警視総監の息子だろうと、おれは絶対に容赦しないからな」

斉木はゆっくりと振り向き、下水溝にたばこを捨てた。

「かりかりするなよ。いつからそんな、正義派になったんだ。おれは別に、日比野に気を遣ったわけじゃない。辻村のご学友を、それにふさわしく丁重に扱っておけば、少なくともおれたちの立場が悪くなることはない。少しは頭を働かせろ」

梢田はぐっと詰まった。言われてみれば、それもそうかと思う。斉木にはいつもこの調子で、言いくるめられてしまう。

梢田は、そんな自分の不甲斐なさに腹を立てて、思い切りそばのポリバケツを蹴りつけた。中でごみを漁《あさ》っていた野良猫が、猛烈な勢いで飛びかかって来たので、危うく歩道に尻餅をつきそうになった。

斉木と別れたあと、梢田は通りがかりの一杯飲み屋に立ち寄り、したたかにやけ酒を飲んだ。

5

梢田威は翌朝、大幅に寝坊をした。

十一時過ぎ、二日酔いの頭を抱えて署に出ると、斉木斉は珍しく文句も言わず、黙って新聞に目を通していた。ファックスをのぞいてみたが、問い合わせた銃砲店から返事が来た形跡はない。

梢田は二言三言、遅くなった言い訳をつぶやいてから、恐るおそる斉木に話しかけた。

「日比野淳一は、出頭して来たか」

斉木は新聞から顔を上げもせず、のんびりした口調で答えた。

「いや。さっきおやじが、ここへ電話をかけてきた。息子は行けないが、そのかわりに自分が出頭すると言うんだ」

「ばかを言え。小学校の父母会じゃあるまいし、当人が来なくてどうする」

「なんでも大事な話があるらしくて、会社を休んで来るそうだ。まあひとつ、聞いてやろうじゃないか」

日比野進が署にやって来たのは、十一時半を回るころだった。幸か不幸か、辻村隆三はまだ署に顔を出していない。

二人は日比野を、二階の会議室に通した。日比野は紺のスーツを、きちんと着込んでいる。梢田の吊るしが五着ほど買えそうな、仕立てのいいスーツだった。

梢田は、こわもての顔をこさえて言った。

「さて、お話とやらを、じっくりうかがいましょうか。まさかゆうべのアリバイの話を、もう一度蒸し返すつもりじゃないでしょうな」

日比野は梢田を見つめ、突然がばとテーブルに額を伏せた。

「申し訳ありません。ゆうべは急なことで動転して、つい嘘をついてしまいました。このとおり、おわびします」

梢田は、日比野の予想外の出方にとまどい、思わずのけぞった。斉木を盗み見ると、やはり当惑したような顔をしている。

梢田は、目をもどした。

「嘘ねえ。例のアリバイは、つまり事件のあった時間に、息子さんとテレビを見ていたというあの話は、やはり嘘だったわけですか」

「そのとおりです」

「要するに息子さんが、少なくともあの時間に事件が起きた現場を、自分の車で走っていたことを認める、とおっしゃるんですね」

日比野は顔を上げ、ゆっくりと首を振った。

「いや、そうではない。あのとき車を運転していたのは、このわたしなんです」

梢田はあっけにとられ、日比野の顔をつくづくと見た。

「な、なんですって。あなたが、あの車を、運転していたと」

「そのとおりです。わたし自身、年甲斐もなく夜中に車を飛ばすのが好きで、ときどき息子の車を借りて、一人で転がすことがあるんです。あの夜もそうでした。前と後ろにいた車は、いずれどこかの暴走族に違いありませんが、わたしとはまったく関係ない。いつの間にか前後を挟まれて、後ろの車にあおられるような格好で、あの通りへ突っ込んでしまったんです」

斉木がもっともらしくうなずき、テーブルに上体を乗り出す。

「なるほど、なるほど。そしてボウガンを発射したのは、残りの二台の車のどちらかであると、そういうわけですな」

日比野の肩が、無意識のように動いた。

「いや。ボウガンを撃ったのも、わたしです。前後を走る暴走族が、しつこくわたしの走行のじゃまをするものだから、脅かしてやろうと思いましてね。そうしたら手元が狂って、罪もない娘さんに当たってしまった。被害者には、いくえにもおわびしますし、治療代でも慰謝料でも、なんでもお支払いする用意があります」

梢田は、あきれて首を振った。

「信じられませんね。ゆうべも話が出ましたが、車を運転しながらボウガンを発射するのは、かなりむずかしい仕事だ。腕が四本なけりゃ、できないわざです」

「だから手元が狂って、横っちょへ飛んで行ったんです」

斉木が切り込む。

「そのボウガンは、だれがどこで手に入れて、今どこにあるんですか」

「昔わたしが新宿署にいたころ、暴力団から押収したものです。事件の翌日、本体も矢も全部処分してしまった」

まるで用意していたように、すらすらと答える。

「どこへ、どうやって」

「隅田川《すみだがわ》へ投げ込みました。もう場所も覚えていない。とにかく被害者には、わたしの方から刑事事件にしないように、よくお願いするつもりです。なんとか説得します」

梢田は、テーブルに肘をついた。

「刑事事件にしないといっても、現に善良な市民が傷害を受けたわけだから、示談にすればすむというものではない。傷害事件が親告罪でないことは、あなたも元警察官ならご存じでしょう」

「過失傷害は親告罪ですよ。わたしは草野弥生をねらったわけではない。彼女も分かってくれると思います」

梢田は口をつぐんだ。

いまいましいことに、この元警察官はおれより刑法に詳しいようだ。なんとか反論できないものか。

「だとしても、暴走族をねらう意志があったことは、確かでしょう。となれば、殺人未遂という見方もできる」

日比野は、余裕のある笑いを見せた。

「殺人未遂とは、おおげさな。わたしも、あなたがたと同じ警察官だった。そのよしみ、といってはなんですが、立件せずに穏便にすませていただけませんか」

梢田は苦笑した。

つい話に乗せられて、いつの間にか日比野のしわざという前提で、議論を進めてしまった。これは息子の淳一の事件なのだ。それを忘れるところだった。

「日比野さん。あなたが、自分のしわざだと言い張れば言い張るほど、真犯人は息子さんだと吹聴するようなもんですよ。かばうにも限度がある。いいかげんに、ほんとうのことを言ったらどうですか。息子さんはあの車を運転していたか、してなかったとすれば、後部座席から草野弥生をボウガンで狙撃したか、そのどちらかだ。それを、両方ともあなたが引っかぶろうというのは、いくらなんでも虫がよすぎる。違いますかね」

「もしお二人の一存では処理できない、ということでしたら、やむをえません。辻村警部と話をさせてください」

「だいたい、ボウガンを隅田川へ投げ込んで、場所も覚えていないなんて話を、だれが信用しますかね」

「辻村警部と、話をさせてください」

日比野が、頑固に言い張る。

「だめです。いくら辻村警部でも、そんな話に乗るはずがない」

梢田が言い返したとき、会議室のドアが静かに開いて、当の辻村がはいって来た。

斉木と梢田には目もくれず、日比野に向かって固い声で言う。

「だいたいの話は、今廊下で聞かせてもらった。ちょっと、刑事課の方へ来てくれ」

梢田は、憤然として腰を上げた。

「警部、お言葉ですが、自分は」

「おまえは斉木係長と一緒に、ここで待機していればいい」

辻村はそう決めつけ、日比野をせきたてるようにして、会議室を出て行った。

足音が遠ざかるのを待たずに、梢田は思い切り拳をテーブルに叩きつけた。灰皿が十センチほど飛び上がった。怒りのあまり、言葉が出てこない。

斉木は妙にさめた顔で、梢田に顎をしゃくった。

「ちょっと早いが、昼飯を食いに行くか」

梢田は、鼻息も荒く応じた。

「おうとも。こんなとこで、待っていられるか」

二人は駿河台下《するがだいした》まで足を伸ばし、老舗の鰻屋《うなぎや》《寿々喜《すずき》》にはいって、特上のウナ重を注文した。姑《しゅうとめ》にいびられた主婦が、しばしば高い買い物をしてうさ晴らしをする気持ちが、梢田にもやっと理解できた。

喫茶店《さぼうる》でコーヒーを飲み、署へもどったときは一時半を回っていた。

生活安全課にはいろうとすると、二階から下りてきた辻村が二人を呼び止め、会議室へ来るように命じた。

梢田はぶつぶつ言いながら、ふてくされた足取りで会議室にはいった。斉木は文句も言わず、超然とした態度でいる。

辻村は、広いテーブルに一人ですわり、二人が向かい側に腰を下ろすのを待った。

「おまえたちに手伝ってもらったおかげで、どうやらボウガン狙撃事件も解決をみたようだ。骨折りに感謝する」

梢田は気色ばんだ。

「自分としては、まだ解決したと考えておりません。係長も同じ意見だと思います」

そう言って斉木を見返ったが、斉木は何も意思表示をしない。

辻村が、押しつけがましく言う。

「さっき日比野進が、ボウガン事件の犯人として自首して来たとき、おまえたちはただちにおれに報告すべきだった。なぜ勝手に事情聴取した」

「それは日比野が来たとき、警部が署に出ておられなかったからです」

「待っていればよかったんだ」

「だいいち、あれは自首でもなんでもありません。明らかに息子の淳一をかばうための、見え透いたお芝居だと自分は考えます」

辻村は一呼吸おいた。

「しかし話の筋は通っている。日比野は草野弥生に事情を話して、告訴しないように交渉する、と言ってるんだ。その意をくんでやってもいいだろう」

「これは暴走族による、れっきとした傷害事件です。百歩譲って、日比野の言うとおり彼が実行犯だと仮定しても、単なる過失傷害とはいえません。少なくとも、他人を傷つけようという意志があったわけですから」

「たかだか一週間程度の軽傷だ。被害者がそれで納得するなら、示談解決ですませてやろうじゃないか。この前も言ったとおり、刑事課は今忙しいのでな」

「この事件の担当は、自分たちであります。警部ご自身がそう命じられたことを、まさかお忘れではないと思いますが」

「事件は解決した。おまえたちの仕事は終わったんだ」

「終わっていません。少なくとも日比野の息子を出頭させて、事情聴取するまでは」

「息子がその時間に、事件の現場を車で走っていたかどうか、まして車の中からボウガンで草野弥生を撃ったかどうか、なんの証拠もないんだぞ」

梢田は怒りを押し殺した。

「要するに、警部は日比野がかつての同僚だったので、頼みを聞き入れて息子の罪を見逃そう、というわけでしょう。日比野の、自供とも呼べないような作り話をうのみにして、事件を闇に葬るつもりなんですね」

辻村は、頰の筋をぴくりと動かした。

「闇に葬る、とは不穏当な表現だが、まあ内々にすませたい、ということだ」

「しかし、被害者が納得しないでしょう。草野弥生は、警察がボウガンの取り締まりに甘いことを、だいぶ批判していました。日比野が治療費や慰謝料を払ったくらいで、告訴を思いとどまるとはとても思えません。絶対納得しませんよ」

「納得したんだ」

「軽傷とはいえ、全治一週間の。ええと、なんですって。納得した。草野弥生がですか」

梢田はぽかんとして、辻村のいかつい顔を見つめた。

「そうだ。さっき日比野が、ここから彼女のマンションに電話して、説得したんだ」

「そんなばかな。自分は信じません。そう簡単に納得するわけがない」

「しかし、納得したんだ。なんならそこの電話で、彼女に確認してみろ」

梢田は、テーブルの電話に目を移した。とうてい信じられない。

辻村が、ため息をついて言う。

「おまえたちだけには話しておこう。ブン屋はもちろん、だれにも話すんじゃないぞ。草野弥生は、日比野の愛人なんだ」

「愛人」

梢田と斉木は、口をそろえて言った。

「そうだ。あの夜二人は、新宿のホテルで密会していた。ところが日比野が、急用で役員に呼び出されたために、弥生は一人でマンションへ帰るはめになった。そこへたまたま、日比野の息子が仲間と一緒に、車で通りかかったわけさ」

斉木が、薄笑いを浮かべる。

「たまたまといっても、そいつはあまりに偶然すぎますね」

「かならずしも偶然じゃない。淳一は半年ほど前に新宿で、父親が弥生とホテルから仲むつまじく出て来るのを見かけて、二人の仲を知った。弥生のあとをつけて、マンションの場所も突きとめた。淳一は、父親の不倫を母親に話すわけにもいかず、ときどき弥生のマンションの前を仲間と暴走して、いやがらせをしていたんだ」

「そのいやがらせが高じて、とうとう弥生をボウガンで撃ったわけだ」

　梢田が吐き捨てると、辻村は肩をすくめた。

「そうかもしれんし、そうでないかもしれん。ともかく日比野は、ゆうべ遅く息子からその話を打ち明けられて、愕然《がくぜん》とした。ただし淳一も、ボウガンで撃ったことだけは否定したらしい。しかし日比野は、それを信じなかった。すべてを自分のせいにして、事を収めようと決めたんだ」

「そもそも日比野は、どうして草野弥生とそういう仲になったんですか」

「日比野は警備会社のセグーロで、弥生が勤める松丸デパートの警備を担当している。弥生と知り合ったのも、そういう関係からだろう。自分たちの不倫を、女房にも会社にも知られたくないし、そのために息子を罪に落とすこともしたくない。まして暴走族の仲間がつかまれば、どんな展開になるか予測がつかない。進退きわまって、全部自分のしわざだと、嘘の自供をしたわけさ。もっとも、おまえたちが思いどおりにならないので、結局おれに泣きつくはめになったが」

　梢田は椅子にもたれ、腕を組んだ。

「日比野が警察をやめたのは、息子のせいだったんですか」

「それもあった、と聞いている。今はただの解散した元暴走族だが、その前は中学と高校で番を張って、何度も補導されたことがあるらしい」

それまで黙っていた斉木が、思い出したようにぼそりと言う。

「ところで草野弥生は、ほんとうに納得したんですか」

「日比野からいきさつを説明されて、だいぶ驚いたようだがね。しかし、事を大きくすれば不倫がばれるし、そうなればデパートにも勤めていられなくなる。日比野の言うとおりにするのが得策、と判断したに違いない。要するにこれは内輪のもめごとで、刑事というより民事の事件と考えるべきだろう。日比野が草野弥生から、いくら巻き上げられることになるか知らんが、どっちみちおれたちには関係ないことだ。分かったか」

会議室に、重苦しい沈黙が流れた。

梢田が黙っていると、斉木はため息をついて言った。

「分かりました。ここは警部のご意見をいれて、わたしたちは手を引くことにします。だれも死んだわけじゃなし、被害者も納得してるなら文句はない。生活安全課の人間が、口を出すことじゃないようです」

辻村はほっとしたように、肩の力を抜いた。

「さすがに係長は、物分かりがいいな。よし、これで話は終わりだ。行っていいぞ」

斉木はそそくさと立ち上がり、梢田もしかたなく腰を上げた。

どう考えても納得がいかず、いやみの一つも言ってやりたかったが、適当な言葉が思い浮かばない。

戸口へ行ったところで、二人は辻村に呼び止められた。

辻村は、あまり気の進まない口調で言った。

「おまえたちに、これで多少の借りができたことは、おれも認めざるをえんな」

斉木は何も言わず、にっと笑って頭を下げると、梢田をせかして会議室を出た。

廊下を歩きながら、梢田に言う。

「ちょっとそこまで付き合え」

「どこまでだ」

「そこまでだ」

6

斉木斉は、先に立って署を出た。

梢田威は歩いている間中、草野弥生と日比野進の不倫関係や、辻村隆三の汚いやり口について、ありとあらゆる呪詛《じゅそ》の言葉を吐いた。

斉木は、生返事をするだけだった。

御茶ノ水駅前を抜け、明大通りを少し下って、マロニエ通りにはいる。しばらく歩くとマロニエ・ビルの、《六研出版》の袖看板が見えるところまで来た。

その先には通りを隔てて、弥生の住むヒルサイド・マンションがある。

「おい、どこへ行くんだ。あの女のとこか、それとも六研出版の」

そのとき、手前の家の門から篠山喜代子が、犬を連れて出て来るのが見えた。二人に気づいて、親しげに頭を下げる。

二人が挨拶を返したとき、連れていた犬が猛然と吠え出した。通りの反対側にいた別の犬を見つけて、喧嘩《けんか》を売りにかかったのだった。喜代子が犬を叱《しか》り、鎖を引こうとした。犬は逆に鎖を引っ張り、通りへ飛び出した。

その力に抵抗できず、喜代子はよろめいて手に持った鎖を離した。

犬が猛然と走り出す。もう一匹の犬は、その見幕に驚いたように、しっぽを巻いて逃げ出した。喜代子もそれを追って、ジロー、ジローと犬の名前を呼びながら、小走りに通りを渡って行く。

斉木は、梢田の背中を押した。

「黙って見てるやつがあるか。一緒に追いかけて、つかまえてやれ」

梢田はぶつくさ言いながら、喜代子と犬のあとを追って駆け出した。

二匹の犬は、ヒルサイド・マンションの手前の道に駆け込み、どんどん走って行く。

梢田は、途中で喜代子を追い抜き、突き当たりのかえで通りまで、一気に走った。

二匹の犬が、斜め向かいの日仏会館の階段のところで、唸《うな》りながら睨み合っている。

梢田は足を止め、息を切らした。久しぶりに全力疾走したので、心臓が肺の中へ飛び込んだような気がする。

梢田は通りを横切り、そっとジローの後ろに忍び寄った。呼吸を整え、歩道に垂れている鎖に、思い切って飛びつく。

とたんにジローが動いたので、梢田は歩道にはいつくばった。しかしつかんだ鎖は放さなかった。

ジローはまた猛然と吠え始めたが、相手の犬はもう安全と判断したのか、とことことその場を離れて行った。

「申し訳ございません、すっかりお手数をおかけしまして」

追いついて来た喜代子が、しきりに恐縮しながら、梢田の手から鎖を受け取る。

「いや、つかまってよかった。それにしても、なかなか気の強い犬ですね。喧嘩っぱやいところが、自分とよく似ているような気がします」

梢田が言うと、喜代子は息をはずませながらかがみ込んで、ジローの頭をなでた。

「ほんとに、負けず嫌いなところが、死んだ息子とそっくりですの」

梢田は顎を引いた。

「死んだ。昨日は確か、ご子息もお嬢さんも去年所帯をもったばかりだ、とおっしゃったように思いますが」

「下にもう一人、息子がおりましたの。もう八年になりますけれど、十八のときに事故で亡くなりましてね」

そう言いながら、ずっとジローの頭をなで続ける。

「それはどうも、お気の毒でした」

梢田が不器用に悔やみを述べると、喜代子は体を起こして、もう一度頭を下げた。

「どうもありがとうございました。ジローを散歩させますので、ここで失礼させていただきます」

梢田も軽く頭を下げ、喜代子がさいかち坂の方に向かうのを見送って、マロニエ通りへ引き返した。

斉木の姿は、どこにも見えなかった。

きょろきょろしていると、やがて斉木が篠山の家と隣のビルの間から、体を斜めにして出て来た。

「どうしたんだ。市民の手本となるべき警察官が、住居不法侵入罪を犯していいのか」

斉木は、通りを見渡した。

「犬はどうした」

「おれが逮捕して、篠山喜代子に引き渡した。現在、この付近を散歩中だ」

斉木は後ろに回した手を、前に突き出した。大きなビニールの袋を持っている。

「なんだ。不法侵入したうえに、窃盗罪も犯したのか」

「いいからのぞいてみろ」

袋の中をのぞき込んだ梢田は、驚きのあまり目をむいた。

「おい、どこでこれを見つけた。まさかこいつは」

「ワイルドストームのセットさ。草野弥生を狙撃した矢は、こいつから発射されたに違いない。この家の南側に庭があって、そこの簡易物置にはいっていた」

梢田は袋の口を広げ、中をよくあらためた。

小型のボウガンのほかに、薄手のボードでできた的と、数本の矢がはいっている。矢は黒塗りで、矢羽根はオレンジ色だった。

「これはいったい、どういうことなんだ」

斉木は黙って、明大通りの方へ向かった。

梢田があとを追うと、斉木はあいた手をポケットに突っ込み、紙を引っ張り出した。

「今朝おまえが寝坊している間に、この一覧表がファックスではいった。上野の《トゥムストン》というモデルガン・ショップだ。丸印のとこを見ろ」

ファックス用紙を広げ、リストの中の赤鉛筆で囲まれた箇所を見る。

「千代田区神田駿河台一丁目、篠山次郎。もしかして、喜代子の息子か」

「そうだ。息子が二人いたんだ。上が太郎で、下が次郎だ」

「じゃあ、八年前に死んだ方だな」

斉木は梢田を見た。

「どうして知ってるんだ」

「さっき喜代子に聞いた。それで犬の名前が、ジローというわけか」

「たぶんな。買った日付は、そのリストによれば、九年前だ。母親が一緒に店へ行って、次郎に買い与えたらしい」

「店に聞いたのか」

「ああ。それから、長男の太郎にも聞いた。勤め先を調べて、電話したんだ。八年前に事故で死んだというから、そのあたりのいきさつも聞いてみた」

明大通りへ出て、御茶ノ水駅の方へ向かう。

「おれにはどうも、話の筋がよく分からん。説明してくれ」

梢田が催促すると、斉木は話し始めた。

「喜代子は次郎を、猫かわいがりしていたらしい。次郎がほしがるものは、なんでも買い与えた。ボウガンもそうだし、バイクもそうだった」

「バイク」

「そうだ。次郎はバイクに狂って、暴走族の仲間にはいった。墨田区や江東区の公園を、夜中にばりばり走り回ったそうだ。そして八年前のある夜、公園内のアスファルト道路で転倒して、頭蓋骨《ずがいこつ》骨折であの世へ行った。道路に張ってあった、ロープに引っ掛かったんだ。おそらく、騒音に腹を立てた住民のだれかが、こっそり仕掛けたんだろう。犯人はいまだにつかまってない。所轄署に問い合わせて、確認した」

梢田は、首筋をこすった。

「そうか、そんなことがあったのか」

斉木は駅の方へ渡らずに、まっすぐお茶の水橋へはいった。

「ここからはおれの推測だが、次郎が死んでからおそらく喜代子は、暴走族に憎しみを燃やすようになったはずだ。暴走族の仲間にはいりさえしなければ、次郎が死ぬこともなかったわけだからな。そこへ最近、自分の家の前を暴走族が走り回るようになったので、急に八年前のことが思い出されて、仕返しをしようという気になったんじゃないか。しかし相手が車では、ロープを張るわけにもいかない。それで次郎の遺品のボウガンを持ち出して、あの夜応接間の窓からやみくもに車を撃った。だれかを殺そうという、はっきりした意志があったとは思えん。頭にかっと血がのぼって、判断力を失ったんだろう」

斉木は足を止め、欄干にもたれた。梢田もそれにならう。

「するとその矢がはずれて、草野弥生に命中したというわけか」

そう言ったあと、梢田はふと思い当たった。

「いや、ちょっと待て。あの応接間の窓と、弥生の倒れていた場所とは木が邪魔して、直線距離では結べないはずだぞ」

「それはおれも考えた。しかし、ゆうべ日比野淳一の車を調べたとき、リヤウインドーに何かがこすれたような、疵がついていたのを思い出した。矢は一度淳一の車に当たってから、進路を変えて弥生の肩に刺さったに違いない」

梢田は口をつぐみ、たばこをくわえて火をつけた。

斉木は推測だと言ったが、話を聞かされるとそれが事実のように思えてくる。ワイルドストームのセットが、篠山喜代子の家の物置から見つかった、というのが何よりの証拠ではないか。

「すると、やはり日比野淳一は騒音をまき散らしただけで、ボウガン狙撃については無実だったわけだな」

「おやじまでが、息子のしわざだと思って嘘の自供をしたくらいだから、やりかねないやつではあったろうがね」

「くそ。おれは篠山喜代子が、いくら息子を亡くしたからといって、そんなことをしたとは思いたくない。事情聴取をするなら、あんたがやってくれ。おれはごめんだ」

「事情聴取はしない」

梢田は斉木を見た。

「そういうわけにもいかんだろう。現に証拠物があるんだし」

斉木は、袋を欄干の上に置いた。

「これには証拠能力がない。捜索差押許可状なしに押収したもので、いわば違法収集証拠だからな。覚えておいた方がいいぞ。今度の昇任試験に出るかもしれん」

「それくらい、おれだって知ってる。なんだって、無断で持って来ちまったんだ」

斉木は袋から手を離し、梢田の指からたばこを取って一口吸った。

「ああっ」

梢田が手を伸ばしたときはすでに遅く、ビニール袋は風に吹かれたように傾いて、欄干の向こう側に落ちた。梢田が欄干にへばりつくと、袋ははるか下方の神田川の水面に着水し、三秒後には沈んで見えなくなった。

斉木が、からかうように言う。

「なんだって袋を押したんだ。大事な証拠物だったのに」

梢田は顔を真っ赤にした。

「押してなんかいない。あんたが手を離したからだろうが。いったいなんのつもりだ」

そばを通りかかった女学生の一団が、二人を見てきゃらきゃらと笑う。梢田はそっぽを向き、口汚くののしった。

斉木がたばこを返す。

梢田は、憤然とそれを欄干の向こうに、はじき飛ばした。

「まったく、何を考えてるんだか。辻村に、どう言い訳するつもりだよ」

「言い訳したけりゃ、おまえがするがいいさ」

梢田は斉木の顔を見直した。

「辻村に報告しないのか、このことを」

斉木は肩をすくめた。

「この一件は落着したんだ。辻村がそう言ったじゃないか」

「しかし、ボウガンを撃ったのは」

「ボウガンなんて、どこにもない。日比野進が、隅田川に捨てたと言ったが、たぶんそのとおりだろう。神田川も隅田川も、いずれは東京湾に流れ込むんだ」

梢田は絶句して、斉木の顔を見つめた。

斉木は欄干にもたれ、涼しい顔で言った。

「おまえも聞いただろう。辻村はおれたちに、借りができたと認めたんだ。それをわざわざ白紙にもどすほど、おれはお人好しじゃないよ」

梢田は急におかしくなり、くすくすと笑った。

「くそ、あんたってやつは、よくもそう悪知恵が働くな」

「悪知恵じゃない。これが市民感情にそった、公正な裁きというものさ。暴走族は当分この界隈に来ないだろうし、篠山喜代子も無関係な弥生に怪我をさせたことで、正気にもどったはずだ。一所懸命応急手当もしたようだし。弥生は弥生で、日比野の息子にやられたと思い込んでいるから、日比野との関係を考え直すに違いない。日比野の家に一波乱あるかもしれんが、おれたちの知ったことじゃない。これで、おまえが昇任試験に合格すれば、万々歳というわけだ」

斉木はそう言って、ぶらぶらと駅の方へ歩き出した。

梢田も肩を並べる。

駅前の交番のそばで、横断歩道を渡って来た篠山喜代子と、ばったり顔を合わせた。

さきほどはどうも、とていねいに挨拶されて、梢田はまごまごしながら、ぎごちなく挨拶を返した。

喜代子はジローの鎖をしっかり握り、何度も振り返りながら、かえで通りを遠ざかって行った。

梢田は、ふと心配になった。

「喜代子が物置をあけて、ボウガンがなくなっていることに気づいたら、どうするかな。

犯行がばれたと思って、はやまったことをしなけりゃいいが」

斉木は、にやっと笑った。

「そのためにも、ときどき様子を見に行ってやれよ。ときには、犬の散歩を代わってやるのもいい。おまえはあのご婦人に、気に入られたようだからな。大好物の《もち吉》の煎餅も、たらふく食えるという寸法だ」

「冗談もたいがいにしろ」

梢田は、斉木の背中をどやしつけようとしたが、そのときには斉木はさっさと横断歩道を渡り、署に向かって歩き始めていた。

薔薇の色

今野敏

今野敏（こんの・びん）
一九五五年生まれ。大学在学中の七八年に「怪物が街にやってくる」で第四回問題小説新人賞を受賞しデビュー。八八年に『東京ベイエリア分署』でスタートさせた警察小説《安積班》シリーズは、二〇一九年の『炎天夢』まで、三十年以上も書き続けられている人気シリーズとなった。また、警察庁のキャリア官僚を主役に据えた『隠蔽捜査』を〇五年に発表。同書を起点とするシリーズは、第一作が第二七回吉川英治文学新人賞、第二作が第二一回山本周五郎賞と第六一回日本推理作家協会賞を受賞するなど高く評価された。その他、科学捜査に焦点をあてた《ST 警視庁科学特捜班》シリーズや、バイク部隊に着目した《ＴＯＫＡＧＥ《トカゲ》》シリーズなど、警察小説だけでも多様な作品を放ち続けている。さらに伝奇小説、格闘技小説、ＳＦなど、幅広く活躍を続けている。主な著作に『ジャズ水滸伝』『義珍の拳』『果断 隠蔽捜査2』など。

新橋の駅からそれほど遠くない細い路地に、カウンターだけの小さなバーがある。カウンターは重厚な一枚板で、グラスを置いてもほとんど音がしない。

照明は適度に仄暗《ほのぐら》く、店内には会話を邪魔しない程度の音量で音楽がかかっている。クラシックのこともあれば、ジャズのこともある。有線ではなく、バーテンダーがかけるCDだ。

安積剛志《あずみつよし》警部補は、一杯目のウイスキーの酔いがゆっくりと全身の血管に回りはじめるのを味わっていた。

安積の右隣には、須田三郎《すださぶろう》部長刑事がいる。その向こうには、村雨秋彦《むらさめあきひこ》部長刑事がいた。左隣には、交機隊の速水直樹《はやみなおき》小隊長がいた。

こんな日があってもいい。安積は思っていた。

たまたま、二つの事件が解決した。須田は、倉庫街の放火事件を追っていたし、村雨は若者の傷害事件を追っていた。

誰が言い出すともなく飲みに出かけることにした。東京湾臨海署の玄関を出たところで速水に会ったのだ。今日は日勤の当番で、上がりだという。

ここにいる全員がこのバーの馴染《なじ》みの客だが、こうして顔をそろえることは滅多にない。刑事は、常に何かの事件をかかえているし、交機隊は三交代制なので、なかなか予定が合わない。

刑事としては明らかに太りすぎの須田は、村雨を相手に話しつづけている。村雨は、真剣な表情でそれを聞いている。はたから見ると、大事件の話をしているように見えるが、須田の話の内容は、芸能界のゴシップだった。

速水は、カウンターに肘《ひじ》をついて、静かに酒を味わっている。安積も速水同様に、ウイスキーの水割りを楽しんでいた。

グラスに氷は入っていない。ウイスキーと水を半々にした水割りだ。これはれっきとしたカクテルなのだと聞いたことがある。

カウンターの中には、初老のバーテンダーが一人。昔ながらに蝶《ちょう》ネクタイをしている。シノさんと呼ばれている。白髪をいつもきちんとオールバックにまとめている。

安積は、速水が何かをじっと見つめているのに気づいた。その視線を追った。

カウンターの脇に出窓があり、そこに金属製の一輪挿しがあった。たぶん銀製だろうと思った。

その一輪挿しに黄色い薔薇《ばら》が活けてあった。速水はそれを見つめているのだ。横顔を見ると、どこか面白がっているような表情だ。何かを企《たくら》んでいるな、と思っていると、速水が言った。

「ここに三人の刑事がいる」

須田が話をやめて、速水のほうを見た。村雨も速水の次の言葉を待っている。

「おまえたちがどれだけ優秀か、ちょっとテストしてやろう」

安積は、顔をしかめた。

「今日の仕事は終わりだ」

「酒場の余興だよ。いいか、あそこに一輪挿しがある。実は、銀無垢《ぎんむく》のなかなかの値打ちものだ」

「へえ……」

須田が大げさに目を丸くした。「知らなかったな」

須田は常に何かに驚いているようだ。これでよく刑事がつとまると、周囲から思われている節があるが、実は誰よりも思慮深いのだ。大げさに反応するのは演技かもしれないと、安積は時々思う。

「一輪挿しのことはどうでもいい」

速水の話が続いた。「問題は、挿してある花だ。今日は黄色の薔薇が活けてある」

須田が言う。

「おまえたちも、この店にはたまに来るだろう。何か気づくことはないか?」

速水は、カウンターに身を乗り出すようにして、安積、須田、村雨の三人の顔を順に見た。

村雨が言った。

「いつもは、赤い薔薇が挿してありますね」

村雨らしい発言だ。優秀な刑事だ。観察力があり、滅多なことで失敗をしない。だが、その刑事らしさがときに鼻につく。

速水は満足げにうなずいた。

「そう。たいていは赤い薔薇だ。だが、時折、こうして黄色い薔薇が活けてあることがある。なぜだと思う?」

そんなことに何か意味があるのだろうか。速水の単なる思いつきではないのか。そう思って、安積はシノさんの顔を見た。白髪のバーテンダーは、無言でかすかにほほえんでいる。

須田は、真剣に考えはじめた。村雨は、どこか付き合いきれないという態度だったが、それでも思案顔になっている。

「おい」

安積は速水に言った。「おまえは、こたえを知っているのか？」

「いや。だが、以前から気になっていたことだ」

「ならば、おまえも推理に参加すべきだな」

「交機隊の俺が正解を言い当てたら、シャレにならんだろう」

「酒の席の余興だろう。俺は気にしない」

「おそらく、俺がこの店に一番長く通っている。シノさんとの付き合いも長い。俺が参加すると不公平になる」

このバーとの付き合いは、安積も速水もそう変わらない。要するに、速水は刑事たちに推理を競わせて、自分は高見の見物をしたいだけなのだ。こいつはそういうやつだ。

「じゃあ……」

須田が言った。「正解はシノさんだけが知っているんですね」

「この中ではそうだ。だが、古い馴染みの客はその意味を知っているらしい」

安積は、再びシノさんを見た。相変わらずかすかにほほえんでいるだけだ。否定をしないところをみると、速水が言っているとおりなのだろう。

限られた馴染みの客だけが知っている、薔薇の花の秘密だ。

「何かヒントはないんですか？」

須田が速水に尋ねた。すでに興味をそそられている様子だ。

速水が皮肉な口調で言った。

「おまえ、捜査のときに、関係者にそんなことを訊《き》くのか？」

「直接そんな訊き方はしませんよ。でもね、実際の捜査のときは、いろいろな人がヒントをくれます。目撃証言とか、鑑識の結果とか……」

「ヒントは、すべてこの店の中にあるはずだ」

速水は言った。「そうだな、シノさん」

シノさんはうなずいて、あくまでも上品に言った。

「そう。すべてこの店の中にございます」

速水が言う。

「さあ、刑事の本領発揮だ。観察力を推理力を駆使してこの謎を解いてくれ。現場到着《ゲンチャク》したときのことを考えればいいんだ。現場で、まずおまえたちは何をする？」

「現場の保存。先着の捜査員からの情報収集、そして、観察です」

村雨がこたえると、速水は満足げにうなずいた。

「じゃあ、同じことをすればいい」

とたんに、須田と村雨の気配が変わった。それまで飲み屋の客でしかなかった彼らがにわかに捜査員の顔つきになったのだ。

安積はその雰囲気の変化に驚いた。緊張感すら伝わってくる。それは、彼らの態度や目つきによるものだった。

「おい」

安積は言った。「本気になるなよ。酒場の余興だと言っただろう」

村雨が生真面目な顔でこたえた。

「優秀な刑事かどうかテストしてやると言われて、手を抜くわけにはいきません」

二人の部長刑事は、店内の隅々を観察している様子だ。全体から部分へ、そしてまた、部分から全体へ。完全に、刑事のやり方だ。

安積は、どこかばかばかしい思いだったが、村雨の言い分もわからないではない。さりげなく店内の観察を始めた。

古いバーだ。いつごろからここにあるのかは知らない。だが、少なくとも二十年前にはあった。安積もその頃から、それほど頻繁にではないが、この店で飲んでいる。

出窓にはいつもあの一輪挿しが置いてあり、薔薇が活けてある。たしかに、速水が言ったとおり、いつもは赤い薔薇だが、ときには今日のように黄色い薔薇だった記憶がある。

「ねえ、シノさん」

須田が尋ねた。「赤い薔薇だったり黄色い薔薇だったりするのに、何か規則性はあるの？」

「おっと」

速水が尋ねた。「シノさんに対する質問はなしだ」

「取り調べも捜査の大切な手段だよ」

「今日は推理力のテストだ。観察し、推理するんだ」

シノさんがにこやかに言った。

「よろしいじゃないですか、速水さん。今の質問にだけおこたえしましょう。規則性はありません」

安積は、さらに店の観察を続けていた。厚い一枚板のカウンターの向こうには、壁に作り付けの棚があり、おびただしい数の酒瓶が並んでいる。

おそらく世界のあらゆる酒が並んでいるのだろう。その種類は、百や二百ではきかない。店の奥には、小さなワインセラーもあり、ワインもそれなりにそろえているはずだ。

装飾はほとんどない。唯一の装飾が出窓の薔薇の花だと言ってもいい。

店の中を見回している須田と村雨に尋ねた。

「刑事は人を見るんだろう」

村雨がこたえた。

「はい。どんな犯罪も人が起こすものです。人の心理を考えないと捜査はできません」

「店だけじゃなくて、シノさんのことも考えるべきだろう」

村雨は、まるで上司に小言を言われたような顔をした。

「もちろん、そうしますよ」

「ここが何かの取引に使われているとしたら……」

須田が言った。「あの花で何かの合図をしているということも考えられますね。つまり、外にいる誰かに合図を送っているんです」

「ほう……」

速水が須田を見た。「どんな合図だ？」

「この店の中が今、安全かどうか。ヤバイやつがいるかいないかとか……」

「シノさんが、何かの取引をしているというのか？」

速水にそう言われて、須田は申し訳なさそうにちらりとシノさんを見た。シノさんは、上品にほほえんでいるだけだ。

「いや、それはあり得ないな」

村雨が須田に言った。

「どうしてだよ？」

「あの出窓は、本当の窓じゃない。ただの飾りだ。外からは見えないんだ」

須田は、あらためて出窓を見た。

村雨の言うとおり、出窓のようにガラスをはめ込んでいるが、窓の向こうはネオンサインになっていて、外から薔薇の花は見えないはずだった。

「あの花をシノさんが活けているとは限らない」

村雨が言った。「誰か外部の人間が、開店前にやってきて、活けるのかもしれない。つまり、シノさんの意思表示ではなく、誰かのシノさんに対する意思表示なのかもしれないですね」

速水が村雨に尋ねる。

「ほう、ずばり言うとどういうことだ？」

「男女関係ですね。それも、こうした他人に知られない連絡方法を取るということで、考えられるのは不倫関係です」

速水はうれしそうにうなずいた。

「それがおまえの結論か？」

村雨はあっさりと首を横に振った。

「いいえ。これは単なる仮説であって、そういう可能性もあるというだけのことです」

「いいだろう。それを村雨の第一の説としておこう。不倫の合図だ。ほかに可能性は？」

「須田チョウと同じく、花がシノさんの何らかの意思表示の場合。この店で流れる音楽は、大きく分けて二種類。クラシックとモダンジャズです。たいていはジャズが流れています。だが、ときおり、クラシックも流れている。つまり、それが薔薇の色に対応しているのかもしれない。赤い薔薇のときはジャズを流し、黄色い薔薇のときはクラシックを流す……」

「なるほど……」

村雨は論理的だ。彼は、証拠を一つ一つ積み上げて筋を読むタイプだ。決して冒険はしない。

だが、実際の仕事においては、そのほうがずっと役に立つのだ。捜査に突飛《とっぴ》な推理は必要ない。村雨のような実証主義こそが重要なのだ。

だが、安積はたいてい須田の洞察に興味を覚えてしまう。同じ材料を村雨と須田に与えても、出てくる結果がおおいに違うことがある。村雨は材料を積み上げる。だが、須田は材料を混ぜ合わせ発酵させるのだ。

安積のグラスがあいた。

シノさんが、近づいてくる。

「何になさいますか？」

安積は、ふとその質問の仕方が気になった。いつもは別な訊き方をされるような気がした。安積は、たいていは同じものを頼む。

だから、シノさんも、いつもは「同じものになさいますか」と尋ねているような気がする。

速水が妙な推理ゲームを始めたので、気になるだけかもしれない。これまで、シノさんの注文の取り方など気にしたことはなかったのだ。

「同じものをもう一杯ください」

シノさんは穏やかにうなずいてグラスを下げた。

「須田は、シノさんの取引説だけか?」

速水に尋ねられて、須田は、宙を睨《にら》んだ。仏像のような顔に見える。これは、須田が本気になった証拠だ。

「シノさんの性格を分析してみたんですよ。客のことを第一に考える。バーテンダーの中のバーテンダーですよね。おそらく、自分のことより他人を大切にする人です。そんなシノさんが、花屋に薔薇を買いに行ったとする……」

須田は、頭の中で展開するドラマをそのまま言葉にしているらしい。

安積は、そのドラマに引き込まれた。新たなウイスキー・アンド・ウォーターがやってきて、安積はそれを口に含み、豊かな香りを楽しんだ。

「つまみやらペーパーナプキンやらの買い出しの途中に花屋に寄る。おそらく、買い物を終えて店に戻る途中に花屋を覗《のぞ》くんでしょう。当然、花も残り少なくなっている。シノさんは薔薇を買おうと決めている。でも、どんな薔薇を買うか決めているわけじゃない。花屋で薔薇を眺めていると、売れ残っている花が眼につくわけです。それが、ときには赤い薔薇だったり、黄色い薔薇だったりするわけですが、シノさんの性格からして、どうしても売れ残りそうな薔薇を買ってやりたくなるんです」

須田は見た目よりずっとセンチメンタリストだ。そして、時折、須田のセンチメンタリズムは伝染する。

心優しいバーテンダーと売れ残りそうな薔薇の花のちょっとしたエピソードだ。だが、速水はそんな話では納得しようとしなかった。

「花屋で売れ残りそうな薔薇が、いつも赤か黄色とは限らない。白い薔薇だってあるだろうし、ピンクの薔薇だってあるだろう」

須田は、現実に戻ったような表情になって言った。

「シノさんは、赤と黄色が好きなんですよ、きっと」

「いいだろう。須田は、取引説と売れ残り説だ。村雨は不倫の合図説と、BGM説だな」

「ちょっと待ってください」

村雨が言った。「捜査の筋ってのは、そうはっきり決められるものじゃない。須田チョウの説と、俺の説の折衷が正解ということもあるじゃないですか」

須田が言った。

「えーと、俺もそう思いますね。捜査ってのは、いろいろな線を追ううちに次第に一つにまとまっていくもんなんです」

「言い訳がましいな」

速水はにやりと笑った。「自分の観察眼と推理力で、これだっていう説を出してくれ。こいつは勝負なんだ」

速水はシノさんを見た。「なあ、シノさん、正解者には何か賞品を出してもいいよな」

シノさんはほほえみながらうなずいた。

「さようですね」

「賞品がかかってるの？」

須田が言った。「何をもらえるの？」

「それは、あとのお楽しみということで……」

須田と村雨は、さらに真剣に考えはじめた。二人とも賞品がほしいわけではないだろう。勝負だと言われたことが問題なのだ。こんなゲームで刑事の資質を測れるわけではない。だが、現職の刑事としてつい意地になる気持ちもわかる。

「赤の薔薇の花言葉は、たしか情熱とか愛情だったな……」

須田が記憶をまさぐるようにつぶやく。「そして、黄色の薔薇の花言葉は、友情や恋のほかに別れというのがあったはずだ」

速水が驚いた顔をした。

「須田、おまえ、薔薇の花言葉なんて知っているのか？」

安積は驚かなかった。須田がどんなことを知っていても驚かなくなっている。おそらくもっとずっと意外なことだって知っているはずだ。須田というのはそういう男だ。

須田は、速水に言った。

「何だって知らないより知っていたほうがいいでしょう。どんなことでも捜査に役立つんですよ」

「それで、花言葉がどうした？」

「活ける花の色が、もしシノさんのメッセージなんだとしたら、花言葉に関係あるのかもしれないと思ったんです。赤い薔薇は情熱を表し、黄色い薔薇は別れを表す……。そこに何かヒントがあるかもしれない」

「それじゃこたえになってないな」

須田はまたしばらく考えていた。まるで本当に捜査をしているときのように真剣だ。

その様子を、速水は面白そうに眺めている。

「そうですね。赤い薔薇を飾る日のほうが圧倒的に多いわけですよね。黄色い薔薇の日は稀《まれ》だということはわかっています。そして、黄色い薔薇には、別れの意味がある……。シノさんが大切な人と別れた日なんじゃないでしょうかね。そして、黄色い薔薇には友情の意味があります。亡くなった友人たちのために特別に黄色い薔薇を飾っている……」

やはり、須田の推理はどこかセンチメンタルだ。

「須田は、取引説、売れ残り説、そして、花言葉説だ。どれが本命だ？」

須田は、またしばらく考えてから言った。

「どれも可能性がある気がします。三つとも捨てがたいですね」

「わかった。じゃあ、須田はその三つだ。村雨の二つの説を合わせて合計五つの筋が立った。さて、いよいよ真打ちの登場だ。ハンチョウ、おまえの推理を聞かせてくれ」

安積は面倒くさかった。

「遊びもいいが、ゆっくり酒を飲ませてもらえるとありがたいんだがな」

「ハンチョウが話をまとめてくれれば、遊びは終わりだ。さあ、部下たちがいろいろな推理を披露した。おまえはどうだ？」

速水だけではなく、須田が興味津々という顔で安積を見ていた。

しかたがない。速水の遊びに付き合ってやるか……。

もう一度、店内の観察だ。花と呼応するように変化しているものはないか……。その点に眼を付けたのが、村雨のＢＧＭ説だった。

たしかに飾り気のない店だが、シノさんが店内の雰囲気に気をつかっているのは明らかだ。花と音楽をコーディネートするという村雨の推理にはうなずける。

安積が観察した限りでは、薔薇の色と呼応するように何かを変えているとは思えなかった。BGMが村雨のいうとおりに変わっているかどうかはまったく記憶にない。

「シノさんの気分次第じゃないのか」

安積は言った。「薔薇の色が変わることにそれほどの意味はないかもしれない」

「なるほど……」

速水が言った。「気分次第ね……。それもあり得る。だとしたら、どうしてほかの色がないんだ？」

「ほかの色だって？」

「そう。須田の売れ残り説のときも言ったが、薔薇にはいろいろな色がある。気分次第だったら、赤と黄色だけじゃなくて、もっと別の色があってもいいじゃないか」

「須田が言ったように、シノさんは黄色と赤の薔薇が好きなのかもしれない」

「いいだろう。ハンチョウは、シノさんの気分説だな」

そう言われて、なんだか中途半端な気がしてきた。ようやく本気で考える気になった。

「待て。今のは時間稼ぎだ」

速水は、面白がるような笑顔を向けてきた。

まったく、こいつは……。

安積は、シノさんの人柄や行動パターンなどを思い描いた。

「シノさんが、薔薇の色を変えることで、誰かに何かのメッセージを送っているというのは、須田や村雨も考えたことだ。俺もそうだと思う」

速水が言った。

「さて、それがどういうメッセージか、だ……」

「この店に、ほかに装飾らしいものはない。唯一の飾り付けがこの銀の一輪挿しと薔薇の花だ。つまり、たいていの客はこの花に眼をやる。だから、特定の誰かにメッセージを送るという類のものではない」

「どうしてそう言える？」

「俺が特定の誰かに、特別なメッセージを送るのなら、ほかの人に気づかれないようにやる。たとえば、棚の酒瓶の位置だとか、棚の特定の場所に、特定の酒を置く、とか……。そうすれば、ほかの誰にも気づかれずに合図を送れる」

「なるほど。つまり、あの花は、特定の誰かに、ではなく、不特定多数に送られるメッセージだということか？」

「不特定多数ではありえない。なぜなら、俺たちもそうだが、薔薇の色の意味に気づいていないからだ。つまり、特定の何人かの人に向けられたメッセージということになる」

「おまえが言ったことだ。長い間この店に通っている常連客も薔薇の色の意味を知っている」

「俺たちは、二十年近くこの店に通っている。だが、意味を知らない」

「俺もおまえも、それほど頻繁にこの店に来ているわけじゃない。もっと足繁く通ってくる古い常連さんがいるはずだ。おそらく、そういう人たちへの合図だ」

速水は、ちらりとシノさんのほうを見た。

「だとしたら、今夜から俺たちはその秘密を知っている常連の仲間入りができるかもしれないな」

シノさんは、相変わらず穏やかにほほえんでいる。

「さて、ここからが難しい」

安積は言った。「まずは、シノさんの性格や店の経営方針から考えていかなければならない。この店の売り物はなんといっても酒だ。酒の種類もさることながら、シノさんの酒の知識や酒への愛着がこの店の一番の魅力だ。シノさんもそれをちゃんと意識しているに違いない」

シノさんは、かすかに会釈した。

「恐れ入ります」

「それで……？」

速水が急かすように言った。

須田も真剣《せ》な表情だ。いまや村雨までが身を乗り出している。

安積は言った。

「そして、シノさんは、ひかえめな人だ。もともとの性格なのか、この仕事のためにそう努力しているのかはわからない。だが、決して客に何かを押しつけたりしないのはたしかだ」

速水はうなずいた。

「要点を言ってくれ」

「あの薔薇は、酒に関する何かのメッセージだ」

「どんなメッセージだ？」

「この先は、手がかりがないと難しい」

「なんだ、そこまでか？」

「いや、実は手がかりがあった。シノさんが手がかりをくれたんだ」

シノさんは驚いた顔になった。

「私がですか……？」

「そう、無意識だったのかもしれない。でも、シノさんは、お代わりを作るときに、俺にこう尋ねた。『何になさいますか』と。いつもは違う。シノさんは必ず『同じものになさいますか』と尋ねるんだ。俺がいつも同じものを飲むことを知っているからな」

「それが手がかりか？」

「そう。シノさんは、何かを期待していたのかもしれない」

「何か？　何を期待していたというんだ」

「俺が何か別なものを注文したいと言い出すことをだ」

「何のために？」

「それが、あの黄色い薔薇の意味のこたえだ」

「ちゃんと説明してくれ」

「あの薔薇は、誰か特定の人に向けるメッセージではなく、かといって不特定多数に向けられたメッセージでもない。ある限られた一部の人たちに向けられたメッセージだ。ここまではいいな？」

「ああ」

速水といっしょに、須田と村雨もうなずいた。

「この店の売りは、酒だ。そして、シノさんは並々ならぬ情熱を酒に注ぎ込んでいる。だからこそ、俺たちはシノさんを信頼してここで楽しめる」

「そういうことだ」

「そして、この店の装飾はあの一輪挿しと薔薇の花だけ。つまり、あの薔薇はこの店のもっとも大切なものに関するメッセージと考えていい。それは何だ？」

「酒だ」

「そう。それもただの酒じゃない。シノさんが、つい客に勧めたくなる特別の酒だ。今日、何か特別な酒が手に入った。だから、いつも同じものしか飲まない俺にも、つい勧めたくなった。だが、シノさんは決して客に何かを押しつけたりはしない。だから、お代わりの注文を取るときに、ああいう訊き方になってしまったんだ」

「つまり、おまえのこたえは……？」

「普段は赤い薔薇を飾る。だが、シノさんのこだわりの酒が手に入ったようなときには、黄色い薔薇を飾る。常連はそれを知っているので、シノさんにそれを注文することができる。大勢の人に飲ませたいが、貴重な酒だろうから、量は限られている。だから、黄色い薔薇の意味を知っているような常連だけの密《ひそ》かな楽しみにしているというわけだ」

速水は、シノさんを見て言った。

「さて、シノさん、推理は出そろった。正解者はいるか？」

「はい。いらっしゃいます」

「誰だ？」

シノさんは、何も言わずに棚のほうを向いた。奥のほうから何かを取り出した。

酒の瓶だ。ウイスキーのようだ。シノさんは、布巾《ふきん》でその瓶を丁寧にぬぐった。

安積だけではなく、速水も須田も村雨も、その一挙一動を無言で見つめている。

次にシノさんは、棚からショットグラスを取り出した。カウンターに戻ってくると、安積の前にショットグラスを置いた。

そして、さきほどのボトルの中の液体をそのショットグラスに注いだ。

「滅多に手に入らない、珠玉のシングルモルトです。味わってみてください」

速水がシノさんに言った。

「……ということは？」

シノさんがうなずいた。

「はい。安積さんが正解です。さすがでございますね。このウイスキーのバージンショットが、正解の賞品です」

ありがたくいただくことにした。

口のそばに持ってくるだけで、豊かに匂い立つ。一口含む。まったく尖《とが》っていない。まろやかで温かい。

熟成した果実のような芳醇《ほうじゅん》な香りの奥に、かすかにスモークが香る。

それを味わうのは至福の瞬間だった。

「うまい」

それしか言葉が出てこない。

シノさんは、カウンターにいる四人全員に言った。

「みなさま、ようこそ、イエローローズ・クラブへ」

覚醒期

書き手と読み手が、「警察小説≠刑事小説」と覚醒し——

共犯者　横山秀夫

焼相　月村了衛

手紙　誉田哲也

共犯者

横山秀夫

横山秀夫（よこやま・ひでお）

一九五七年生まれ。九一年『ルパンの消息』で第九回サントリーミステリー大賞の最終候補になったことを契機に、記者として十二年勤めた新聞社を退社する。同作は佳作となるも当時は書籍刊行には至らず。その後フリーライターや漫画原作者等を経て、九八年に「陰の季節」で第五回松本清張賞を受賞してデビュー。刑事ではなく、警察の人事担当を主役に据えてミステリを成立させた斬新な警察小説として注目される。二〇〇〇年に、同じく地方の県警が舞台の「動機」で第五三回日本推理作家協会賞を受賞。警察小説の執筆を続けつつ、記者当時の体験を反映した『クライマーズ・ハイ』（〇三年）や、家を題材にした『ノースライト』（一九年）なども発表している。主な著作に『半落ち』『臨場』『震度0《ゼロ》』『64』など。

1

街はすっかり秋めいていた。

車載の共通系無線は、窃盗被害の一一〇番内容を告げていた。外を行き交う人の耳に届かぬよう音量はぎりぎりまで絞ってある。国道沿いにあるコンビニの駐車場。その一番奥の目立たない場所に車をとめてから、まもなく一時間が経《た》とうとしていた。

平野瑞穂《みずほ》は、運転席で背筋を伸ばし、慣れない手つきで一眼レフのカメラを構えていた。三十センチほども突き出た望遠レンズが手に余る。ファインダーの中央には、薄緑色の制服を着た若い女の姿をとらえていた。手ブレがおさまってみると、濃いめの化粧や欠伸《あくび》をかみ殺している表情までが見て取れた。カメラを少し左に流す。同じ制服を纏《まと》った女が視野に入った。こちらは雛《ひな》人形を連想させるあっさり顔――。

「な、左のほうがいいだろ？　スレてなくってよ」

助手席の音部《おとべ》主任が待ちかねたように言った。

「ええ、まあ……」

「お前と同じぐらいだよな。二十三、四ってとこだろ」

「……かもしれないですね」

曖昧《あいまい》に答えて、瑞穂はファインダーから目を外した。途端に視界は、片側二車線の国道を隔てた『かすみ銀行増淵支店』の全景に切り替わる。

「貸してみろ」

音部が奪うようにカメラを取り戻した。

「ん……やっぱり左だな……。胸も結構でかいし」

それってセクハラです。いまどきのＯＬならピシャリと言うのかもしれないが、瑞穂は声を無視して腕時計に目を落とした。

午前九時五十三分。間もなく「決行」の時間だ。

「主任、客はどうです？」

音部は預金係の女に未練を残しつつカメラを動かした。

「三人……。いや、いま一人出る」

「じゃあ、あとの二人が出たらゴーサインを出していいですか」

「ああ、そうしてくれ」

瑞穂は、ショルダーバッグの中から支給品の携帯電話を取り出した。客が途切れたタイミングを見計らって「強盗犯人」に決行の指示を与える――。

瑞穂が婦警になる少し前まで、銀行強盗の通報訓練は、防犯運動期間中のアトラクションの域を出なかったと聞く。あらかじめ報道陣を銀行の店内に集めておいて、そこへ強面《こわもて》の刑事扮《ふん》する強盗犯人が包丁片手に「金を出せ！」と押し入る。犯人と行員のやり取りは芝居掛かっていて真剣みに欠け、訓練中にクスクス笑いだす女子行員もいたという話だ。

今は違う。大半の訓練は、まるっきりの抜き打ちだ。今日これから支店が強盗に襲われることを知らされているのは、支店長ただ一人。ほかの十三人の行員にしてみれば、まさしく、「本物の強盗」が押し入ってくることになる。警察と金融機関は定期的に会合をもち、強盗対策もマニュアル化されているが、それが実際に機能するかどうか、本番さながらの訓練で試されるのだ。

同じことは警察サイドにも言える。刑事部の幹部と限られた少数のスタッフを除き、今日の訓練実施は伝えられていない。ここ増淵町を管轄するS署はもとより、機動捜査隊や自動車警邏《けいら》隊の面々は、まっさらの状態から捜査を立ち上げ、上から「本気で逃げろ」と厳命されている犯人を捜し、追い詰め、手錠を掛けねばならない。

遊び半分で訓練をやっていられる治安情勢ではなくなったということだろう。マスコミ各社にも事前連絡は回していない。代わりに広報室の音部が「押し入る強盗犯人」の写真をおさえ、夕方、訓練結果の発表文とともに各社に配付する段取りだ。

――ああ、もう早く出てきてよ。

瑞穂はやきもきしていた。訓練開始予定の午前十時を回ったが、二人の客はまだ銀行から出てこない。携帯を握る手が汗ばんでいる。訓練とはいえ、自分が掛ける電話を合図に何百人からの警察官が一斉に動きだすかと思うと、ひどく落ちつかない気分にさせられる。

「おっ、揃《そろ》って出るぞ」

音部の声から一拍あって、支店の自動ドアが開いた。若い背広……。続いて、商店主とおぼしき中年の男が足早に歩道に出てきた。よし。決行だ。

「呼びます」

瑞穂は携帯の短縮番号をプッシュしようとして、が、一度手元に落とした目線を上げた。網膜の残像がそうさせた。老人だ。支店から十メートルほど右手、ブティックが軒を並べる横長のビルの前の歩道に、杖《つえ》を手にした老人がこちらに向いて立っていた。

「どうした？　早く掛けろよ」

「危ないですよ、あのお爺《じい》ちゃん」

言いながら、瑞穂はもう運転席のドアを押し開いていた。訓練が始まれば支店前の歩道は大騒ぎになる。犯行を終えた「犯人」が老人のいる方向に逃げでもすれば、追跡劇の混乱に巻き込まれる危険だってある。

瑞穂は歩行者用信号を渡り、支店の前を小走りで通過して歩道の老人に声を掛けた。

「あの、すみません」

大きな鷲鼻《わしばな》が瑞穂に向いた。

「なんだい？」

声も眼光もしっかりしていて、遠目よりかなり若く見えた。おそらく七十を幾つもでていない。だが、杖の使い方で、右足を庇《かば》っているのはわかる。その足元はサンダル履きだった。ここ数日めっきり朝晩の気温が下がり、だから老人の青白い素足は寒々と目に映った。

瑞穂はきちんと腰を折って言った。

「大変申し訳ないんですが、よろしかったら場所を移動していただけないでしょうか」

「あ？」

「あと少しすると、ここでちょっとした警察の訓練が始まるんです。万一のことがあるといけないと思いまして」

「警察だと……？」

老人は露骨に嫌な顔をして、睨《にら》むように瑞穂を上から下まで見た。

「あんたも警察の人間なのか」

「ええ、そうです」

瑞穂はショルダーバッグから警察手帳を取り出した。表紙を捲《めく》り、所属を記した恒久用紙第一葉を見せる。

「本部捜査一課の平野瑞穂です」

老人は、瑞穂の顔写真に目を落としたが、フンと鼻を鳴らしてそっぽを向き、旅館だかホテルだかのマッチを取り出して煙草《たばこ》に火をつけた。

「年寄りは邪魔だから家に引っ込んでろっていうわけか」

「あっ、違います。そんなふうに聞こえたのなら謝ります。でも、そうじゃなくて――」

「ああ、わかったわかった、年寄りは退散する。だがな――」

老人は苛立《いらだ》った様子で煙草の煙を吐き出した。

「警察の顔を立てるつもりは毛頭ないぞ」

「はい……?」

「俺は俺の考えで場所を移るってことだ。いいな」

「ええ、もちろん、それで結構です。そうしていただけると助かります」

話すうち、支店に新たな客が入っていくのが見えた。車中の音部は舌打ちを連発しているに違いない。

老人はゆっくりと立ち去って行った。

その背を見送ると、瑞穂は車には向かわず、さらに十メートルほど歩道を走った。バス停の近くに、赤ん坊を抱いた若い母親を見つけたからだ。

「バスに乗るんですか」

「いえ……違いますけど」

切れ長の細い目が瑞穂に向いた。やや下膨《しもぶく》れで起伏に乏しい顔。それを補うかのように化粧はきつかった。タートルネックの白いシャツにジーンズ地のオーバーオール。前髪に金色のメッシュを入れ、耳にはピンク色のピアスが光っていた。まだ二十歳前ではないだろうか。ともかく、母親と呼ぶにはあまりに年若い女だった。

「乗らないのなら移動していただけませんか」

瑞穂は、老人にしたのと同じ説明を口にした。母親は素直に従った。むずかっていた赤ん坊が、去り際に大きな丸い目で不思議そうに瑞穂を見つめた。

車に戻ると十時十八分だった。予想通りの不機嫌な顔と声が待っていた。

「おい、訓練をオジャンにする気かよ」

「すみません」

瑞穂は弾む息を懸命に呑《の》み込んだ。携帯を握り、支店に目をやる。

それから一分も待たなかった。支店の自動ドアが開き、太った中年の女が気ぜわしく出てきた。

「今だ、やれ」

音部の命令で、瑞穂は携帯の短縮番号を押した。

〈はい——こちら斉藤〉

「平野です。決行して下さい」

〈了解〉

電話が切れたのと、ビルの死角から二人の男が姿を現したのがほぼ同時だった。長く待たされ、彼らもさぞや痺《しび》れを切らしていたことだろう。

音部は車を降りて望遠レンズのカメラを構えた。連写のシャッター音が響く中、「二人組の強盗犯人」は瞬く間に支店の内部に吸い込まれていった。

訓練開始。午前十時二十分——。

2

二人組の男は風のように素早かった。

フルフェイスのヘルメットを被《かぶ》った男が、店内に駆け込んだ勢いのままカウンターの上に飛び乗った。風防ガラスはスモークで顔は見えない。右手に、銃身を短く切り詰めた猟銃。それを激しく左右に振って叫んだ。

「両手を上げるんだ！　ボタンは押すな！」

女子行員の悲鳴が重なった。

「黙れ！　死にたいのか！」

サングラスとマスクで顔を隠した片割れの男は、カウンターを乗り越え、手にしていたビニール袋の液体を業務フロアのど真ん中にぶちまけた。刺激臭が立ちのぼる。男はジッポーのライターを頭上にかざし、親指で蓋《ふた》を開いて着火して見せた。

「黒焦げ死体になりたくないなら言うことを聞け！」

脅しは完璧だった。支店内には、警察直通の非常通報ボタンが行員の数より多く存在していたが、誰一人としてそれを押せた者はいなかった。

サングラスの男が、奥の支店長デスクに黒いバッグを叩《たた》きつけた。

「金だ！　ありったけ詰め込ませろ！」

支店長が、出納《すいとう》係の男子行員に、言うことを聞くよう告げた。サングラスがその男子行員の背を突いて出納機のところまで連れていき、上から両肩を押して椅子に座らせた。

店内は凍りついていた。

テラー係と呼ばれる、カウンターの女子行員は二人して体をガクガクと震わせ、顔も目も伏せていた。眼前のカウンターの上にフルフェイスの男が仁王立ちしている。彼女らは「犯人の身長を記憶する担当」だが、それは果たせそうになかった。

テラー係の背後、預金事務係の女子行員はパニックに陥った頭で、それでも、「服装を記憶する担当」を全うしようと懸命だった。上目遣いにフルフェイスの男を盗み見る。黒いジーパン……グレーのカーディガン……赤いラインの入った運動靴……。

もう一人の「服装担当」は、預金役席と呼ばれる支店長代理だった。目だけを動かし、サングラスの男を視界に入れた。濃紺のスラックス……黒色のポロシャツ……。

「顔を記憶する担当」「髪形を記憶する担当」「年齢を記憶する担当」は、それぞれ融資係の行員に振り分けられていたが、役割を果たせたのは「髪形担当」だけだった。サングラス男の頭髪はオールバック……。

「追跡担当」と「カラーボールを犯人に投げつける担当」である男子行員数名の出番は当分訪れそうになかった。頭の中で犯人を追うイメージを描きつつ、しかし、誰もが実際に足が動くかどうか自信を持てずにいた。

バッグが現金で埋まると、フルフェイスの男が声を張り上げた。

「よーし、全員、床に伏せろ!」

支店長がそうするよう促し、行員たちが床に腹這《はらば》いになった。嫌でもガソリンの恐怖が身近になる。女子行員の何人かが泣きだした。

「いいかあ、よく聞け！　百数えるまで動くんじゃねえぞ！」

サングラスの男が、ジッポーの蓋をカシャン、カシャンと鳴らした。

「忘れるなよ、誰かが動いたら、全員が丸焼けになるんだぞ！」

3

自動ドアが開き、「二人組の強盗犯人」が支店を飛び出した。音部が望遠で連写しながら叫ぶ。

「ほら、逃げちまうぞ！　早く追え！」

支店から若い行員が三人飛び出した。長身の一人がカラーボールを握っている。

「あいつだ、高畑だ！　よし、甲子園三回戦の腕を見せてみろ！」

二人組がビルの角を曲がり掛けた時、ダイナミックなフォームから矢のようなストレートが繰り出された。コースはやや逸《そ》れてビルの壁に擦《こす》るように当たった。途端、ボールは弾《はじ》け、オレンジの蛍光色が飛び散って後方の男のズボンをしこたま汚した。

「結果オーライだ！」

「すごい！　あれなら捕まりますね！」

瑞穂も興奮していた。

支店内では非常ボタンも押されたようだ。車載無線が「事件」の第一報を発した。

〈訓練訓練、D本部から各局！ 強盗事件発生！ 場所、S市増淵町三の三の四、かすみ銀行増淵支店！ 犯人は二人組！ 現在、現場から東方に向け徒歩で逃走中！ 犯人の人着《にんちゃく》にあっては現在入電中！ 追って知らせる――〉

通信指令課の佐山係長の声だ。あらかじめ今日の防犯訓練を知らされていた数少ないスタッフの一人である。

にわかに無線が賑《にぎ》やかになった。

〈訓練訓練、S署了解！〉

〈訓練訓練、機捜隊了解！〉

〈訓練訓練、警邏隊了解！〉

「さーて、来るぞ」

言うが早いか、遠くにサイレンの音が聞こえた。そこに別のサイレンが二重、三重に被って、街の空気は騒然となった。

真っ先に到着したのは、警邏隊のパトカーだった。無線に誇らしげな声が流れる。

〈訓練訓練、警邏15、現着！〉

一番乗りを奪われたS署のパトカーが破れかぶれに突っ込んでくる。さらに、そのすぐ後ろに機捜隊の覆面パトが二台――。

　支店長だろうか、ロマンスグレーの苦み走った中年男が店の前で捜査員に囲まれた。交番の制服がバイクで駆けつけ、黄色い規制線が張られる。鑑識のワゴン車も到着し、機材を抱えた係員が支店に駆け込んでいく。警察犬が二頭、歩道の臭いを嗅ぎ始めた。捜査車両は数珠《じゅず》つなぎだ。赤灯。サイレン。無線交信。飛び交う怒声。周辺の歩道は、野次馬も押しかけてごった返した。

「正解だったかもな」

　音部がぽつりと言った。

「何がです？」

「爺さんと赤ん坊だよ。どけといてよかったな」

　瑞穂がにっこり笑った、その時だった。

〈なにィ……？〉

　流暢《りゅうちょう》に無線をさばいていた佐山係長が、妙な声を発した。

　瑞穂と音部は顔を見合わせた。

　数瞬の後、佐山の声が無線に戻った。

〈D本部から各局！　増淵町地内の防犯訓練は現時点をもって中止する！〉

「えっ……？」

すぐさま佐山の張り詰めた声。

〈至急至急、D本部から各局！　強盗事件発生！　場所、S市北川町二の五の八、かすみ銀行北川支店！〉

至急報……？　北川支店……？

応答する無線はなかった。

瑞穂と音部は、呆気《あっけ》に取られた互いの顔を映し合っていた。が、次の瞬間、佐山の絶叫が耳をつんざいた。

〈本件は訓練に非《あら》ず！〉

「うそ」

思わず瑞穂は呟《つぶや》いた。

〈至急至急、D本部から各局！　繰り返す！　本件は訓練に非ず！〉

各局が一斉に目覚めた。

〈S署、了解！〉

〈機捜隊、了解！〉

〈警邏隊、了解！　現場へ急行します！〉

「お、おい、平野。行くぞ、俺たちも！」

「は、はい……！」

瑞穂は慌ててエンジンキーを捻《ひね》った。

〈至急至急、D本部から各局！　犯人は二人組！　支店内にガソリンを撒《ま》き、現金約三千万円を奪って逃走中！〉

同じS署管内の、同じ『かすみ銀行』が襲われた。しかも、同時刻に――。

瑞穂は狐《きつね》につままれた思いでハンドルを回した。支店の前の国道では、急発進した機捜隊の覆面パトが、Uターンしようとした警邏隊の白黒パトの横腹に激突し、殺気立った罵声が飛び交っていた。

映画の一シーンのような目の前の光景が瑞穂の脳を激しく揺さぶった。

偶然ではない……？

思った刹那《せつな》、戦慄《せんりつ》が体を駆け抜けた。

犯人が警察の混乱を狙った？

県西部に配備されている捜査車両のすべてが、今ここに集結しているといっても過言ではない。同じS署管内ではあるが、増淵町はS市の南端。一方の北川町は文字通り北の外れだ。

「どんなに急いでも、ここから二十分は掛かるな」

同じことを考えていたのだろう。音部が唸《うな》るように言った。

犯人は、増淵支店で今日、防犯訓練が行われることを知っていた。知っていて、その時間帯、捜査車両が一台も存在しない北川町の支店を狙った——。

警察を嘲笑《あざわら》う犯行。

——冗談はよして。

戦慄は、怒りと悔しさに形を変えて、瑞穂の胸を覆い尽くしていた。

4

D県警本部本庁舎五階。捜査第一課『犯罪被害者支援対策室』——。

瑞穂が本来の勤務場所に戻ったのは、午後二時を回っていた。入室してすぐ、室長代理の田丸に呼ばれた。

「ご苦労さん。とんでもない訓練になっちまったみたいだな」

電話相談員の瑞穂が防犯訓練のスタッフに指名されたのは、一応は捜査一課所属であることと、ここに配属される前、広報室に在籍していたからだ。捜査一課長に命じられた通り、「一課の応援に行きます」とだけ告げて増淵町に赴いたが、この騒ぎになって、田丸の耳にも瑞穂が訓練に参加していた話が入ったのだろう。

「ホシの……さっぱりらしいな」

「はい？」

すぐ前のデスクで相談員の井田カヨ子が電話中だから、田丸の声は聞き取れないほど小さい。

瑞穂はパイプ椅子に座り、田丸と膝《ひざ》を詰めた。

「なんですか」

「ホシの足取りはさっぱりだって？」

「ああ、ええ。そうみたいです」

犯人の思惑《おもわく》通りということだろう。「訓練」が「本物」の捜査を遅らせた。北川支店に犯人が押し入ったのは、増淵支店の訓練が開始された五分後だった。悔しいが、絶妙のタイミングと言っていい。訓練に集結した捜査車両が北川支店に到着した時には、現場周辺に犯人の影すら残っていなかった。

「プロ」を想起させる犯行手口が捜査を難しくもしている。犯人は、支店長以下、十五人の行員に、ガソリンを撒いた床に伏せろと命じた。そうさせられた行員たちの恐怖は察するに余りある。一人が動いたら連帯責任で全員を焼き殺す。犯人はそんな脅し文句も口にしたらしい。行員たちは金縛り状態に陥った。犯人が支店から出たと感じた後も、すぐに起き上がれた者はいなかった。だから、犯人の逃走方向も、逃走手段もいまだもってわかっていない。

皮肉なことに、訓練とはまったく正反対の結果が出てしまったということだ。誰も非常通報ボタンを押せなかった。「カラーボールを犯人に投げつける担当」はボールを手にすることさえ忘れていたという。判明しているのは、二人組の服装と、片方の男の頭髪だけだ。遺留品はガソリンが詰められていたビニール袋の一点のみ。全国のスーパーや日曜大工ショップで大量に販売されているものだから、販路追及など望むべくもない状況だ。

いずれにしても、犯人は、今日の訓練を知っていて犯行に及んだ。そう思えてならない。

「支店長を攻めてるみたいだな」

田丸が押し殺した声で言った。

瑞穂は深く頷《うなず》いた。

警察は当然そうする。車中、音部主任とも話したことだ。訓練の日時を知っていたのは、増淵支店の支店長だけなのだ。名は、相澤とか言った。自分の勤める銀行を賊に襲撃させる人間がいるとも思えないが、しかし、その相澤支店長がうっかり誰かに訓練の日時を漏らしていた可能性は大いにある。

「支店の中に不倫相手がいるらしいとか言ってたぞ」

「えっ……？　そうなんですか」

それは初耳だった。

「前々から噂《うわさ》があったんだと。支店長は相当な遊び人だったっていうしな」

田丸はかなり熱心に情報収集をしていたようだった。

瑞穂は自分のデスクについた。

相澤支店長……。ロマンスグレーの苦み走った顔が脳裏に浮かんでいた。確かに、銀行員としてはどこか崩れた感じのする男ではあった。同じ支店にいる不倫相手にならば、事前にこっそり訓練のことを教えていても不思議はない。ひょっとして、その不倫相手の女が犯人に情報を――。

思考は中断された。目の前の内線電話が鳴りだしたのだ。

〈監察課の海老沢だ。至急、地下の別室に来てくれ〉

驚く間もなく電話が切れた。

監察課……？　いったい何の用だろう。

瑞穂は微《かす》かな不安を胸に階段を下りた。

本庁舎地下一階。細く薄暗い廊下の一番奥に『監察課別室』のプレートがあった。中に入るのは初めてだ。背筋を伸ばし、胸を張った。自己点検は既に済ませていた。警察官として疚《やま》しいことは何一つしていない。

瑞穂がノックすると、低い声で応答があった。ドアを押し開く。

「失礼します」

自分の声が微かに震えたのがわかった。

五坪ほどの狭苦しい部屋。スチール机と、向かい合わせに置かれた二脚のパイプ椅子。

それは取調室の光景にあまりによく似ていた。

ドア側の椅子に腰掛けていた海老沢監察官が振り向いた。

「座りたまえ」

「はい……」

海老沢は銀縁眼鏡の奥から、ジッと瑞穂を見つめた。冷やかな目だ。

「聞きたいのは朝の防犯訓練のことだ」

瑞穂は悟った。自分もまた、相澤支店長と同じ立場に立たされているのだ。

「君は訓練の日時をいつ知った？」

「はい。一昨日午後、捜査一課長から知らされました」

「他言無用。そう言われたな？」

「はい」

「そこで聞く。君は訓練の日時を事前に誰かに話したか」

「いえ、誰にも話していません」

きっぱりと言って、だが、瑞穂は目を見開いた。突如として蘇《よみがえ》った記憶が、顔から血の気を奪っていく。

寮で同室の林純子に話した。いや、話したかもしれない――。

海老沢が狼狽《ろうばい》を見逃すはずもなかった。

「どうした？」

「…………」

「言いたまえ」

「……すみません。同室の者に話したかもしれません」

「……かもしれない？」

瑞穂は蒼白《そうはく》の顔で頷いた。

ゆうべ遅く、純子が瑞穂の個室をノックして声を掛けてきた。明日、お昼一緒に食べない？　瑞穂はもうベッドに入っていた。明日はダメ、訓練があるから。確か、そう答えた。

「強盗の訓練」とは言わなかった。「増淵町」や「銀行」といった単語も口にした記憶がない。だが、言っていないと断言できる自信もなかった。その時、瑞穂はひどく眠かった。頭ではなく、口先だけで返事をしていたように思う。

「はっきりした記憶がないということは、喋《しゃべ》った可能性もあるということだな？」

「はい……」

海老沢は書類にペンを走らせた。

「他には誰かに話さなかったか」

「他には……」

慎重になった瑞穂は、否定形の言葉をいったん呑み込み、懸命に記憶を辿《たど》った。ふっとコンビニ店長の顔が浮かんだ。こういうのも話したほうがいいのだろうか。

「あの……今朝、駐車場使用の許可をもらう際に、コンビニの店長に話しました」

「どう話した？」

「これからこの近くで警察がちょっとした訓練を行う――それだけです」

海老沢は無言でメモをとった。

「あ、それから――事故防止のため、民間人二人に訓練が行われることを告げました。支店の近くの歩道にいた老人と、赤ん坊を抱いた母親の二名です」

海老沢は関心を示さなかった。訓練直前に情報を得たのでは実行犯の二人組と謀議ができない。そう判断したのだろう。

が、瑞穂は何か重要なことを発見したような思いにとらわれていた。

実行犯……。謀議……。

声が出そうになった。

実行犯の二人組の他に共犯者がいた――。

そうなのかもしれない。いや、そう考えないと辻褄《つじつま》が合わないのだ。

訓練開始の予定時間は午前十時だった。相澤支店長も警察の訓練スタッフもそう知らされていた。だが、その時間、支店内に客が二人いた。さらに老人と母親を移動させるのに時間をとられ、結局、訓練決行は十時二十分にずれ込んだ。偶然そうなったのだ。だが、増淵町で偶然決定された訓練開始の五分後に北川支店は襲われた。なぜ犯人は「絶妙のタイミング」を知り得たのか。仮に、犯人があらかじめ入手した訓練の日時の情報だけを頼りに犯行計画を立てたのだとしたら、「本物」が「訓練」よりも早い時間に発生していたはずなのだ。

つまり――。

誰かが、訓練決行の瞬間を実行犯の二人組に知らせたということだ。

それができたのは、増淵支店の近くにいた人間だけだ。犯人役の刑事が支店に入ったのを見届けて、おそらくは携帯電話で二人組に知らせた。無論、実行犯の二人組は北川支店の近くで待機していた。そして、共犯者から連絡を受けた五分後に支店を襲ったのだ。

瑞穂は改めて震撼《しんかん》した。

近くにいたのだ。あの時、瑞穂の近くに強盗事件の共犯者がいた。

すぐさま、鷲鼻の老人が浮かんだ。

ただの頑固者には思えなかった。ひどく警察を嫌っているふうだった。

若い母親の顔が取って代わった。

バスに乗る用もないのに、なぜバス停の付近をウロウロしていたのか。

いや、瑞穂の目にとまったのが、たまたまその二人だったというだけのことだ。あの時間帯、何十人もの人間が支店前の歩道を行き交った。連絡役の共犯者はその中の一人だったかもしれないし、車やビルの中から支店を監視していたことも考えられる。やる気になれば、支店内部の人間だって連絡は可能だったろう。刑事が押し入った瞬間、非常通報ボタンを押す代わりに、机の下で携帯の短縮ボタンをプッシュすれば事は足りるのだ。

瑞穂は小さな決心をして海老沢を見た。犯人は最低でも三人組。その「発見」を報告しようと思ったのだ。

が、一瞬早く海老沢の薄い唇が動いた。

「現在、付き合っている人はいるのか」

「えっ……?」

虚を衝《つ》かれたが、いつもの癖で、瑞穂は顔の緊張を弛《ゆる》めた。男関係を尋ねられた時に決まって浮かべる誤魔化しの笑み。

しかし、海老沢の目に遊びはなかった。

「何が可笑《おか》しい。答えたまえ。付き合っている男はいるのか」

瑞穂は全身を固くした。

「いません」

「過去には？」

耳を疑った。

「なぜ、そんな……？」

「君の人間関係を把握する必要がある。過去に遡《さかのぼ》ってな」

「答えなくてはいけませんか」

唇が震えた。

「答えたくなくば答えなくていい」

抑揚なく言って、海老沢は手元の書類に目を落とした。

「被害者支援対策室の前は広報室……。その前は鑑識課だったな？」

「そうです」

「機動鑑識班に所属し、事件被害者や目撃者から聴取して犯人の似顔絵を描いていた」

「そうです」

「当時鑑識課長だった森島光男に似顔絵の描き直しを命じられ、これを不服として失踪《しっそう》騒ぎを起こしたうえ、半年間の休職――間違いないか」

「……はい」

瑞穂は唇を嚙《か》んだ。

真実は、描き直しではなく、改竄《かいざん》だった。監察官なら当然知っているはずだ。

海老沢は顔を上げた。

「君は警察が好きか」

瑞穂は息を呑んだ。

ずるい質問だと思った。改竄事件の話のすぐ後にその質問をしたことがずるかった。

「答えたまえ。君は警察が好きか、嫌いか、どっちだ？」

「私は……」

今にも悔し涙が溢《あふ》れそうだった。

「婦人警官の職務に誇りをもっています」

「答えになっていないな」

「………」

「まあいい。では最後の質問だ」

海老沢の声と目はどこまでも冷たかった。

「君は、今回の強盗事件に一切かかわっていないと誓えるか」

5

午後七時――。

瑞穂は女子寮の自室のベッドに腰掛けていた。肩を落とし、うなだれていた。自然と息が乱れる。胸に嘔吐《おうと》感がある。夕食には箸すらつけられなかった。

組織に対する忠誠心を疑われた。いや、似顔絵改竄の一件以来ずっと、疑われ続けていたということだ。

あれが海老沢の仕事なのだ。

思ってみるが、呑み込むことができない。

怪しい者ばかりでなく、刑事があらゆる人間を疑うように、監察官は、すべての警察官を疑うことが仕事なのだ。

頭ではわかっていても、やはり、呑み込むことなどできない。

体は、まだ震えていた。

しかし、瑞穂は自分のことばかりを考えているわけにはいかなかった。

遅い……。

同室の林純子がまだ戻っていない。おそらくは瑞穂と同様に海老沢の調べを受けた。

瑞穂が彼女の名前を口にしたからだ。純子もまた、男のことをしつこく聞かれたに違いない。

それが心配だった。

純子には付き合っている男がいる。交通機動隊でパトカーに乗務している深井という巡査部長だ。二人は結婚まで考えている。

純子が部屋に戻ったのは八時を回っていた。音もなく入ってきたが、瑞穂は個室のドアを開け放っていたから、すぐに気づいて声を掛けた。純子は憔悴《しょうすい》しきっていた。交通企画課のマスコット的存在。誰もが可愛いと口にするそのアイドル顔が、見るも無残なほど歪《ゆが》んでいた。

「ごめんね、純子」

瑞穂が言うと、純子は瑞穂の胸にしなだれかかり、堰《せき》を切ったように泣きだした。

「ひどい……。ひどすぎるよ……」

やはり、純子も海老沢の取り調べを受けていた。

「あたし、瑞穂から訓練があるって聞いたけど、でも、それだけだよ。どんな訓練だとか、どこで何時からやるとか、あたし、なんにも知らなかった……。海老沢警視にちゃんとそう言ったのに……」

純子は声を詰まらせた。

「なのに……彼まで取り調べを受けたの」

瑞穂は思わず天井を仰いだ。

「海老沢警視、あたしと彼が付き合ってること知ってたの。あたしから訓練のことを聞いてないか、しつこく聞かれたって。聞いてないって答えたのに信じてくれなくて。彼、ひどいことになっちゃったの。犯人扱いみたいなことされて」

悲痛な声だった。

運が悪かったのだ。深井は今日が非番だった。海老沢から犯行時間帯のアリバイ提示を求められて返答に窮した。午前中、一人で競輪に行っていたのだ。その場でアリバイが証明できなかったうえに、夕方の再調べでギャンブル通いをしていることまで告白する羽目に陥った。調べから解放された後、待ち合わせの喫茶店に現れた深井は、出世は期待しないでくれと力なく純子に言ったという。

瑞穂は、話に打ちのめされていた。

「ねえ、違うよね」

しゃくりあげながら、純子は瑞穂の瞳を探った。

「あたしと彼のこと言いつけたの、瑞穂じゃないよね？」

もう信じてはもらえない。そう思いながら瑞穂は精一杯言葉に力をこめた。

「誰にも言ってないよ。誓ってもいい」

純子は目を伏せた。

「あたし、怖くなった……。警察がすごく怖くなった。もう婦警なんか辞めたい……」

慰める言葉も励ます言葉も出てこなかった。瑞穂はただ謝った。何度も。

またひとしきり泣いて、純子は自分の個室に引き揚げていった。眠りたい。そう言い残して瑞穂の胸から離れていった。

一人になって、瑞穂も泣いた。

自らの迂闊《うかつ》さを呪った。

なぜ監察官の前で純子の名を口にしてしまったのか。

警察官だからだ。

警察官が嘘《うそ》をついてはいけないからだ。

だが、瑞穂のひと言が、結果として深井の経歴に傷をつけてしまった。それがどれほど罪深いことか警察官ならわかる。そしてなにより、今回のことで純子と深井の仲が壊れるようなことがあったら、それこそ取り返しがつかない。

犯人が憎かった。

犯罪とはこういうものなのだ。直接の被害者だけでなく、思いも寄らないところにまで不幸の波紋を広げ、多くの大切なものを踏みにじる。人を泣かせ、人を傷つけ、人の一生を狂わせる。犯人は知らない。おのれが撒き散らした毒も棘《とげ》も生涯知ることなく、のうのうと日々過ごすのだ。

捕まえたい。

瑞穂は両腕で自分の体をきつく抱きしめた。

よもや捜査一課は深井を疑ったりはすまい。この手で事件を解決し、深井の潔白を証明したい。深井に対する嫌疑を解かないだろう。だが、監察課は違う。犯人が挙がるまで、純子の笑顔を取り戻してあげたい。せめてもの罪滅ぼし。瑞穂の胸は痛いほど昂《たかぶ》った。

しかし、どうすれば自分は捜査に貢献できるだろう。今の仕事は犯罪被害者からの電話相談を受ける内勤職だ。捜査の現場からあまりに遠い場所にいる。似顔絵を描くことなら誰にも負けない自信があるが、その技を発揮する舞台を与えられていない。ならば、情報提供か。犯人が三人である可能性が高いことを捜査本部に知らせることから始めるか。

瑞穂は小さく息を吐いた。

捜査本部には捜査一課の精鋭が乗り込んでいる。そんなことはとっくに誰かが気づいているに違いない。瑞穂がのこのこ話をしに行っても笑われるだけだ。

それに……。

海老沢の冷やかな視線が網膜から消えずにいた。組織は瑞穂を疎《うと》んじている。忠誠心を疑っている。いま瑞穂が置かれている立場は、深井とそう大差はないのだ。

だったら、いったい何をすれば……。

焦りが募り、途方に暮れかけた時だった。壁の内線電話が鳴って、寮母が外線からだと告げた。

〈遅くにごめん。大変だったね〉

婦警担当係長の七尾からだった。

〈監察を受けたって本当？〉

「ええ……」

〈きつかった？〉

「ひどいこと、たくさん言われました……。失踪や休職のことまで持ち出されて……」

〈気にしちゃ駄目よ。弱気になったらもっと付け込まれるからね〉

「わかってます。でも……」

縋《すが》る気持ちがなかったと言えば嘘になる。瑞穂は夢中になって今日一日の出来事を七尾に話した。ほとんど愚痴だった。いくら話しても心が晴れることはなかった。それでも、聞いてくれる人がいるのといないのでは大違いなのだと改めて思った。七尾が電話をくれなかったら、いったいどんな気持ちで長い夜を過ごしたろう。

強盗事件の話もした。純子と深井のことは伏せたが、どうしても事件を解決したいのだと七尾に熱っぽく語った。だからといって、アドバイスを期待したわけではない。七尾との会話の中から、事件解決に結びつくヒントが得られようなどとは夢にも思っていなかった。

〈だけど、妙ね〉

「何がです？」

〈バス停の近くにいたその若いお母さんよ。ピアスをしてたっていうんでしょ？〉

「ええ」

〈イヤリングならともかく、赤ちゃんを抱っこする母親はピアスなんかつけないものよ。刺さったら危ないから〉

6

翌日。瑞穂は午前中、電話相談の仕事をこなし、昼休みに入ってすぐ、車で県警本部を出た。

出掛けに、室長代理の田丸が、聞き集めた捜査情報を瑞穂に耳打ちしてくれた。

「支店長は女子行員と何人もデキてたらしいぞ。だが、支店長は頑強に否定してるんだと。なんでも、女房が先代の頭取の娘で、不倫なんかがバレたら銀行から追い出されちまうって話だ。それとな、捜査本部は、かすみ銀行に恨みを持っている人間もかなり洗ってる。やっぱり、訓練も本物も両方かすみ銀行だったことが引っ掛かってるんだな」

道はすいていた。

瑞穂の頭には、ゆうべ寝ずに考えた仮説があった。

まず第一に、バス停にいた若い女は、赤ん坊の母親ではないということだ。七尾が指摘したピアスの話が、抱っこしていたから母子に違いないという思い込みを覆す突破口になった。

ピアスだけではない。きつい化粧。タートルネックのシャツにジーンズ地のオーバーオール。前髪に入れた金色のメッシュ。彼女を目にした時、瑞穂は、母親と呼ぶにはあまりに若い女だと思った。無論、十代の母親は世の中に幾らもいる。だから、年齢や服装だけのことではないのだ。きっと赤ん坊の抱き方や、母子の間になら当たり前に存在する空気のようなものが希薄だったから、瑞穂の脳は「若すぎる」と判断したのだ。

記憶の中に新たな発見もあった。

「母子」の顔は似ていなかった。過去に数多くの似顔絵を描いてきたせいだろう、瑞穂は、意識せずとも、出会った人間の顔の特徴を瞬時に探す。やや下膨れで起伏に乏しい女の顔。その女の切れ長の細い目。去り際に赤ん坊が見せた大きな丸い目とは似ても似つかなかった。目だけではない。脳裏で幾らクロスさせても、二つの顔に、重なり合う何物も見いだせなかった。父親似。そうなのかもしれない。だが、否定材料はもはや雑音でしかなく、走り出した推理の思考を妨げなかった。

疑心が膨らむ。

母子ではない。そうだとするなら、あの若い女はなぜ他人の赤ん坊を抱いて街にいたのか。

決まっている。赤ちゃん連れの母親。それこそが、他者に対して、最も警戒心を与えない存在だからだ。そう踏んだうえで、赤ん坊を小道具として使ったのだ。街の風景の中で自分の存在が浮き上がることがないように。

瑞穂はハンドルを切って、交差点を右折した。そのまま県道を少し走れば、正面に『運転免許センター』の建物が見えてくる。

朝までに、瑞穂の思考の線はさらに伸びた。

「赤ちゃん連れ」を装ったあの女が強盗の共犯者。その第一の仮説が、第二の仮説の土台になった。目が細く、やや下膨れで起伏に乏しい女の顔。それを何度も頭に浮かべているうちに気づいたことだった。赤ん坊とは重なることのなかったその顔に、ぴたり重なる別の顔があったのだ。

雛人形を連想させるあっさり顔――。

音部主任がご執心だった、あの増淵支店のカウンターに座っていた預金係の女である。

二人は似ていた。鼻と口元の記憶はあやふやだが、目元ははっきり覚えている。「切れ長の細い目」は「雛人形の目」と同意語だと言ってもいい。なにより、下膨れの輪郭や、純和風とでも言うべきのっぺりとした顔全体の印象がよく似ていた。姉妹。従姉妹《いとこ》。血縁者。二人の関係はきっとそのどれかに当てはまる。他人の空似。よくあることだ。しかし、ここでも否定材料は力を持たなかった。なぜなら、二人の女に接点があると仮定することで、事件の線が無理なく繋《つな》がるからだ。

訓練の日時を知った相澤支店長が、不倫相手である預金係の「雛人形」に情報を漏らし、その情報が身近にいる「下膨れ」に伝わった――。

犯人の組み合わせは様々考えられる。「雛人形」と「下膨れ」はグルなのかもしれないし、例えば相澤支店長が「雛人形」に送ったメールを「下膨れ」が盗み見たのかもしれない。無論、相澤支店長も含め全員がグルという可能性だって捨てきれない。

いずれにせよ、三人の真ん中に位置する「雛人形」が事件のキーパーソンだろう。

その「雛人形」の苗字《みようじ》が「遠藤」であることは今朝知った。広報室に寄って、音部主任に昨日の防犯訓練の写真を見せてもらったのだ。案の定、音部は彼女のアップの写真を何枚も撮っていた。その中の一枚、制服の胸にあった名札から、「遠藤」の二文字が読み取れた。

室長代理の田丸の話によれば、相澤支店長は複数の女子行員と関係していたらしいが、瑞穂は、今現在の不倫相手は「遠藤」に間違いないと踏んでいた。訓練中の写真を一枚残らず点検してみてそう確信した。強盗役の刑事が押し入った後も、写真で見るかぎり、「遠藤」が取り乱したふうはない。他の行員に比べて表情の変化が明らかに少ないのだ。訓練を知っていたから。支店長に聞かされていたから。そうであるなら頷ける。

「遠藤」を調べたい。瑞穂の本心はそうだった。真実、支店長と不倫関係にあるのか。妹はいるか。従姉妹はどうか。

だが、それは許されない。「遠藤」を調べるのは捜査本部の仕事だ。

ならば――。

赤ちゃん連れの母親を装っていた「下膨れ」を調べよう。瑞穂はそう決意していた。捜査本部とは逆の方向から事件にアプローチするのだ。まず「下膨れ」の身元を割り、そして、「遠藤」や増淵支店との繋がりを調べるのだ。トンネルを両側から掘り進むのに似ている。中央で瑞穂と捜査本部が出会えればいい。それは、犯人の早期検挙と、純子と深井に笑顔が戻ることを意味する。

瑞穂は軽くブレーキを踏み、『運転免許センター』の駐車場に車を滑り込ませた。「下膨れ」の身元を割る。決意に揺るぎはなかったが、一方で、瑞穂は恐怖心と懸命に闘っていた。

森島光男に会わねばならない。瑞穂に似顔絵の改竄を命じた、あの獣のような男に。

7

一階フロアは、免許の更新に訪れた大勢の人間が列をなしていた。

瑞穂は階段で二階に上がった。上がってすぐ右手のドアが『運転免許課』の入口だ。島流し――ここへの異動をそう呼ぶ人間は少なくない。県警本部に属する課でありながら、本部庁舎から遠く離れた場所に置かれているせいだ。実際には疎外されているわけでもなんでもなく、ただ免許に関する業務を行う都合上、このセンターに入っているだけなのだが、しかし、そんな理屈に頷く警察職員は一人として存在しない。

瑞穂は一つ深呼吸をしてドアを押し開いた。

部屋の一番奥、課長席のデスクに森島光男のブルドッグ顔があった。

一瞬にして竦《すく》んだ足を、意志の力で前に振りだした。森島はまだ瑞穂の入室に気づいていない。俯《うつむ》き加減にデスクの書類に目を落としている。

その森島の顔が上がるのが怖かった。

だから女は使えねえ――。

似顔絵改竄を拒否した時の、森島のひと言が痛みを伴って胸に蘇っていた。

それだけではない。

改めて思い知る。本能的に森島を恐れているのだ。猛々《たけだけ》しく、それでいて、呆《あき》れるほどの小心さを併せ持つ獣染みた男。その始末におえない獣性こそが男の本質ではないかという疑心が瑞穂にはあって、だから、森島の存在は、男そのものに対する潜在的な嫌悪と恐怖心を煽《あお》り立てるのだと思う。

森島と目が合った。似顔絵改竄の一件以来の対面だった。

「よう」

森島の表情に、一瞬笑みが差した気がして瑞穂は当惑した。

「ご無沙汰しています」

森島は顎《あご》でパイプ椅子を勧めた。

「何の用だ？」

真正面から見据えられた。

瑞穂は渇ききった喉《のど》から言葉を絞り出した。

「お願いがあって参りました」

「お願い？　お前が俺に？」

喧嘩《けんか》両成敗。改竄の一件で、瑞穂と森島はともに古巣の鑑職課を追われた。「限りなく降格に近い横滑り」。森島の異動はそう囁《ささや》かれていた。

「言ってみろ。何でも叶《かな》えてやる。ただし、俺の部下に戻りたいっていうのは除いてだ」

言葉とは裏腹に、森島の表情には険がなかった。

脅《おび》えが引いていくのを感じていた。目の前にいる森島は、以前のようにギラギラとしたところがなかった。ボサボサの頭がそう見せているのかもしれない。トレードマークだったポマードはやめてしまったのか。

瑞穂は奇妙な苛立ちを覚えた。森島はコースを外れて腐ってしまったのだろうか。無気力な瞳。精気のない表情。階段を登ることを諦めた男の顔とはこういうものなのか。憎悪の対象に肩透かしを食わされた。相手が闘いの舞台から勝手に下りてしまった。奇妙な苛立ちの正体はそんなところにあるのかもしれなかった。

「どうした？　言ってみろ」

瑞穂は我に返った思いで背筋を伸ばした。

森島の目を見て言う。

「免許の写真を調べたいんです」

「免許を調べる……？」

運転免許証の写真で、赤ん坊を抱いていた「下膨れ」の身元を割る。朝方思いついたことだった。ここD県は電車やバスの便が悪く、だから男女の別なく高校卒業時に車の免許を取得するのが常識化している。写真を探し出す時間と労力さえ厭《いと》わなければ、かなりの確率で目的の人間に辿り着くはずだ。「下膨れ」の似顔絵を描き、増淵支店の周辺を聞き込みして歩くことも考えた。そのほうが早く身元が判明するかもしれないが、「下膨れ」がもし未成年であった場合、後で問題になる危険性があった。

やはり免許証写真で当たるしかない。現状では、それが最良の策に思える。

「実は私、昨日の防犯訓練に参加していたんです」

瑞穂は森島に経緯を話した。自分が目撃した「下膨れ」の身元を割りたいのだと正直に告げた。

「馬鹿も休み休み言え。免許を持ってる人間なんざ、百五十万からいるんだぞ」

「女性はその半分です」

「七十五万を一人で見るのかよ」

「その十分の一に絞れます。私が見た女は二十歳前でした。まだ一回も免許を更新していない人間から調べ始めて――」

「もういい」

森島が遮った。

「どのみちお前の勝手にはさせねえ」

「なぜです?」

「お前とかかわり合ってりゃあ、今度は地獄の底辺りに飛ばされそうだからな」

本音に聞こえた。

「やらせて下さい。お願いします。どうしてもやりたいんです」

森島はそっぽを向いた。

「上を通せ」

「立場上できません」

「だったら諦めるんだな」

引くわけにはいかない。脳裏には純子の泣き顔がある。

「お願いします。やらせて下さい」

「帰れ。こう見えても俺は忙しいんだ」

泣き落としが通用する相手ではないことは最初からわかっていた。

言いなさい。自分に命じ、瑞穂は身を乗り出した。課員に聞かれぬよう声を殺す。

「課長――取り引きをさせて下さい」

森島はぎょっとした顔を瑞穂に向けた。

「お前……何が言いたい……?」

「もし、免許の写真がきっかけで事件が解決したら、課長の発案で写真を調べたと上に報告します」

森島の表情に一瞬笑みが差した。

入室してきた瑞穂に向けたのと同じ笑みだった。

その笑みの正体がわかった気がした。懐かしかったのだ、元部下の顔に「本部」を見たのだ。そして今、森島は再び本部庁舎に思いを馳《は》せた――。

長く感じたが、それは数秒のことだったに違いない。

森島は課員の一人を呼びつけ、瑞穂を顎で指した。

「こいつに端末の使い方を教えてやれ」

8

瑞穂は連日、『運転免許センター』に通った。昼間の仕事を終えると急いでセンターに駆けつけ、毎日三時間、端末機の前に座った。写真、写真、そしてまた写真……。

七日目だった。

いったん休憩をとり、充血した目に目薬を落として再び端末に向かった。マウスを動かしてすぐ、画面の写真に釘付《くぎづ》けになった。

見つけた。

切れ長の細い目。やや下膨れの起伏に乏しい顔――。

間違いない。この顔だ。

とうとう見つけた。

湧き上がる喜びを捩《ね》じ伏せ、瑞穂は祈る思いで「下膨れ」の名前を見た。

笠原麻美──。

瑞穂は首を垂れた。

苗字は「遠藤」ではなかった。二人が姉妹であるという仮説はあらかた崩れた。

瑞穂はしばらくぼんやりと「笠原麻美」の顔写真を見つめていた。一週間の疲労がまとめて肩と目に押し寄せていた。バッグから「遠藤」の写真を取り出し、画面の横に置いた。二つの顔を見比べる。やはりよく似ている。だが、鼻や耳の形はかなり違う。口元は近い感じだが……。

瑞穂は腕時計に目を落とした。午後八時を回ったところだ。

──行ってみよう。

瑞穂は自分を急《せ》き立てた。「遠藤」は独身だとわかっているが、「笠原麻美」は既婚者なのかもしれない。従姉妹。はとこ。可能性はいろいろある。

外は薄ら寒かった。

瑞穂は県道に車を走らせた。免許証に記載されていた住所は、訓練をやった増淵町からそう遠くない。ここからは車で三十分ほどの距離だ。

強盗事件の捜査は進展していない。いや、室長代理の田丸がここ数日、話すネタに困っているからそう思うだけだ。捜査本部の内情は窺《うかが》い知れない。漏れ聞こえた情報と言えば、相澤支店長が現在「遠藤」と不倫関係にあることを白状したということぐらいだ。瑞穂が睨んだ通りだった。相澤と「遠藤」は繋がった。あとは「遠藤」と共犯者――。

九時前に目的のアパートに到着した。

二階。205号室。瑞穂は少なからず落胆した。表札は出ていないから、女の独り暮らしということだろう。やはり独身か。

チャイムを鳴らすと、ややあって、足音が玄関に近づいた。ドアチェーンをつけたままドアが細く開き、脳裏で見飽きた下膨れの顔が覗《のぞ》いた。今日のピアスもピンク色だった。

「夜分すいません。警察の者です」

瑞穂は表紙を捲った警察手帳を控えめに差し出した。

途端、笠原麻美は、あっ、と声を上げて瑞穂の顔を見た。

「あの時の婦警さん！」

記憶力がいいと即断はできない。市民にとって警察官との接触は、それがいかに些細《ささい》なことであっても特別な出来事に違いないのだ。

「あの、ちょっとお話聞かせてもらっていいですか」

「あ、どうぞどうぞ」

麻美は警戒するでもなく瑞穂を部屋に招き入れた。その屈託のなさは、またしても瑞穂を落胆させた。麻美には犯罪者特有の匂いも翳《かげ》もなかった。

メルヘンの世界にでも迷い込んだような気がした。一間だけの部屋は、一面ピンク色に染まっていた。

一応は部屋の中を見回した。赤ん坊はいない。

「わあ、あたし、小さいときから婦警さんに憧れてたんですぅ」

麻美が好意的な理由の一つにそれがあるらしかった。なぜ自分のところに婦警が会いに来たのか。そうした疑問すら感じていない様子だ。

瑞穂は、差し出されたピンク色の座布団に座った。落ちつかない気分だ。

「じゃあ、聞かせて下さい。あの日、増淵支店の近くにいた人みんなに話を聞いてるの」

瑞穂は少しだけ言葉を崩した。免許証に記された生年月日で、麻美が二十歳になったばかりだと知っていた。

麻美はよく喋った。三人姉妹の末っ子で、一昨年、高校を卒業し、憧れていた独り暮らしを始めた。フリーターをやっているが、親にも少し援助してもらっている。そう言って舌をペロッと出した。

瑞穂は話の核心に麻美を誘った。

「あの日なぜあそこにいたの？」

「あ、ですからバイトです」

アルバイト……？

「時々、保母さんのバイトやるんです。忙しいと電話が掛かってきて」

その答えは、瑞穂の頭にあった次の質問の回答も兼ねていた。あの時、なぜ赤ちゃんを抱いていたのか。

麻美の話は明快だった。増淵支店の裏の通りのビルに、二十四時間営業の無認可保育所があるのだという。あの日、麻美は応援を頼まれて保育所に出向いた。どうしても泣き止まない赤ん坊がいたので、外の空気を吸わせようと思って街に連れ出した。本当はそうしながらウインドーショッピングを楽しんでいた。増淵支店の横には洒落《しやれ》たブティックがずらりと並んでいるから――。

瑞穂はもう質問を持っていなかった。

いや……。

「笠原さん――あなた、かすみ銀行増淵支店の遠藤さんて女の人知ってる？」

「はあ？」

瑞穂は腰を上げた。

「ピアスは危ないからよしたほうがいいよ。アルバイトだって、ちゃんとした仕事なんだから」

そう言い残すのが精一杯だった。

瑞穂は疲れ果てていた。門限ぎりぎりに女子寮に戻り、ベッドにダイブした。

仮説は霧散した。

もう瑞穂にやれることはない。

純子の個室から灯が漏れている。あの日から、あまり口をきいていない。ランチの誘いも途絶えている。

自分にできること……。

瑞穂は回らない頭を叱咤《しった》した。

捜査本部は、相澤支店長と「遠藤」の線を結んだ。だが、トンネルの逆側から掘り進んだ瑞穂は「下膨れ」が笠原麻美であることまでは突き止めたが、「遠藤」との線を繋ぐことができなかった。「遠藤」は麻美とではなく、別の誰かと繋がっているのだ。

鷲鼻の老人が浮かんだ。

脳が勝手に消去法を試みたのだ。麻美が消えてしまえば、瑞穂には鷲鼻の老人しか残されていない。

瑞穂は寝返りを打った。

まったく見当違いの方向に思考を伸ばしていたのかもしれないとも思う。

「遠藤」が外の誰かと繋がっているとは限らない。訓練の情報を外に漏らしたのは、相澤支店長かもしれないし、もっといえば、音部主任や通信指令課の佐山係長だって漏洩《ろうえい》はできた。共犯者の候補なら嫌というほどいる。あの時、増淵支店の周辺にいた何十、何百もの人間がすべて容疑者だ。「遠藤」が携帯の短縮ボタンを押してもいい。

いや……。

そもそも、共犯者など本当に存在したのだろうか。あの訓練と本物の強盗との間に、真実、繋がりはあったのか。

まったくの偶然。世の中にはそうしたことがままある。二人組は自分たちで企てた計画を実行しただけだった。増淵町で訓練があることなど露知らず、たまたまあの時間に北川支店に押し入った。そうした可能性だって否定できない。「絶妙のタイミング」に魅入られて穿《うが》ちすぎたのかもしれない。姉妹とまで思った「遠藤」と麻美には血縁すらなかった。他人の空似。そうした偶然が実際にあることを、瑞穂はたったいま学習したばかりだった。

捜査本部の頑張りに期待するしかない。諦め半分に思いながら、瑞穂は部屋の灯を落とした。

脳膜にはまだ鷲鼻の老人がいた。

もういい……。

だが、極度に疲労した脳は、その命令すら出せないようだった。耳には麻美の声があった。ペラペラと喋って、眠りに落ちたがる瑞穂を引き戻す。赤ちゃんが泣き止まなくて……街に連れ出して……ホントはブティックを覗きたくて……。

瑞穂は目を開いた。つぶっていた時と同じ闇の中にいた。

そうだった。あの時、鷲鼻の老人はブティックの前に……。

9

次の日曜日。瑞穂は増淵町にいた。

一枚の似顔絵を手に、支店を中心に円を描くようにして商店を歩いて回った。あの日、気温が下がったにもかかわらず、鷲鼻の老人はサンダル履きだった。住まいはさほど遠くないだろうと踏んでいた。

決定的なネタを摑《つか》んだわけではない。新たに浮かんだ老人に対する疑念は、「気掛かり」と言った程度のもので、例の消去法の域を出ていなかった。デートの約束もなく寮の部屋で塞《ふさ》ぎ込んでいる純子を見ているのが辛《つら》かった。外出を決意した理由とすれば、そちらのほうが大きかったかもしれない。

似顔絵の出来栄えには自信があった。案の定、三時間ほど歩くうち、私鉄の駅に近い牛乳販売店で、「石田さんに似ている」という証言を得た。

石田栄治の「自宅」は、駅裏の線路沿いにあった。連れ込み旅館とラブホテルがひしめき合う一角だった。

『旅館イシダ』――瑞穂は顔を赤らめて門をくぐった。

帳場とおぼしき小窓の前で声を掛けると、すぐにその小窓が開き、大きな鷲鼻が覗いた。

瑞穂の顔を覚えていたようだった。

「ああ、あんたか。警察ならもう来たぞ」

ぶっきらぼうに言って、石田はぴしゃりと小窓を閉めた。瑞穂は慌てて窓を開き、中に首を突っ込んだ。八畳ほどの広さ。石田は忌ま忌ましそうに振り向いた。

「教えて下さい。なぜ警察が来たんです？」

瑞穂が早口で言うと、石田は数秒考えてから小窓の脇のドアを開けた。

「入れ」

粗末な座卓が一つ。万年床らしき布団が一組。あとはテレビと雑誌とカップめんの残骸……。

座布団も勧めず、石田は言った。

「刑事は、かすみ銀行のスケベどもの話を聞きにきたんだよ」

瑞穂は仰天した。

「まさか、それって――」

直観的に、相澤支店長と「遠藤」のことだと思った。

「歳《とし》の離れた二人の写真を見せて、来てないかって言うから、ああ、いつも二人で来てると言ってやった。男のほうは白髪頭でよく覚えてたからな」

やっぱり……！

二人はこの旅館で逢引《あいびき》していたのだ。

相澤支店長と「遠藤」が完全に繋がり、そして、その二人と、あの日支店の前にいた「老人」が思いがけない形で繋がった。

「で、あんたは何を聞きに来たんだ？」

瑞穂は顔を上げた。用意していた言葉を言う。

「あなたがブティックの前にいた訳を知りたくて来ました」

老人は眉間《みけん》に皺《しわ》を寄せた。

「どういう意味だ？　わかるように言え」

「私、あの時、イライラしながらお客さんが銀行から出てくるのを待ってたんです」

ようやく客が外に姿を現し、瑞穂は携帯電話に視線を落とした。が、網膜の残像に老人を見て、顔を上げた。老人は――石田はブティックが軒を並べる横長のビルの前の歩道に立っていた。思い返すと不思議でならない。手元に視線を落とす直前まで、瑞穂はずっと支店のほうを見つめていたのだ。支店と石田の距離はわずか十メートルほどだった。それなのに石田の姿にはまったく気づかなかった。

「最初は、あなたが横から歩いてきて視界に入ってきたのかと思いました。でも違う。思い出したんです。あなたはブティックを背にしてこちら向きに立っていたんです」

「わからん。何が言いたい？」

「あなたはブティックの店内にいた。そして、私が視線を手元に落とす直前、店から出てきたんです」

石田は押し黙った。

「ブティックで何をしていたんですか」

言ってから、瑞穂は部屋の中を見回した。女の出入りを感じさせる何物もない。老人とブティック。その隔りは「水と油」ほどにも思える。

瑞穂は石田に目を戻した。

「そこで時間潰しをしていた。訓練が始まるのを待っていた――違いますか」

石田が何か言おうとしたその時、ノックの音がした。ドアだ。ならば客ではない。

「石田さん――」

呼びかける声がした。

「石田さん、警察です。開けて下さい」

石田は腕組みをしたまま返事をしなかった。ドアノブがガチャガチャと音を立てたが、それは回らなかった。瑞穂はハッとした。石田は鍵を掛けていたのだ。小窓を見る。そこにも鍵が——。

「飛んだのかもしれねえぞ」

外の声が瑞穂の鼓動を速めた。

高飛び……。捜査本部も石田を容疑者とみているのか。

足音が遠ざかり、石田は腕組みを解いた。

「間抜けどもが、ようやく気づいたらしい」

それは自白に聞こえた。

「お前らが悪いんだ。くだらん防犯訓練で真由美を死なせやがった」

訓練で死なせた……？

わからない。いったい何が……。

石田の顔が紅潮していた。顔中の皺が深まり、鬼に見えた。

「一昨年だ、お前らはかすみ銀行の光が丘支店で訓練をやった。刑事は迫真の演技だったそうだ。預金係の席に真由美がいた。俺の初孫だ。短大を出てまだ一年も経っていなかった。刑事に包丁を突きつけられて、さぞや怖かったんだろう——その場で失禁した」

「あ……」

「あんたならわかるよな。年頃の娘が同僚の見てる前で失禁したらどんな気持ちになるか。本当の強盗なら救いもある。だが、五分後には訓練でしたと言われた。他の連中がホッとしたり笑ったりしてる中で真由美は……。あまりに残酷すぎやしないか」

言葉もなかった。そう、犯罪は思わぬところまで波紋を広げて人を傷つける。だが、まさか警察の防犯訓練が……。

「真由美は銀行を辞め、拒食症になり、半年後に肺炎をこじらせて死んだ。銀行の連中は誰も線香を上げにこなかった。警察の連中は、真由美が死んだことすら知らなかったろうよ」

瑞穂は俯いた。その拍子に涙が畳を打った。

「最近になって、あの白髪頭がかすみ銀行の人間だと知った。前から、取っかえ引っかえ女を連れ込んでた。俺は客室に盗聴器を仕掛けた。あいつに直接の恨みはないが、かすみ銀行が打撃を受けるなら醜聞を流してやってもいいと思ったんだ。ところが――」

瑞穂は濡れた瞳を上げた。

「盗聴であの訓練のことを知った。白髪頭が女に話したんだよ。こんなチャンスがまたとあるか？　かすみ銀行にも警察にもまとめて仕返しが出来るんだ。俺はやると決めた。

人にやらせることにした。長くこういう商売をしてれば、悪党や金に困ってる輩《やから》と嫌でも知り合いになる。すぐに荒っぽいのが二人手を上げた」

石田の顔は鬼のままだった。

「なぜ、同じことをしたんです」

瑞穂は涙を拭い、声を振り絞った。

「どこの銀行にも若い娘がいるじゃないですか。あなたのお孫さんみたいな娘が。なぜその娘たちを同じ目に遭わせたりしたんです」

石田は目を剝《む》いた。

「その小娘たちが一番タチが悪いんだ！　同僚の女が真由美を笑いものにした。真由美が付き合っていた男まで掠《かす》め取ったんだ」

「そ、そんな……」

石田は無念そうに目を閉じた。

「真由美はいい子だった……。あんないい子はいなかった……。純真で優しくて、それに、大きくなっても年寄りを馬鹿にせず、真っ直ぐ人を見つめる子だった……」

外で靴音がした。

けたたましくドアが叩かれた。人数が二倍ほどにも増えたようだった。さっきとは違う。捜査本部は石田が犯人だと確信を持った——。

「石田さん、いるんだろ？　出てこいよ！」

田丸が言っていた。かすみ銀行に対する恨みの線も洗っている、と。

「仲間を呼ばんのか？」

石田が不思議そうに瑞穂を見た。

「自首して下さい」

瑞穂は言った。

「指図するな。俺は俺の考えで決める」

石田はまたそっぽを向いた。

「自首をする。外にそう言ってから、鍵を開けて下さい」

瑞穂は真っ赤な目で石田を見つめた。法的にはもはや自首とは認められない。だが——。

「せめて……せめてそうして下さい。嫌です。踏み込まれて、身体中、押さえられて……そんなの嫌です」

「………」

「自分から……。お願いです！」

ややあって、石田の肩が落ちた。

鬼の面相が消えた。そうなってみると、どこにでもいる少々寂しげな老人に見えた。

ドアは今にも蹴破られそうだった。

瑞穂は石田を見つめた。一心に見つめ続けた。

皺深い口元から溜《た》め息が漏れた。それは恐ろしく長く尾を引いた。

石田は右足を庇《かば》いながら立ち上がった。

「あの店には、真由美に似合いそうな服がいっぱいあった……」

背中で言って、石田はドアノブに手を伸ばした。

焼相

月村了衛

月村了衛（つきむら・りょうえ）
一九六三年生まれ。脚本家を経て二〇一〇年に『機龍警察』で小説家デビュー。新型近接戦闘兵器「龍機兵」を擁する警視庁特捜部の活躍を描いた同書はシリーズ化され、第二作が第三三回日本ＳＦ大賞、第三作が第三四回吉川英治文学新人賞を受賞する。他に、時代小説や冒険小説も発表しており、時代小説『コルトＭ１８５１残月』（一三年）で第一七回大藪春彦賞を、冒険小説『土漠の花』（一四年）で第六八回日本推理作家協会賞を受賞。主な著作に『黒警』『槐《エンジュ》』『東京輪舞《ロンド》』『欺す衆生』など。

しょうそう【焼相】〔仏教〕人は死ねばその本然の相に帰す『空』と『無常』とを、死体を克明に観察することによって知る修行「九相観《きゅうそうかん》」に於いて、骨が焼かれ灰になった状態を指す。

0

その日、大田区大森本町では、水道工事のため道路の一部が封鎖され、配置された警備員が走行してきた車を迂回路《うかいろ》に誘導していた。

幹線道路からは少し外れた場所であるから、交通量はそれほど多くない。誘導灯を手にした初老の警備員も、慣れた様子でやってくる車をさばいていた。

午前十時を少し回った頃、ありふれた型の中型トラックがやってきて、立ち並ぶオレンジ色のロードコーンの前で停止した。

「すみません、ご協力お願いします」

運転手は警備員の指示に従い、一旦バックしてから、方向転換して左の迂回路に入ろうとした。

そのとき、右側角地にある建築資材置場の方から四メートル近い巨大な人間型の機械――機甲兵装が二体、突然躍り出てきてトラックに襲いかかった。

機甲兵装とは、テロや民族紛争の際限ない増加に伴い、市街戦や局地戦における近接戦闘に特化して発達した歩行型軍用有人兵器の総称である。

一機は鋼鉄のマニピュレーターを振り回して運転席を乱打、もう一機は後部に回ってロックを破壊し、リアドアをこじ開けた。運転手と助手は最初の一撃でともにシートに座したまま即死している。

口をあんぐりと開けて立ち尽くしていた警備員は、我に返って後をも見ずに逃げ出した。近くにいた同僚警備員や通り合わせた通行人もそれにならう。

荷台の中身を引っ張り出して、積荷のアパレル商品を片っ端から路上にぶちまけた機甲兵装は、なぜか逆上したようにトラックを滅茶苦茶に破壊していたが、接近してくるパトカーのサイレンに気づいて逃走した。

ガードレールを踏み潰し、接触した民家の軒やマンションのベランダを破壊したりしながら慌てふためくように逃走した二機は、現場のすぐ近くにあった都立児童教育センターに逃げ込んだ。

異状に気づき、すぐさま逃げ出した施設職員も何人かいたが、折から見学中であった小学生児童と教職員あわせて数十名が取り残され、人質として施設内に監禁された。

施設内からは近隣を揺るがすような銃声と子供達の悲鳴が聞こえてきた。しかしそれらは次第に断続的なものとなり、やがて内部からの物音は完全に途絶えた。

午前十時十九分。出動した警視庁刑事部捜査一課特殊犯捜査係、通称SITが現場周辺の包囲を完了した。

誘拐、立て籠もり、ハイジャック等の捜査については、SITが通常一義的に対応する。しかし今回の事案では被疑者による機甲兵装の使用が確認されている。SITには機甲兵装は配備されていない。

SITを擁する刑事部と、警視庁特殊急襲部隊SATを擁する警備部との間で調整が行なわれた結果、急遽《きゅうきょ》合同オペレーションの形式が取られることとなった。現場指揮は刑事部参事官の高嶋賢三《たかしまけんぞう》警視正である。

いわゆる「行政警察」として犯罪の予防鎮圧行為、すなわち突入を最優先に考えるSATと違い、SITは犯人とのコミュニケーション、ネゴシエイション等を通して逮捕を目指す。この時点で、SITとSATとの方針の対立は避けられないものだった。

午前十時三十一分、本庁指令センター経由でSITネゴシエイト担当官の携帯端末に被疑者からの着信があった。説得を試みようとする担当官に、被疑者はアジア系特有の訛《なま》りのある日本語で喚《わめ》き散らした。

〈警察はそれ以上近づくな。少しでも近づいたらガキどもを皆殺しにしてやる。分かっ

たかクソ野郎〉

機甲兵装に襲撃されたトラックは、フィリピン人犯罪組織の傘下にあるフロント企業の所有物であった。組織犯罪対策部でもかねてマークしていた組織で、問題のトラックは主に密輸品の運搬に使われていた。殺害された運転手と助手も同組織の構成員である。その日は横浜から荷揚げした麻薬を移送する予定であったのが、直前で日程にずれが生じたらしい。トラックを襲撃した二人組は、麻薬運搬の情報を知っていて、なお且《か》つ予定の変更を知り得なかった人物ということになる。

捜査一課に協力して聴取に当たった組織犯罪対策部第五課の森本耕大《もりもとこうた》巡査部長が締め上げるまでもなく、フィリピン人組織の幹部は悔しげに叫んだ。

「やったのは洪《ホン》と李《リー》だ。あいつらに間違いねえ」

その名を耳にした森本は、持ち前の三白眼を見開くようにして聞き返していた。

「洪立誠《リーチエン》と李永慶《ヨンチン》か」

森本の所属する組織犯罪対策部がかつてその壊滅に執念を燃やした台湾人武器密売組織『流弾沙《リウタンシヤ》』。主要幹部の逮捕によって事実上消滅した同組織の残党が、他ならぬ洪と李であった。

フィリピン人からの情報により、洪と李のアジトであるという塗装工場に急行した森本は、そこが摘発から漏れた武器保管庫の一つであったことを知った。さらに森本は、大量のＴＮＴ爆薬が最近まで同所に保管されていた痕跡を発見した。

その情報はただちに刑事部と警備部の総合対策本部にもたらされた。

〈被疑者は大量の爆薬を所持している可能性あり〉

密かに独自の突入案を練っていたＳＡＴはその情報に戦慄した。

かつて機甲兵装による地下鉄立て籠もり事案で突入を強行したＳＡＴは、テロリストの罠に嵌《は》まり、配備されたばかりの最新鋭機甲兵装六機を一度に失うという失態を演じている。それはＳＡＴにとって根深いトラウマとなっていた。

午前十一時三十八分、犯人からネゴシエイト担当官宛に要求の電話が入った。

〈六時間以内に警察が保管している覚醒剤を全部かき集めて持ってこい。過去に押収したブツを根こそぎだ〉

話しているのは洪《ホン》だった。

〈それと現金で二十億……それから逃亡用の車と……そうだ、羽田にチャーター機も用意しろ〉

いかにも思いつきでしかない、場当たり的な要求であった。呂律《ろれつ》の怪しい話しぶりも、彼が明らかに正常な状態にないことを示していた。

「六時間では無理だ。いくらなんでももう少し時間が必要だ」

〈シャブなら警察にいくらでもあんだろ。すぐに持ってこられるはずだ〉

「分かった。だがこちらも人質の様子が知りたい。子供達は無事か」

〈心配するな。ガキはなんともない。銃でちょっとばかりしつけしてやったらおとなしくなった。だがババアの先生がよけいうるさくなってたまらねえ。自分には持病があるとか、薬を飲まないと死ぬとかよ。先生のクセに生徒よりてめえの方が大事らしい〉

「病人がいるなら解放してくれ。そちらが誠意を見せてくれたら、こちらも関係各所の説得がしやすくなる」

少しの間があって、洪は意外と素直に応じた。

〈……分かった。ババアを一人解放する〉

「一人だけか。できれば子供達も――」

通話は一方的に切られた。

五分後、犯人の約束した通り、児童教育センターの正面口から中年女性が一人、全速力で走り出てきた。最初の解放者だった。校外活動用の私物であろうか、背中に小さなリュックサックを背負っている。

センターを遠巻きに包囲していた車輛の陰から数人のＳＩＴ隊員が走り出て、素早く女性の保護に向かった。

次の瞬間――

爆発が起こった。警察官達の見つめる前で、解放された女性とＳＩＴ隊員が吹っ飛び、パトカーの白い屋根に赤い雨がぱらぱらと降った。

現場に居合わせた全員が声を失う。

前例のない凶悪な犯行だった。犯人は人質に爆薬の詰まったリュックを背負わせ、解放すると見せかけて救助の警察官とともに爆殺したのだ。

直後、ネゴシエイト担当官の携帯が鳴った。

洪《ホン》からだった。

〈ヘタな駆け引きはうんざりだ。つべこべ言わずにシャブを用意しろ。それにカネと飛行機もだ。用意できなけりゃまた誰かを吹っ飛ばす。こっちにはいくらでもタマはあるんだ〉

1

「立て籠もり犯は洪立誠《リーチエン》と李永慶《リーヨンチン》。ともに流弾沙《リウタンシヤ》の残党で、押収を免れたキモノや武器弾薬を今日まで隠匿していたものと推測されます」

警視庁特捜部庁舎内の会議室で、捜査主任の夏川大悟《なつかわだいご》警部補が報告する。

キモノとは機甲兵装を指す警察独特の隠語であり、元は着物、すなわち〈着用する得物〉に由来するという。

流弾沙は組織犯罪対策部だけでなく、特捜部でもマークし続けていた組織で、その壊滅に一役買ったという因縁がある。

「主犯は洪で、重度の薬物中毒であることが確認されています。李は洪の舎弟で、組織内では〈洪の忠犬〉と呼ばれていたそうです。フィリピン人組織が川崎から第一京浜を北上するコースで麻薬を大量に移送することを嗅ぎつけた二人は、搬送先である大森本町の倉庫近くで待ち伏せ、ブツを強奪することを思いついたのです。二人は当日道路工事が行なわれることも知っていました。近所では前々から工事について告知されていたからです。そこで資材置場に隠したキモノに搭乗してトラックがやってくるのを待つという計画でした。現場近くの駐車場から二人が逃走用に用意した乗用車も発見されています。しかし情報とは違って、トラックが運んでいたのは麻薬ではなく、単なる東南アジア製の偽ブランド商品でした。逆上した二人は、大森署のPC《ピーシー》（パトカー）が予想以上に早く到着したこともあって、キモノのまま逃走、たまたま近くにあった児童教育センターに立て籠もったというわけです。以上の通り、犯行に至るまでの経緯、また要求内容から考えても、ほとんど行き当たりばったりの杜撰《ずさん》なものであることは明らかです」

「次、由起谷《ゆきたに》主任」

城木《しろき》貴彦《たかひこ》理事官の進行により、着席した夏川に代わって同じく捜査主任の由起谷志郎《しろう》警部補が立ち上がる。

「折悪しく児童教育センターを見学中であったのは、大森大福小学校二年生三十九名と引率の教師五名。教師のうち、斎藤温子《さいとうあつこ》教諭三十八歳はSIT隊員三名とともに爆殺されすでに死亡。背中の小型リュックに詰められていたTNT爆薬が遠隔操作で爆発したものと思われます。他に人質となっているのは、逃げ遅れた施設職員が二名。脱出した職員の話によると、人質は全員二階の会議ホールに集められたようです」

会議室正面の大型ディスプレイに児童教育センターの構造図が表示される。

由起谷はレーザーポインターで図の各所を指し示しながら、

「建物の北西角に位置するこの会議ホールは、壁の一部が装飾的な明かり採りのガラスブロックになっている以外に窓はなく、非常口を施錠すれば完全な密室状態となります。つまり中の様子は一切不明。不幸にも、多数の小学生からなる人質を追い込み監禁するにはもってこいの場所であったと言えます。そしてここにキモノが一機。人質が逃げないよう入口のドア付近で睨《にら》みを利かせているものと思われます。SITのネゴシエイターとの交信から、洪《ホン》の通信電波はこの位置から発信されたことが確認されています。つまり、奥の会議ホールにいるキモノに搭乗しているのは主犯の洪と見て間違いありません。そしてもう一機、共犯である李の乗る同型機は、施設一階のロビー奥にあるエスカレーター併設の大階段前に陣取っている模様。おそらくは警察の突入を警戒しているものと考えられます。以上です」

由起谷主任が着席する。

大型ディスプレイには、代わって街頭の監視カメラのものらしい映像が複数表示された。捉えられているのは、いずれも被疑者の機甲兵装である。

城木理事官が声を張り上げる。

「犯行に使用されたのは第一種機甲兵装『ノーム』二機。いずれもマニピュレーターに重機関銃を装備している。また、機体各部に接続された箱のような装備に注目してほしい。姿《すがた》警部の話によると、これは機甲兵装専用の特殊背嚢《はいのう》で、おそらく被疑者はこれに爆薬を詰め込んで現場に搬入したのではないかということだ」

姿俊之《としゆき》部付警部は無精髭を撫《な》でながらディスプレイを見つめている。歴戦の傭兵である彼は、機甲兵装の装備や運用について誰よりも詳しい。突入要員でありつつ、同時に特捜部の軍事顧問とでも言うべき役割も務めている。

「問題はだ」

それまで部下の報告を聞いていた沖津旬一郎《おきつじゅんいちろう》特捜部長がおもむろに口を開いた。

「今のところ我々に出動要請は来ていないということだ」

全員が絶句する。

すでに夏川、由起谷の両捜査班を動かしておきながら、未だ出動要請がないとは。

ならばこの会議は一体——

出席していた鈴石緑《すずいしみどり》技術主任も首を傾《かし》げる。確かに、凶悪な立て籠もり事件が発生したというのに、突入班が現場に急行していないのも不審と言えば不審だ。

「部長」

城木が憤然として上司を振り返る。部下達の気持ちを代弁するかのように、

「組織の通例にとらわれず、独自判断で捜査に着手できるというのが特捜部の身上だったのでは」

「待て城木」

同じく理事官の宮近浩二《こうじ》警視が同僚を制止する。

「刑事部と警備部の間で合同オペレーションにするという協定が成立したんだ。それも異例の早さでだ。おそらく本事案からウチを排除するという合意があったに違いない。また警備部長にはここでSATに名誉回復の機会を与えたいという意図があるのかもしれない。それを邪魔したとなると、ウチはこれまで以上に警備部の恨みを買うことになる。いずれにせよ、ウチが安易に動くべき局面じゃない」

これまでの経緯から、酒田盛一《さかたもりかず》警備部長には特捜部に対して含むところが多々あるであろうことは疑《うたが》いを容《い》れない。宮近の推察と指摘は誰しも首肯できるものであった。

「宮近理事官の言う通りだ」

副官の意見を支持した沖津に対し、今一人の副官である城木はなおも食い下がった。

「しかし部長、現に多数の犠牲者が出ているのです。これは前代未聞の凶悪事犯です。到底看過できません」

何を考えているのか、沖津は淡々と机上にある端末のキーを操作する。

大型ディスプレイは再びセンターの構造図に切り替わった。図上に表示された複数の赤いラインが、いくつかの通路や非常口を通り、奥の会議ホールに到達する。

「これは想定される突入ルートをシミュレートしたものだ。李の待ち構える一階ロビーまでは正面からダイレクトに突入できる。しかし見ての通り、ロビーの階段とエスカレーターを避けて二階の会議ホールに至るには、途中何か所かの非常口を通過する必要があるが、そこに爆発物のトラップが仕掛けられている可能性は極めて高い。どうかね、姿警部」

話を振られた姿は、場違いな軽い笑みを浮かべて同意を示した。

「まあ、素人でもそう考えますね、普通《ふつう》」

沖津はそこで、捜査員達にはお馴染《なじ》みとなった得意の〈食えない〉表情を見せた。

「例の地下鉄立て籠もり事案でとんでもないトラウマを背負ったSATが二の足を踏むのも当然だ。万一、再びトラップに引っ掛かるようなことにでもなったら、SATはもはやトラウマどころではない、決定的なダメージを負ってしまう。間もなく酒田警備部長本人か、さもなくば総監から出動要請が入るだろう。それまで我々は、この難題をクリアする作戦の立案に全力を尽くそうじゃないか」

〈シャブはまだか。いつまで待たせる気だ〉

「待て、まだ二時間しか経っていない。約束は六時間だったはずだ」

〈知ったことか。早く持ってこい。もう待てねえ〉

「頼む、待ってくれ。できるだけのことはする。早まるな」

〈うるせえ。早くしねえと、また人質を吹っ飛ばす。言っとくがな、こっちはセンターのあちこちに爆薬を仕掛けた。ちょっとでも妙なマネしやがると、すぐに爆破してやる。ガキどもも全員道連れだ。どうせこっちには後がないんだ〉

沖津の読み通り、会議室に設置された警電（警察電話）が鳴ったのは、それから十分後のことだった。酒田警備部長からである。

特捜部では、姿俊之、ユーリ・オズノフ、ライザ・ラードナーの三名からなる突入班、そして鈴石緑の指揮する技術班を中心に作戦会議の詰めに入った。

犯人を無力化する神経ガスの使用も検討されたが、たとえNBC防護機能のない機種であっても、機甲兵装に搭乗する相手には瞬間的な効果は期待できない。また犯人は仕掛けた爆薬の起爆スイッチを身近に置いていると推測される。効果を発揮するまでのわずかな時間に、犯人が起爆スイッチを押してしまう危険があった。さらには成長過程にある子供達にガスの後遺症が残ることも懸念された。

何より、今回の作戦は一階と二階の敵を同時に無力化する必要がある。少しでも時間差があれば、気づいたどちらかが人質を銃撃するか、爆薬を起爆させるだろう。会議ホールで子供達を監禁している洪《ホン》を先に制圧しても、気づいた李《リー》の機甲兵装が階段を駆け上がってくるまで時間はそうかからない。長くても十数秒。銃撃戦にでもなれば最悪だ。子供達の被害は避けられない。

人質を危険に晒《さら》さず、外界と隔絶した二階ホールにいる主犯を一瞬で無力化し、同時に一階ロビーの共犯を制圧する。

一見不可能とも思えるこのオペレーションを可能にする方法は果たしてあるのか。なくはない、と緑は密かに考えた。しかし、そのためには——

沖津特捜部長は決断した。

「『四号装備』を使用する」

〈もう待てねえ。てめえらの言いわけは聞き飽きた。もう一度思い知らせてやる。タマはいくらでもあると言ったはずだ〉

2

午後三時二分。児童教育センター正面口から、半狂乱になった若い男が走り出てきた。逃げ遅れた施設職員の一人であった。先に犠牲となった女教師と同じく、背中に小さなリュックサックを背負わされている。しかし第一の犠牲者と違って、左右のショルダーストラップがきつく縛られたビニール紐で男性の胴体部に固定されていた。

意味不明の絶叫を上げながら、男性は必死にビニール紐をほどこうとしている。だが食い込んだビニール紐は、容易には解けない。男性の爪が剝がれ、シャツの前が真っ赤に染まった。助けを求めて駆け寄ってくる男性に対し、包囲した警官隊は我先に逃げ惑うように後退するしかなかった。

男性がビニール紐の一本を引きちぎったとき、爆発が起こった。両の足首だけをその場に残して男性の上半身と大腿部が消滅した。

映像こそ中継されなかったが、リアルタイムで報じられた第二の人質爆殺は日本中を震撼《しんかん》させた。

事件発生時より現場周辺は広く警察によって封鎖されているが、それでも混乱は広まる一方で、マスコミは報道合戦に躍起となった。人質となった児童の父兄は、我が子の安否を気遣って小学校や大森署に押しかけた。そうした映像までもが無節操に報道され、事態を収拾できない警察に対する世間の非難は際限なく高まるばかりであった。

大人から先に殺害しているのは、子供への手心などでは無論なく、抵抗しそうな者を先に排除し、無力な子供、すなわち〈タマ〉を残しておくためと推測された。どこまでも卑劣で凶悪な犯罪者である。

犯人から食料の要求は一切なかった。重度の薬物中毒者である洪《ホン》と李《リー》は、すでに覚醒剤のことしか頭にないのか、食欲さえ忘れているらしい。当然人質にも食事は与えられていない。児童の体力消耗が懸念された。脱水症状を起こしている危険もある。

ネゴシエイト担当官は食料の差し入れを何度も申し入れたが、犯人は頑《かたく》なにこれを拒んだ。もはや交渉とは言えない状態だった。

携帯端末を通して、大勢の子供達の啜《すす》り泣きが漏れ聞こえた。威嚇する犯人の声も。

〈ガキどもが！　黙れ！　死にたくなかったら黙りやがれ！〉

包囲する警官隊にも児童教育センター内部からの散発的な銃声が聞こえた。警官達はそのつど歯噛みしながらセンターを見上げるしかなかった。

〈ぶっ飛ばしてやる！　世界中のシャブを持ってこい！　バカにしやがって！　日本なんか悪魔に踏み潰されちまえ！　そしたら俺は総統府《ゾントンフー》の隣にマンションと動物園を造るんだ！〉

携帯で悪口雑言の限りを尽くしていた洪《ホン》の言葉に、意味不明の文言も混じるようになった。禁断症状は刻々と進行しつつあるようだ。人質は果たして無事なのか。ホール内の状況は依然として不明である。

このままではいつ犯人が暴発するか分からない。事態は一刻を争う。

『四号装備』とはライザ・ラードナー警部専用龍機兵《ドラグーン》、コードネーム『バンシー』のオプション装備の一つである。特捜部に三体配備されている龍機兵の中で唯一、任務に応じて背面の装備を換装できるのがバンシー最大の特徴なのだ。

特捜部庁舎地下にある技術班のラボで、緑はスタッフを指揮して四号装備とバンシー本体の調整に当たった。

四号装備は本来、哨戒《しょうかい》及び索敵《さくてき》用の翼で、複雑に折りたたまれた可変翼の翼面がフェイズド・アレイ・レーダーになっている。レーダーのモードを変えることで、ＡＤＳ

（アクティブ・ディナイアル・システム）に転用可能であった。

ＡＤＳは電磁波を利用した指向性エネルギー兵器で、主に暴動の鎮圧等に使用される。波長三・一ミリ（九五ギガヘルツ）のミリ波を照射することにより、皮下〇・三ミリにある痛点を刺激。二、三秒のうちに火傷《やけど》のような激痛を引き起こし、戦意を喪失させる。電子レンジの原理と同じ誘電加熱で、実際に体内の水分を加熱するのである。九五ギガヘルツのミリ波は、皮下〇・四ミリ程度しか浸透しないため、非殺傷兵器とされている。

この周波数を変えることによってさらに殺傷兵器へと転用する。『四号装備』は当初からそうした利用法をも想定して設計されたものであるという。

重々承知のはずだった。にもかかわらず、緑はそのことに抵抗を感じている自分を奇異に思った。

殺人兵器ということであれば、銃器も機甲兵装も、すべて同じ、殺人のための道具だ。特にバンシーの『三号装備』など、大量殺人兵器の塊ではないか。

今さらどうしてそんなことを――

これがバンシーであるからか。〈死神〉の愛機であるからか。

鈴石緑警部補はテロで家族を失った。旅行先のロンドンで、のちに『チャリング・クロスの惨劇』と名付けられる大規模テロに遭遇したのである。ＩＲＦ（アイリッシュ・リパブリカン・フォース）による犯行だった。そしてバンシーに乗るラードナー警部こそ、かつて〈死神〉と呼ばれたＩＲＦのメンバーであった。

今は違う、ライザ・ラードナーはすでにテロリストではない、日本警察と契約した警察官だ——そんなおためごかしの数々が、テロ被害者である緑の心に届くわけがない。

しかし緑は、今日も黙々とライザの乗機とそのオプションである殺人兵器の整備に励む。それがテロとの戦いを誓って警察官となった自らの責務であるから。

どこかに根本的な欺瞞《ぎまん》がある。そんな思いがどうしても拭えない。だから苦しい。

心が引き裂かれるような苦痛を覚えながら、彼女は全身全霊を以《もっ》て仕事に打ち込む。

〈死神〉による処刑遂行のために。

3

午後四時二十九分。姿警部専用機『フィアボルグ』とラードナー警部専用機『バンシー』は、児童教育センターの北西に位置するビル三階の一室に入った。真新しいオフィスビルだが、三階はすべて未入居となっている。児童教育センターは一階フロアロビーの天井高がかなりあるため、同センターの二階が隣のビルの三階に相当する。

その部屋はちょうど互いの壁と道路を隔てて問題の会議ホールに向き合う位置にあった。直線距離にして約四〇メートル。児童教育センターの北西側に外部を視認できる窓はないため、向こうからこちらの動きは一切見えない。

緑と沖津の乗る特捜部指揮車輌はビルの裏にある路地に入って停車した。

「本部よりＰＤ１、ＰＤ３へ。状況を報告せよ」

沖津がヘッドセットのマイクから通信を送る。デジタルで暗号化、変調されて送信されたその音声に対し、すぐに応答があった。

〈ＰＤ１より本部、所定位置に到着〉

〈ＰＤ3、所定位置に到着〉

ＰＤ１＝フィアボルグ、ＰＤ３＝バンシー。

沖津と背中合わせになった恰好で、龍機兵搭乗要員のバイタルを観測しながら、緑はその音声を聞いている。

沖津は決して波立つことのない凍った水面よりも冷静に命じた。

「本部了解。ただちに作戦開始せよ」

がらんとした広い空室のオフィスに立つ二体の龍機兵。従来の機甲兵装より一回り小さいとは言え、全長三メートル以上はあるのだが、その頭部が天井の白い塗装を擦《こす》ることはなかった。

　壁越しに児童教育センターに向かって立ったバンシーは、まるで精神を統一するかのように純白の機体を強張《こわば》らせた。

「PD3了解、作戦を開始する」

　バンシー、機体内部。頭部を包むシェル内でライザが応答する。

　バンシーの背面に接続された、キスリング型の背嚢にも似た横長のオプション『四号装備』。その左右の端からは、菱形の金属板がそれぞれやや外側向きの角度で突き出ている。

「四号装備、モードE、展開」

　ライザの宣告と同時に、鈍い銀色に光る左右の金属板がたちまち大きく展開する。幾重にも小さく折りたたまれていた状態から、二重波形可展面を経て完全な平面へと移行する。いわゆるミウラ折りの応用で、人工衛星のパネル展開などにも使われている技術である。

　薄い銀色の羽は、瞬く間に室内に広がった。

　同時に姿警部の搭乗するフィアボルグも、左右のマニピュレーターを使って搬入した金属板を床面に設置する。かねてより技術班が開発を進めていた、機甲兵装用汎用小型ADSユニットの試作品である。基本的には四号装備と同じ原理による装置で、バンシー以外の機甲兵装でも簡便に使用できることを目的としている。

電磁波の指向性は強いが、人質の安全を考慮して万全を期する必要がある。電磁波を二方向から照射して、その交点、すなわち二つの波が形成する干渉波のピークがターゲットの位置に来るように調整する。万一人質が照射範囲内にいても、射線の交点から外れていれば害はない。

今回は四号装備を操作するバンシー側が主機で、フィアボルグ側の放射板が副機となる。副機を完全に床に固定したフィアボルグが動作確認を終えた後は、バンシー側で指向性などのコントロールを確認する。通常の使用法とは異なるため、電源はバンシーの内蔵電源ではなく、主機、副機ともに、指揮車輌の近くに駐車した電源車から電力の供給を受ける。

大きな出力で電磁波を放射すれば、当然放射板は熱を持つ。その高熱は素材の膨張、機器及び回路の破損につながる。高出力による長時間の連続放射はできない。

「PD3より本部へ。低出力で放射テスト開始する」

〈本部了解。テスト開始〉

ライザはバンシーのシェル内から四号装備と副機を操作し、児童教育センター二階会議ホールに向けて、比較的低出力の電磁波を照射する。動作に問題はない。

そのテスト放射でホール内の大まかな様子――人数、位置関係等が判明した。

〈PD3より本部。テスト終了。主機、副機ともにコントロール問題なし〉

指揮車内では、緑もバンシーからのデータを共有している。電子的情報のみならず、ライザの視界も、鼓動も、そして殺意を含む情動も。

ラードナー警部の動作は恐ろしいまでに完璧だった。人質救出という任務のためではあるが、殺人に至るプロセスに毛一筋動かすほどの動揺もない。

姿警部の手際もまさしくプロフェッショナルのものだ。それでもあえて言うなら、ラードナー警部の手練には、プロフェッショナルなどといった概念を超越する〈死をもたらす者〉としての冷酷さと厳粛さがある。なぜかそんなことを思った。

「鈴石主任」

とりとめのない緑の思考を戒めるかのように、背後から沖津部長が振り返りもせずに指示してくる。

「PD2のMAV作動状況の確認を」

「はい」

緑は慌てて頭を切り替える。

電磁波の交点に相当する有効範囲は直径三〇センチ程度しかない。犯人だけを確実に仕留めるためには、綿密な計測が必要になる。電磁波照射による外部からの測量だけではなく、内部からのリアルタイム情報が不可欠だ。

今回の作戦でその任を負っているのが、PD2＝バーゲストに装備されたMAV（マイクロ・エアリアル・ヴィークル）なのだ。

「MAVの作動状況は良好、ただしオズノフ警部の脈拍にわずかですが上昇傾向が見られます」

児童教育センター地下の保守点検室。そこに爆発物が仕掛けられていないことはSITによって確認済みである。従来機より走行音がはるかに小さいという龍機兵の利点を生かし、ユーリ・オズノフ警部専用機『バーゲスト』は犯人側に気づかれることなく、すでに保守点検室に入り込んでいた。俊敏な移動はバーゲストの最も得意とするところである。

バーゲストは、背面腰部装甲の隙間——人体でいう右腸骨《みぎちょうこつ》の上あたりから、四機のMAVユニットを放出した。その全機が作戦通りインテリジェント・ビル特有の配線坑に潜り込む。直径八センチ、重量三六グラムの球形ユニット。容積の大半を占める二重反転ローターの揚力で、施設を縦に貫く主配線坑を上昇する。ローターのリムを取り巻く十二枚のベーンは、分割されたMAVの外殻である。一つ一つは球面を正三角形に切り取った形をしており、それが六枚ずつ、上下を指して並んでいる。閉じれば完全な球形となるこのベーンが、それぞれ自在に遊動し、飛行の安定を図っている。

やがてMAVは施設二階部に到達した。ベーンを収納して球形に復元。球は時に自ら転がり、また時に昆虫の如く脚部を伸ばして歩行する。それにより、狭所を思いのままに移動し、情報を収集することができるのだ。小型軽量化のため重いバッテリーや高出力無線装置が積めず、稼動時間と通信可能距離の短いことがネックだが、今回の任務においては実効性に支障はないと判断された。稼動限界は約十五分。どのみちそれ以上の時間がかかるようではこの作戦は失敗だ。通信距離については、四機のMAVを連携させることでクリアできる。

ユーリはバーゲスト内部からグリップのサムボールを使い先頭の一機を遠隔操縦する。残りの三機は自律的に一定の距離を保ちつつ、そのコースをトレースして送受信を中継、バーゲストとのネットワークを確保する。四機は完全に同一仕様となっており、先頭の一機にトラブルが発生すれば、即座に後続のユニットが機能を代替するというシステムである。

被疑者に気づかれぬうちに現場に侵入したMAVは、リアルタイム情報をバーゲストに送信。さらにバーゲストから指揮車輛に転送された情報は、バンシー、フィアボルグも共有する。

焦るな、落ち着いてやれ――

ユーリは慎重にグリップのサムボールを操作する。もちろん充分に訓練は積んでいるが、自分には不向きな任務だと思う。

　手先は器用な方だという自信はあった。しかしこれは時間との戦いでもある。施設の設計図をディスプレイに重ね合わせながら、縦に、横に、ＭＡＶを操作して複雑な配線坑の中を走らせる。

　モスクワで育った少年時代、スポーツと勉強には人並みに励んだが、級友とゲームに興じることは少なかった。そんなことが今さらながらに悔やまれた。

　違う。これはゲームではない。ミスをすれば子供達が死ぬ。墓に横たえる小さな遺体さえ残さずに。

　黒い魔犬たるバーゲストの鼻が外れて自律し、自ら獲物を追うかの如く、先頭のＭＡＶはごく狭い配線坑を突き進む。そしてついに目的の会議ホールに到達した。

　福島猛《ふくしまたけし》班長の指揮するＳＡＴ突入一班はすでに配置についている。四号装備の発動を待って突入する手筈である。

　指揮車輛に別回線の通信が入った。現場の総指揮を執る高嶋参事官からだった。

〈たった今犯人が通告してきました。今度は子供を爆殺すると言っています。もう待てません！　そちらの状況は！　突入時刻は！〉

「あと一分お待ち下さい」

それだけ言って、沖津は通信を切った。

ＭＡＶのすぐ前に会議ホールの複合ＩＤＦ（通信用端子盤）点検扉がある。施錠されたスチール製の扉を開けるほどの力はＭＡＶにはない。しかし点検扉には、外から端子盤の配線とインジケーターの状態を確認することのできる窓が設けられている。そこからわずかに顔を覗かせたＭＡＶのセンサーカメラは、室内の様子を光学的に鮮明な映像として捕捉した。同時にバーゲストのモニターに表示される会議室の３Ｄマップが更新される。

霧が晴れるように解像度が上がった。内部にいる者の顔貌さえも判別できる。

予測の通り、入口近くに佇立《ちょりつ》した機甲兵装『ノーム』のハッチは開放され、コクピットから半身を乗り出した男が手にした拳銃を人質に向けて喚いている。間違いなく主犯の洪立誠《ホンリーチエン》だった。

〈ＰＤ２より本部、現場の状況を確認〉

指揮車輛でもタイムラグなしに同じ情報を把握している。

ラードナー警部から入電。

〈こちらＰＤ３、ターゲットをロック。主機、副機セット完了。照射準備よし〉

沖津は顔色一つ変えずに命じた。

「照射」

ライザは躊躇《ちゅうちょ》なく実行した。

照射する電磁波は電子レンジと同じ二・四五ギガヘルツのマイクロ波である。

照準はターゲットの頭部にロックしている。

照射時間は三秒。

そのひとときでおまえは確実に死ぬ——地獄の業火《ごうか》に炙《あぶ》られて。

同時に正面口から突入したSATの第一種機甲兵装『ブラウニー』四機が、M82A1アンチマテリアル・ライフルで李《リー》の乗機を一斉に狙撃した。

李の搭乗するノームは、抵抗する間もなく弾痕だらけになって沈黙した。

午後四時五十九分。事件発生からおよそ七時間後のことだった。

現場の混乱は終息するどころか、黄昏《たそがれ》の陰翳《いんえい》が濃さを増すに連れ、次第に喧噪《けんそう》が激しくなっていくようだった。

解放された人質が次々と連れ出され、救急車に乗せられて順次運ばれていく。だが人数があまりに多く、救急車の数が足りなかった。ただでさえ狭い道が、押し寄せた報道陣と群衆でふさがれ、大森署員は総出で交通整理に忙殺された。

あちこちから怒号が、罵声が、そして安堵の啜り泣きが聞こえてくる。

走り回る警察官の間を抜けて、緑は現場の会議ホールに臨場した。四号装備の威力を自分の目で確認するためである。

空調の切られた現場に立ち込める肉の焦げた臭い。たまらずポケットからハンカチを取り出して鼻と口をふさぐ。

入口近くに突っ立ったままのノームのコクピットに、頭部の焼けた死体があった。〈焼けた〉という言い方は正確ではないかもしれない。沸騰した脳が、破裂した頭蓋《ずがい》の裂け目からどろりとこぼれ落ちている。眼球は弾《はじ》けたように割れて蒸発し、耳からはおびただしい出血があった。

悪行の報いとは言え、凄惨極まりない死にざまだった。

寒気を覚えた緑は、警視庁のスタッフジャンパーの上から自らの両肩を強く抱いて震えを抑えた。

ライザ・ラードナーとはやはり〈死神〉なのだと思う。そしてその〈死神〉にふさわしい、恰好の大鎌を与えた己を嫌悪する。

その鎌は人の目に見えないだけでなく、壁や柱をすり抜けどこまでも伸びて、灼熱の刃《やいば》で罪人の魂を燃やし尽くすのだ――

悄然《しょうぜん》とした足取りで児童教育センターの外に出た緑は、敷地の端に立つラードナー警部に気づいた。

隣のビルにバンシーを残し、一人歩いてきたらしい警部は、なぜか立ち止まってセンター前の喧噪を眺めている。

緑は反射的に彼女の視線の先を追った。ラードナー警部が見ているのは、救出された子供達の列だった。

黄昏の光のせいだろうか――最初はそう思った。日没前のほんの一瞬、荘厳な残照の当たる角度が、偶然に生み出した印象だろうかと。

そのときの警部の横顔は、〈死神〉のそれではなく、またいつもの虚無でもなく、まるで〈慈母〉のものであるかのように緑には見えた。

手紙

誉田哲也

誉田哲也（ほんだ・てつや）
一九六九年生まれ。二〇〇二年、警察小説の側面も備えた伝奇小説『妖の華《あやかしのはな》』で第二回ムー伝奇ノベル大賞優秀賞を受賞してデビュー。『アクセス』で〇三年に第四回ホラーサスペンス大賞特別賞を受賞。〇五年『ジウⅠ　警視庁特殊犯捜査係』、〇六年『ストロベリーナイト』によって、《ジウ》シリーズと《姫川玲子》シリーズという、自身を代表する二つの警察小説シリーズを開始。これらと並行して青春小説の執筆も続ける。主な著作に『武士道セブンティーン』『ドルチェ』『ケモノの城』など。

東京都千代田区霞が関。警視庁本部庁舎六階。

玲子《れいこ》は、俗に「C在庁」と呼ばれる自由待機、要するに休暇を終え、二日ぶりに捜査一課の大部屋へと戻ってきた。

「おはよ」

捜査一課殺人班十係、姫川《ひめかわ》班の面々はすでにそろって席についていた。

「おはようございます」

石倉保《いしくらたもつ》巡査部長、菊田和男《きくたかずお》巡査部長、湯田康平《ゆだこうへい》巡査長。葉山則之《はやまのりゆき》巡査長は風邪気味か、鼻にティッシュを当てながら会釈をしただけだった。

玲子がバッグを自分の席に置くと、すぐあとから十係長の今泉《いまいずみ》警部も入ってきた。

「おはようございます」

班員も倣《なら》って挨拶《あいさつ》をする。今泉は軽く「おはよう」と応じ、それから改めて玲子を見た。

「……お前、どうだ。腰の具合は」

そう。玲子はつい先日送検を完了した事件の捜査中に、腰を負傷したのだ。

犯人は、交際中の五十三歳の女性を殺害した、四十六歳無職の男性。その住居に踏み込み逮捕しようとした際、揉《も》み合いになって負傷した、と関係書類には記したが、実際は違う。本当は雨で結露していた管轄所轄署の階段で足をすべらせ、七段ほど転げ落ちて腰を強打したのだ。

「……走るのは、ちょっと無理ですけど、歩くのは問題ないです。あと肘《ひじ》と、ちょっと足首が」

パンツの裾をめくり、包帯を巻いた左足首を見せる。

「大事《おおごと》だな……ま、次はせいぜい気をつけてくれ」

石倉を除く三人が低く笑いを漏らす。玲子はそれらを一瞥《いちべつ》し、改めて今泉のデスクに向かった。

「それより係長、あたしと、最初に会ったときの事件のホシって、覚えてます?」

今泉はコートを脱ぎ、椅子を引きながら「うん」と頷《うなず》いた。

「……目黒《めぐろ》、だったか。お前が挙げた、OL殺しのアレだろう」

「ええ。あのホシから、仮釈になりましたって手紙をもらったんで、あたし、会ってきたんですよ」

椅子に座った今泉が、味付け海苔のように濃い眉をすぼめて玲子を見上げる。

「……いつ」

「昨日です」

「なんでまた」

「だから、手紙をもらったからですよ」

「手紙って、自宅にか」

玲子は扇《あお》ぐように手を振ってみせた。

「まさか。最初は目黒署に届いたみたいなんですけど、誰かが調べて、ちゃんとこっちに転送してくれたんです」

「それを読んで、会いにいったのか」

「そうです」

今泉は「分からん」とでもいいたげにかぶりを振った。

「何も、わざわざ自分からいくことはないだろう。警察官に対するお礼参りって例も、決して少なくはない。現にアレは取り調べ中、まったく改悛《かいしゅん》の様子を見せなかったじゃないか」

「ええ……ですけどね」

玲子はポケットに入れておいた手紙を出し、今泉に向けた。

「ほんと、人が変わったみたいな文面だったんで、あたしも興味が湧いて、それで会いにいったんです。もちろん、手紙があたしをおびき出す手段で、いきなり後ろからブスッ、て可能性もなくはないと、一応考えてはいたんで、細心の注意は払いましたけど……」

へえ、といいながら、湯田が寄ってくる。

「その事件がきっかけで、主任は一課に引っ張られたんですか」

「そ。あたしもまだ、当時は部長（巡査部長）でね」

向こうでは菊田が、わけ知り顔で頷いている。

「すぐ本部にこいっていわれてたんだけど、人事がもたもたしてる間に、あたしがブケホ（警部補）の試験に受かっちゃったから、そのあと一回異動になって、それからここにきたってわけ。……ですよね、係長」

今泉が、変な形に唇を歪《ゆが》めて頷く。

「……なんですか。その、早まったことしちゃったな、みたいなリアクションは」

「いや、別に。そんなことはない」

「感じ悪いですよ」

「そりゃすまなかったな」

何が面白いのか、湯田はやたらと目を輝かせた。

「聞かせてくださいよ。その、係長の目に留まったっていう、主任の、デカ長時代の武勇伝」

「いーわよォ」

今泉が軽くかぶりを振る。だが玲子はかまわず、湯田にコーヒーを淹《い》れるよう命じた。

在庁の、いい暇潰しが見つかった。

玲子は入庁四年目、二度目の挑戦で見事、巡査部長昇任試験に合格した。その昇任によって、卒配（警察学校卒業後の配属先）の品川署から碑文谷《ひもんや》署に異動になり、同署交通課規制係の主任を拝命していた。

事件が起こったのは、その年が明けて半月ほどした頃だ。

「はあ……分かりました。じゃ、そういうことで」

当時の係長は、内線電話を切るなり玲子を指差した。

「姫川。お前、確か品川じゃ、強行班にいたんだったよな」

「はい、そうですけど」

「コロシで目黒に帳場が立つっていうから、お前、ちょっといってやってくれんか」

目黒署は碑文谷署の隣、目黒区の北東部を管轄する警察署だ。そこに捜査本部が設置されれば応援を出すのは当然だが、だからといって、何も交通課規制係の主任である自分がいく必要はないだろう。

「なんで刑事課が出さないんですか」

「あっちはもう渋谷に二人、世田谷に一人、高輪《たかなわ》に一人貸し出してる。もうこれ以上は無理だって、泣きつかれたんだよ」

さも迷惑そうに内線電話を指差す。

「頼むよ、姫川。だってお前……コロシ、好きなんだろう？」

なんと人聞きの悪い言い方をするのだろう。

「ええ、まあ……嫌いじゃないですけど」

「よし、決まりだ。頼む。いってくれ」

そんなわけで玲子は、目黒署の『中目黒ＯＬ殺害事件特別捜査本部』に派遣されることになったのである。


山手通り沿いに建つ八階建てのそれは、ミルクキャラメルみたいな色に仕上げられた外観がなかなかお洒落《しゃれ》な警察署だった。

その六階。講堂に設置された捜査本部には、玲子が到着したときすでに二十人超の捜査員が集まっていたが、打ち合わせが始まる頃には、それも四十人に達しようとしていた。

「じゃあちょっと、集まってくれ」

本部から出張ってきたのは捜査一課殺人班十係。あとから知るのだが、その声をかけたのが十係長、のちに玲子の上司となる、今泉春男警部であった。

「今から、事件の概要を説明する」

玲子は講堂下座に集められた捜査員に交じり、今泉の話を聞いた。

今日一月十五日月曜日、朝六時九分。目黒区中目黒五丁目の児童公園を散歩中の近隣住民が、血だらけになって倒れている女性を発見、一一〇番通報した。七分後には目黒署地域課の警官が発見現場に到着、女性の死亡を確認した。

同署刑事課は殺人事件と認知し、強行犯係員と鑑識係員を臨場させ、駆けつけた機捜（機動捜査隊）と共に初動捜査を開始した。

鑑識係員が検分したところ、コートのポケットにあった財布の中身から、マル害女性は同じ町内に居住する四十二歳の会社員、杉本香苗《すぎもとかなえ》と判明した。

香苗は独身。勤め先はワダ電設株式会社。同社は主に空調設備の販売、取り付け工事をする会社だという。

東朋《とうほう》大学法医学教室における検死の結果、マル害は胸部、腹部を三ヶ所刺され、失血死したものと判明した。死亡時刻は昨十四日日曜日の、夜十一時前後と推定された。

「それでは、捜査員の割り当てを発表する」

殺人事件などの捜査では、警視庁本部からきた捜査員と、その現場を管轄する所轄署員を組ませるのが定石である。ただ、本部から出張ってくる刑事は一個係なら十人前後。機捜を入れても二十人に満たない。この手の帳場では普通、捜査員の数は四十人以上になる。ということは、玲子のように人数合わせで呼ばれた者は、本部捜査員とは組まれない勘定になるが。

「そこ、女性二人、組んで。……で、せっかくの女性ペアだから、会社の事情聴取に回って」

案の定、玲子が組むよう指示されたのは、品川署から呼ばれてきた三十四歳の盗犯係員だった。

その、高野真弓《たかのまゆみ》巡査部長と短く挨拶を交わし、共に敷鑑捜査の班に合流した。班長は捜査一課十係の入江《いりえ》という四十代の主任警部補。敷鑑担当は全部で三組六人になった。

「割り振りは向こうにいってから決める。会社住所はここ。歩いていける距離だろう」

といっても、住所からするとワダ電設は目黒駅のずっと向こう、たぶん首都高速二号線の辺りだ。管轄でいえば大崎署。決して近いといえる距離ではない。ただ、刑事というのは歩きが四割、書き物四割、残りの二割は会議と待機という仕事である。玲子もこの時点で一年くらいは刑事の経験があった。歩くのを一々苦にはしない心構えはできていた。

四人分の、垢抜《あかぬ》けないコートの背中を見ながら目黒署を出発する。山手通りから目黒通りに入り、ひたすら駅へと向かう坂道を往《い》く。

「……姫川さんは、おいくつ？」

並ぶと玲子よりだいぶ背の低い高野は、顔立ちは十人並みだが、目つきと張りのある声に気の強さを窺《うかが》わせる女だった。

「はい。二十六です」

まあ、気の強さで負ける気はしないが。

「じゃあ、刑事は二年くらい？」

「いえ、一年とちょっとです」

「あらそう……」

なんだ。経験年数で優位に立ち、主導権を握ろうというのか。

自分は、年数は短くても品川でコロシと強盗を一件ずつ挙げている――といいたいのは山々だったが、やめておいた。こういう輩を出し抜くには、猫をかぶっておく冷静さも必要だ。

さして会話が弾むでもなく、十数分歩いて目的地に着いた。

まず入江主任が会社社長に事情を説明し、出社している社員全員の名前を挙げさせた。それを各組に割り振り、事情聴取に入る。入江組は社長と営業主任、もうひと組の男性ペアは営業マン一人と取り付け作業員二人、高野と玲子は女性事務員三人に、それぞれ順番に話を聞くことになった。すでに午後になっていたため、外回りに出ている営業マンや作業員については、夕方か後日改めてということにした。

玲子たちが最初に話を聞いたのは、伊藤静江《いとうしずえ》というマル害の一つ年下、四十一歳の女性だった。

「昨日の夜は、実家にいました。住所は、杉並区の高井戸です」

「失礼ですが、それを証明できる方はいらっしゃいますか?」

高野の聴取は、まあ特別当たりのきついものではなかった。ベテランだけあって、それなりに聞き出し方は心得ている。ここは下手な口出しはするまい、と玲子は思った。

「十時頃に、近くのコンビニにいきましたけど。ああ、えっと……これ、そのときのレシートです」

この店にいって、監視カメラ映像を確認すれば、彼女のアリバイは問題なく成立することになるだろう。高野はそのレシートを預かるといい、自身の指紋を付けないよう手帳にしまった。

「杉本さんは、どんな女性でしたか」

伊藤はしばらく答えづらそうにしていたが、やがて「実は」と語り始めた。

マル害、杉本香苗は、なんと個人で高利貸しを営んでおり、その顧客は社の内外を問わず、二十人以上はいたはずだという。

「……ほんとに、私がいったって分かっちゃうと、困るんですけど。そういうことで、人間関係ギクシャクさせたくないんで」

「ええ、もちろん。伊藤さんから伺ったことは、警察以外には誰にも漏らしません」

伊藤は、社内なら社長、営業マン、作業員の何人かまで、かなりの人数が得意客になっていたようだと付け加えた。

「なんでまた、社長まで」

思わず玲子が口をはさむと、高野はさも迷惑そうに目を閉じたが、伊藤がそれを気にした様子はない。

「社長……けっこう恐妻家で、そのくせ、飲み屋の女とダブル不倫してるんですよ。だからきっと、内緒のお金がほしかったんだと思います」

「その不倫相手の名前は、伊藤さん、ご存じ？」

「いえ、そこまでは」

次に話を聞いた中村知子《なかむらともこ》という三十五歳の女性事務員は、さらに興味深い発言をした。

「香苗さん、期日に払えないと、肉体関係を迫るって聞いたことあります。うちに出入りしてるメーカーの営業の人も、そういわれて、慌てて返したっていってました。だから、貸すのは基本的に男だけ、って感じだったみたいです」

ここにきてから入手した、杉本香苗の写真を改めて見る。

まあ、取り立てて不細工ではないが、お世辞にも美人とはいえないタイプだ。社員旅行でのスナップか。浴衣姿の香苗は、伊藤と中村にはさまれる位置で、実に楽しそうにピースサインを決めている。

司法解剖により、マル害の身長は百五十九センチ、体重六十五キロ前後と分かっている。写真に写る彼女の上半身は、まさにそれを裏づけるような丸みを帯びている。お世辞にもいいスタイルとは言い難い。いってしまえば中年太り。なるほど。この体型で借金の形《かた》に肉体関係を迫られたら、男は堪《たま》ったものではないだろう。

「杉本さんは独身だったようですが、恋人は？」

中村は、あからさまに馬鹿にした笑みを浮かべた。

「いるはずないじゃないですか。このルックスで、大酒飲みで、お金だけが頼りで、挙句借金の形に……ですよ？　だから男がいないのか、男がいないからそうなったのかは分かりませんけど」

最後に話を聞いた武田由貴《たけだゆき》は、あまり付き合いがなかったのか言葉を濁すことが多かった。

「……そういうことは、よく分かりません」

年齢は二十八歳。三人の中では一番若い女性事務員ということになる。細身の、まあ化粧次第では美人にも見えるかな、といった微妙な顔立ちである。ただ美醜以前に、雰囲気がどうしようもなく暗い。それも手伝ってか、肌は白というよりむしろ灰色がかっているように見えた。

「これ、伊藤さんからお借りした写真なんですけど、武田さんは写っていませんね。シヤッターを押したのが、武田さんだったんですか？」

高野が写真を向けても、これといって表情を変えない。

「……その旅行、私、いきませんでしたから」

声は、今にも井戸から顔を出して皿の数を数え始めそうな調子だ。

「あまり、杉本さんとはお付き合いがなかったですか」

「ええ……私は、あまり」

「武田さんは、社内では、どなたと親しいのですか？」

それには無言でかぶりを振る。

「お住まいは、どちらでしたっけ」

「……三軒茶屋《さんげんぢゃや》です」

とすると、毎日の通勤は東急田園都市線でいったん渋谷に出て、ＪＲ山手線に乗り換えて目黒、ということになるか。

「昨夜の十一時頃は、何をしていらっしゃいました？」

「……家で、テレビを、見ていました」

「ご実家ですか」

「……いえ、一人暮らしです」

「ごめんなさい。その、テレビを見ていたというのを、証明してくださる方は、いらっしゃいますか」

玲子はいつも、この質問って馬鹿げてるよな、と思いつつ自分でも訊《き》いたりしている。そんな、夜中の行動なんて一々証明できない方が普通だろう。だがそれを、刑事はどうしても訊かなければならない。因果な商売である。

「……いないです」

そうでしょう、そうでしょう。

「では、また何か思い出されたりしたときは、お知らせください。本日は、ありがとうございました」

玲子たちは女性三人の話を聞き終え、その頃には作業員が六人ほど戻ってきていたので、彼らにも話を聞いて、夜七時頃に目黒署に戻った。

大半の地取り班捜査員が戻った八時頃から、初回の捜査会議は始まった。玲子たちは講堂に並べられた会議テーブルの最後列に座った。

「起立……敬礼」

これまでに三回、玲子はこういった本部捜査を経験している。殺人で一回、強盗で一回、強盗殺人で一回。幸運にもその中の二回で、玲子は犯人逮捕に直接関わることができた。そのため、こういう会議には慣れているという自負があったし、今回も何かやれ

るのではないかという予感があった。しかし、

「報告は私がするから」

高野のそのひと言で、すべては脆《もろ》くも崩れ去った。

「はあ……じゃあ、お願いします」

まあ、年は明らかに高野の方が上なのだ。致し方ないといえば致し方ない。

今泉警部が上座でマイクをとる。

「まず、現場鑑識。浅山《あさやま》主任」

玲子たちの三つ前の席にいる、青い鑑識服の男が立ち上がる。

「はい。遺体発見現場で採取されたものの中で、犯人の遺留品と断定できるものは、本日のところはありませんでした。毛髪が十一種類、内一種類はマル害、七種類が男性、三種類が女性と思われます。別に犬猫の類が十三種類。ナイロンの繊維片が五種類、吸殻が七種類。内三種類からは、マル害の血液型と一致する、A型の唾液が検出されました。……それから、ペットボトルのフタが二つ、十円玉が一つ、駄菓子の包装紙が一枚、焼き鳥か何かの串が二本……」

他にも色々あったが、要するに、ゴミと大差ないものばかりだった。

「……採取品目は、以上です。次に靴痕跡ですが、こちらは六人分採れました。内、第一発見者、最初に臨場した地域課警官、マル害のものを除くと、残り三種類はすべて男

性と思われるものでした。二十六センチのスニーカー、二十七センチのスニーカー、二十七センチの革靴。現在メーカーの割り出しを行っております」

さらにそのうちの、二十七センチのスニーカーの足跡がマル害を殺害、大通り方面に逃走したと思わせる動線を描いているため、まずこれの出所を割り出す方針であるとし、鑑識の報告は終わった。

「では次、地取り。一区から。日下《くさか》主任」

「はい」

ここで指名を受けた日下警部補とはのちに犬猿の仲になるが、このときは玲子の席が一番後ろだったせいか、顔もあまり印象に残らず、特に嫌悪感を抱くことはなかった。

地取り捜査には十組以上を配していたが、これといった収穫はなかったようだ。犯行現場を目撃したという地域住民も見当たらず、昼間に公園を利用するホームレスなどはいるものの、さすがにこの季節になると、そこで夜を明かす者はいないということだった。

また公園自体は人通りのある道に面しているものの、マル害が倒れていたのは植え込みの手前、通りからは死角になる上、街灯の明かりも当たらない暗い場所だったという。発見が朝になったのは、そういった現場条件が重なってのものと見られた。

報告は地取りから、家宅捜索に移っていった。

「マル害宅は、六畳ひと間に、トイレ付きユニットバス、ミニキッチン……この年代の一人暮らしの女性としては、質素な部類に入ると思います」

この報告をしたのが、のちに部下となる菊田巡査部長だった。だが彼に対しても、このときはなんの感情も抱かなかったように記憶している。

家宅捜索での押収品目は、主に次のようであった。

手帳、銀行通帳、各種カード類、ノートパソコン、ビデオテープ、書籍、洗濯籠の衣類、毛髪、ヘアブラシや歯ブラシなどの生活用具。

室内からはいくつか、男性のものと思われる指紋も検出されていた。これは、女性事務員たちの証言と繋がる線である。

「では、勤め先担当。入江主任から」

「はい」

ようやく、ワダ電設での聞き込みに順番が回ってきた。

「……ええ、杉本香苗は、高卒でワダ電設に入社。以来二十四年、同社に勤務していました。勤務状態もよく、年に二、三回は病気を理由に休むことはあったものの、無断欠勤などはここ数年なく、仕事面では、特に経理に関しては彼女が中心になり、取り仕切っていたということです。給与は月額、税込みで三十二万円。特定の男性と付き合っていた様子はなく、また酒をたしなむ他は、これといった趣味もなかったふうのマル害は、相当な額を貯金していただろうと、複数の関係者から証言を得ています。この金の使い道については、別の組から報告します」

入江がこっちの席を見る。即座に高野が立ち上がる。

「はい。私が、事情聴取をしましたのは、伊藤静江、中村知子、武田由貴という、三名の女性事務員です。彼女らによりますと、杉本香苗は……」

さも自分一人で調べたかのような口調。しかも悔しいことに、彼女の報告に対する周りの反応はすこぶるいい。香苗が借金の形に、相手男性に肉体関係を強要した話に至ると、そういった男性の怨恨《えんこん》を疑う声もちらほら聞こえ始めた。

さらに、所持品担当の捜査員が興味深い報告をあげた。

「マル害は、いくつかのプリペイド携帯を使い分けていたようです。電話会社に確認したところ、杉本香苗名義で契約されていたのは全部で六台。一応確認しますが、マル害宅からプリペイド式の携帯電話は、押収されていませんね？」

一台もなかった、と担当捜査員が答える。

「……ということは、これは金の貸借関係、あるいはそれが高じて肉体関係に至った男たちとの連絡用に、香苗自身が契約、彼らに貸与していたのではないかと考えることができます。そして、香苗が死亡時所持していた携帯電話に、最後にかかってきたのが、まさにその六台の内の一台の番号でした。香苗は自ら契約し、貸与した携帯電話で呼び出され、現場となった児童公園に向かい、そこで、殺害された」

「異議あり」

前の方の誰かが声をあげた。

「番号がそれだからといって、即座に呼び出されて殺されたと考えるのは早計だ。携帯を渡されたのが肉体関係を結んだ男とする根拠も、現段階では何もない」

報告途中だった捜査員が、物凄《ものすご》い形相で前方を睨《にら》む。だが会議が荒れるのを嫌ったか、今泉が割って入った。

「確かに、現段階でその通話相手をマル容（容疑者）と見るのは早計だが、なんらかの事情を知っているものと考えることに無理はない。……明日以降、その携帯を現在所持している六人を、徹底的に洗い出すこととする。電話会社にも、積極的に協力するよう働きかけてくれ」

さらに何名かが報告し、最後に全員が自己紹介をして、初回の会議は終了した。

初日の結果を受け、二日目からは人員の割り振りが大幅に変更された。主に目撃者を捜すための地取りは、かなり削減されて五組十人。代わりに多くなったのが、香苗の手帳に名前が記載されていた男性関係者への聞き込み、十一組二十二人。玲子たちもここに組み込まれた。あとは、靴のメーカーや販売店を割り出す組が三組六人。電話会社で関係書類を当たる組がふた組四人。香苗の過去を洗うため、静岡県島田市に向かったのがひと組二人——。

捜査五日目になり、初めて香苗に携帯を渡された男が一人、判明した。田口俊一《たぐちしゅんいち》、三十三歳。ワダ電設に出入りしているメーカーの営業マンだった。玲子自身は見ていないが、わりと美男子だと捜査員の誰かはいっていた。

そうなると続く者も出てくるものである。七日目に二人目、八日目に三人目、十二日目には四人目が判明した。

だが、ここまでの四人は誰もが犯行当夜のアリバイを有しており、また番号もそれぞれ、犯行直前にかけてきたものとは違っていたため、ホシではないとの見方がなされた。

残りの所持者は、二人——。

捜査本部は電話会社の協力を得、微弱電波を追って居場所を割り出そうと試みた。だが、どうも二人とも電源を切っているらしく、かけても通じないし、微弱電波も一切拾うことができなかった。

そんな頃になって、ワダ電設のある男性社員が、携帯を貸与されていたことを白状した。取り付け作業員、斉藤雅治《さいとうまさはる》、三十四歳。香苗の手帳に名前があり、事件直後から彼女に借金があったことを認めていた男だ。なかなかの美男子であったため、担当捜査員が怪しいと睨み、執拗《しつよう》に追及した末に引き出した供述だった。

だがこの斉藤の携帯も犯行当夜、香苗にかけてきた番号とは違っていた。斉藤は、携帯をもらった者が疑われていると知り、とりあえず電源を切っていたと供述した。さらに、近いうちにどこかで処分しようと思ってはいたが、いつどこで刑事が見ているか分からないので、なかなか処分できずにいたのだという。

残る所持者は、一人。

しかし、香苗の手帳に記されていた名前の男性は、この時点でほぼ当たり尽くされていた。プリペイド携帯を受けとった男はおらず、アリバイやその他の点で、被疑者と見られるような者も浮かんではこない。

玲子自身も、少しずつ焦りを感じ始めていた。

このまま周りの捜査員と同じことをしていては、目立つ手柄は挙げられそうにない。特に今回相方となった高野は、会議でなかなか玲子に発言の機会を与えようとしない。かといって今の玲子の立場で、自分から彼女とのペア解消を申し出ることはできない。高野と一緒では、自分は大した手柄を挙げられそうにないから——。そんな理由はまず通らないし、逆にそれをいった途端、お前のような捜査員は必要ないと、碑文谷に返品される可能性すらある。

所轄捜査員にとって、捜査本部への参加は警視庁本部に取り立ててもらうまたとないチャンスである。ここで一課幹部の目に留まるような働きを見せることが、何よりの早道なのだ。

なんとか、このチャンスをものにしたい。何か、自分一人でできることはないか。高野に邪魔されない、一人でできること。事件解決に繋がるような、かつ手柄の所在が明確に示せるような金の鉱脈。携帯電話の最後の持ち主を割り出せる、決定的な証拠を抱えたまま、手つかずで残っている、何か——。

そんなふうに辺りを見回していたら、あるものに目が留まった。

講堂上座に据えられたデスクの脇、部屋の角に設置された資料コーナー。そこに置かれたままになっている、白いノートパソコン。あれは、香苗の部屋から押収されたものだ。そういえば、あれを調べて何か出てきたという報告は、まだどこからもあがってきていない。

玲子は十三日目の会議が終わると同時に、上座に突進していった。捜査本部の実質的トップ、捜査一課十係長の今泉警部を捕まえるのだ。

「すみませんッ」

デスクを去ろうとしていた彼は、驚いた顔をして玲子を見た。

「碑文谷署の姫川巡査部長です。一つ、警部にお訊きしたいことがあるのですがよろしいですか」

味付け海苔のように濃い眉が、ぎゅっと中央にすぼめられる。

「なんだ。会議は終わったぞ」

「はい。ですが、いま思いついたのです。お願いします」

しばし、今泉は射抜くような視線をもって玲子を見た。

あえて目を逸《そ》らさず、玲子はそれを正面から受け止めた。

色の薄い、乾いた唇がおもむろに開かれる。

「……なんだ。いってみろ」

「はい」

ほっ、と心の中で息をつく。

「そこにある、押収品のノートパソコンですが、あの中身は、誰かが調べたのでしょうか」

眉間《みけん》の力はこもったままだ。

「中にあったメールや文書については、ここの強行犯係長が打ち出し、彼と私で目を通した。特に、目ぼしい内容は見当たらなかったため、報告はしなかった」

「アドレス帳などはありませんでしたか」

「手帳の他にか」

「はい。たとえば、年賀状などを印刷する際のデータベースになる、ファイル形式のアドレス帳です」

「そういったものはなかった」

「では、インターネットの閲覧履歴はお調べになりましたか」

今泉の視線、表情に動きはない。

「……一応調べたはずだが、本件に関係するような履歴は見当たらなかったと聞いている」

玲子はぐっと奥歯を噛《か》み、唾を飲み込んでから切り出した。

「……ではそれを、改めて私に、やらせてはいただけないでしょうか」

微《かす》かに唇が尖《とが》る。

「あの手のものが、得意なのか」

年配者の多い刑事畑では、ああいったものを不得意とする者がいまだに多い。それを調べた強行犯係長というのも、もう五十近い警部補だったはず。通り一遍のおざなりな仕事だった可能性は高い。

「はい。得意です」

得意かどうかはあくまで自己申告だ。そうと言い張って何も出なかったところで、責任問題に発展するものでもない。

「……よし。じゃあ、それについては任せる。ちなみに、いま組んでいるのは誰だ」

「品川署の高野巡査部長です」

「組み替えは必要か」

どうだろう。

下手にペアを動かすと、周りに何をやっているのか悟られる可能性がある。多少は無理をしてでも、このネタの調べは秘密裏に行った方がいいかもしれない。

「……いえ。今の割り当てのままでけっこうです。それとは別にやりますので、組み替えの必要はありません」

今泉の目が、一瞬、細められた。

「いいだろう。指紋の採取はすんでいる。持っていって好きに調べてみろ。持ち出しの手続きはこっちでしておく」

玲子は小さく頭を下げ、礼をいった。

だが振り返り、遠くから高野がこっちを見ていたのに気づいたので、そのときはパソコンには触れず、いったん講堂を出てトイレにいった。

大方の捜査員が去った夜中になって、玲子は講堂からパソコンを持ち出した。

それを今度は一階の警務課に持ち込み、ＬＡＮ回線を借りて繋ぐ。これで、インターネットへのアクセスは自由になる。

これから、杉本香苗が生前に見ていたインターネットサイトを、一つひとつ順番に見ていく。記録が残っているのは三十日分。だがすでに、香苗が殺されてから十四日が経っている。つまり、記録は実質十六日分ということになる。果たしてそれらの中に、有益な情報は残っているだろうか。

実に長く、地味な作業になった。

一つずつ、履歴に残っているホームページアドレスをクリックし、その内容を読む。香苗は、ファッションにもショッピングにも、映画にも音楽にも書籍にも株にも不動産にも、ひと通り興味を持っていたようである。

ただ、それらすべてを必ず毎日見るというわけではなく、何日かに一回しか見ないページもあれば、その一回だけしか見なかったページも多数存在した。そんな中で、玲子がこれはと睨んだのは、「Bちゃんねる」という極めて有名な掲示板サイトだった。社会、学問、暮らしに趣味、文化、芸能や放送、コンピュータなど、人が興味を持つであろうほとんどのジャンルが網羅されており、掲示板本体は、さらにそれを細分化した小ジャンルごとに設けられている。実際の書き込みは、さらにその下に属する「スレッド」と呼ばれるテーマごとの書き込み欄において行われる。

たとえば、「芸能」の中の「女性アイドル」掲示板に「○○の整形疑惑について語ろう」というスレッドがあれば、利用者は○○というアイドルが整形しているのかどうか、しているのならばどこか、さらにはいつ頃からその鼻は変わったのか、目はどうか、胸はどうか、といった具合に、各々が好き勝手に見解を書き連ねていくわけだ。

香苗は毎日、必ずこのサイトにアクセスしていた。しかも「女性限定」掲示板の、

「職場のあいつをイジメるスレ」の常連だったようである。

最初は、どの書き込みが香苗のものなのか、それすらもよく分からなかった。だが、香苗のアクセスするタイミングと、書き込みの下に表示されるプロキシサーバなどの情報を丹念に見比べていくと、ある程度、これが香苗ではないかと思われる書き込みを絞り込むことができた。

さらにその過去スレッドを追っていくと、香苗がいつ頃からこの掲示板を利用するようになり、いつ何をして、何を面白がり、何に怒り、誰を陥れようとしていたのかまで分かってきた。

むろん、会社名や個人名までは挙げていない。だが、知った者ならば「W社」は「ワダ電設株式会社」と読むことができるし、「ブタ女」と書かれているのが誰なのかも、玲子にはおおよそ察することができた。

翌朝、玲子はワダ電設の、ある女子社員に対し再度事情聴取をさせてくれるよう、今泉に申し込んだ。むろん、その彼女が虐《いじ》めを受けていたからといって、即香苗を殺害したことにはならない。だが、もしそうであるならば、辻褄《つじつま》の合うことも出てくるのだ。

「まずプリペイド携帯ですが、あれは保険証さえ持っていけば、本人でなくとも契約できるものです。仮に、会社で保険証の確認を必要とするようなことがあって、香苗がそれを引き出しにしまう場面を見ていたりすれば、一時的に持ち出して、香苗であるように偽って契約することは可能です。引き出しでなければ、更衣室のロッカーでもいいです。その方が、むしろ同じ女子社員にはやりやすかったかもしれない。むろんそれは、香苗が気に入った男にプリペイド携帯を渡すことを、知っている者の犯行ともいえるでしょう」

今泉は目つきを厳しくしたが、玲子の話を遮ろうとはしなかった。

「ですから、現在所持者が判明していない、六台目の契約書を調べてみる必要があると思います。……筆跡、原本が保存されているのなら指紋も。おそらく、六台目の契約書に香苗の指紋はないはずです。代わりに別人の指紋があり、筆跡も違っているものと思われます。店員のいる前で、別人が香苗の筆跡で書くことは不可能ですから」

低い唸《うな》り声。今泉は人差し指を立て、眉頭を掻《か》いた。

「……姫川巡査部長。その、契約書を改めて精査するのはいいだろう。早速今日、何組かを電話会社にいかせるとしよう。だが、その女子社員が〝ブタ女〟であるという根拠はなんだ。もしそうであったとして、任意の事情聴取で、君は彼女から何か引き出す自信があるのか」

自信とは、あるかないかのものではない。あくまでも、持つか持たないかの問題だ。

「このネタには自信を持っています。むろん任意ですので、ぶつけるネタも間接的なものにはなりますが、それでも、落とすことは充分可能と考えます」

今泉は静かに立ち、講堂下座にいる高野を呼びつけた。

今日はワダ電設にいって、もう一度事情聴取をしてくれ。ただし今回は、姫川デカ長主導でやってくれ。

そう聞いた高野は、はいと返しながら、固く口を結んだ。

ワダ電設近くの喫茶店に、彼女を呼び出した。事務服姿の彼女は前回と変わらない、暗く沈んだ様子で店に入ってきた。

「お忙しいところ、お呼び立てして申し訳ありません」

そういうと、彼女もゆるく頭を下げる。具体的な質問がなければ、この女は、自分からは何も喋《しゃべ》らないのだろう。だがそれでもいい。玲子はいうだけいって、その反応を見ようと考えた。

「……実は、亡くなられた杉本香苗さんの、パソコン上の記録を調べていたらですね、彼女が、社内のある女性に対して、執拗な嫌がらせを繰り返していたのではないか、と思われる文書が、出てきたのです」

はっとしたように黒目が動く。だがそれも、すぐ思い直したように伏せられる。

「その、嫌がらせを受けていた女性は、大事なＦＡＸの返信をわざと隠されたり、人のミスの濡《ぬ》れ衣《ぎぬ》を着せられたり、してたみたいなんです。他にも色々……給湯室にあるマグカップの内側に洗剤を塗られたり、お昼休みに使う歯ブラシを、洗面所の排水口の掃除に使われて、真っ黒に汚されたり。トイレのコーナーから使用済みの生理用品を持ってこられて、包装紙はビニールだから分別してくれなきゃ困るわよ……と、男子社員の前で机に叩《たた》きつけられたり。ロッカーに生ゴミ捨てられたり。ほんと、毎日色々やられてたみたいなの」

寒気を堪《こら》えるように、彼女の首が、肩が、断続的に震える。

「その彼女ね、文書の中では〝ブタ女〟って、書かれてたのね……武田さん」

彼女は、再び息を吞《の》むようにして目を上げた。

「それね……まあ、文書って、今まではいってたけど、要するにそれ、インターネットの、掲示板に載ってたものなのね。杉本さん、そのことをネットに晒《さら》して、みんなで笑いものにしてたの……ひどいよね。あたしだったら、そんなことされたら……もしかしたら、殺したくなっちゃうかもしれない」

隣の高野が、物凄い目つきで玲子を睨む。だが、かまうことはない。相手が人殺しだろうが、一人の人間として共有できる感情を探し、それをぶつける。それが、コロシの調べの基本だ。盗犯畑の人間には分かるまい。

「間違ってたらごめんなさい。でも、あたしね、その〝ブタ女〟って、実は武田さんなんじゃないかって、思ったの。だって、ワダ電設の女性社員に、当の杉本さん以上に太ってる人なんていないし、だったら〝ブタ〟って言葉自体、そういう容姿に対する蔑視の表現じゃないんじゃないかって、思ったの。……つまり、読み方〝武田〟を、音読みして〝ブタ〟。そういうことかなって、ちょっと、思ったの。違う？」

小刻みな震えが、顎《あご》にまで伝染し始める。

「杉本さんから、そういう嫌がらせ……受けなかった？」

カク、っと小さく頭が落ちる。肯定か否定かは判然としない。

「嫌がらせ、受けてたの？」

今度は、はっきりと頷いた。その拍子に、テーブルに雫《しずく》が落ち、ヒトデの形に弾《はじ》ける。

「……殺すしかないって、思っちゃった？」

表情が、苦しげに歪む。ゆっくりと顔を伏せる。

「でも、それが正しい解決方法じゃないっていうのは、分かってたんだよね。だから、プリペイド携帯なんか、わざわざ使って工作したんだもんね」

だが、ふいに彼女は顔を上げ、玲子を睨みつけた。

初めて見る、武田由貴の強い表情だった。

「……確かに、私は、杉本さんを、殺しました……けど、間違ってたとは、思ってません。後悔も、してません」

しばし、睨み合う恰好《かっこう》になった。

任意の聴取としては、これ以上はない結果が引き出せた。

しかし、どうも玲子は、事件を解決に導いたという、実感を得られずにいた。

武田由貴は、のちに犯行を全面自供。プリペイド携帯の契約書からは彼女の指紋が検出され、家宅捜索の結果、凶器となった果物ナイフと携帯の現物も押収された。

ふた月後、彼女の第一回公判が開かれた。

弁護側は無罪を主張せず、彼女が犯行に至るまでの経緯と、被害者女性との関係に論点を絞るという、あからさまな情状酌量狙いの戦法をとった。

また検察側は、犯行の動機には一定の理解を示しつつも、プリペイド携帯を使った隠《いん》蔽《ぺい》工作や、わざわざ大きなサイズのスニーカーを購入してまで、犯人が男性であるよう見せかけようとした事実を挙げ、犯行が悪質かつ計画的なものであった点を主張した。

七ヶ月後に言い渡された一審判決は、検察側の求刑十二年を大幅に下回る、懲役七年二月の実刑判決であった。

確かに悪質かつ計画的な犯行だが、動機には情状を酌量する余地があり、また状況から再犯の可能性は低いと考えられる、と、裁判長は量刑の根拠を示した。弁護側も検察側もこれを控訴せず、そのまま結審。武田由貴の懲役刑が確定した。

あれから、四年が経った。

玲子にとって武田由貴の事件は、今泉との出会いというターニングポイントにはなったものの、それ以外は正直、さして強く印象に残るものではなかった。だから手紙の差出人を見ても、すぐにはそれが誰だか思い当たらなかった。

《その節は、大変失礼をいたしました。》

その書き出しで始まる文面は、とても「殺したことを後悔はしていない」とうそぶいた女の言葉とは思えないものだった。加えて最後には、《お会いしてお詫《わ》びを申し上げたい》とまで書き添えてある。

玲子はさしたる根拠もなく、これを真実の言葉と読みとった。

だからこそ、会いにいった。

待ち合わせは銀座のカフェ。彼女はグレーのスーツを着ており、ついこの前まで刑務所にいたとは思えない、潑剌《はつらつ》とした雰囲気をまとっていた。

「お久しぶりです」

声も、当時とは別人のように明るく、張りがある。

玲子はその感想を、隠すことなくぶつけてみた。

「なんか、びっくりしちゃった。まるで、生まれ変わったみたい。なんていうか……嬉《うれ》しいような、不思議なような」

由貴は頷き、その節はご迷惑をおかけしました、申し訳ありませんでした、と頭を下げた。

「私、あれからずっと、気になってたんです。私、姫川さんに訊かれましたよね。本当は、それが正しい解決方法じゃないってこと、分かってるのよね、って……せっかく、あんなふうにいってもらったのに、私、間違ってないとか、後悔してないとか、偉そうにいってしまって……それがずっと、胸に、棘《とげ》が刺さったみたいに、残ってたんです」

確かに、そんなことをいった覚えも、聞いた覚えもある。だがそれを、由貴が気にしていたとは意外だった。しかも、四年もの間、ずっと。

「ありがとう。そんなふうに覚えててくれたなんて、なんか、すごく嬉しい。でも……返す刀で、こんなこと訊くの、ほんと、気を悪くしないでほしいんだけど……その、どうしてあなたは、そんなふうに思えるようになったの？　何か、きっかけでもあった？」

受刑者の中には、刑務所内でキリスト教の洗礼を受け、人が変わったようになる者もいるという。玲子に思いつくのは、せいぜいそんな程度だった。

由貴は頷き、紅茶をひと口含んでから始めた。

「……私、警察でも裁判でも、いわなかったことがあるんです。確かに、杉本さんに虐めを受けたというのは、動機の大部分を占めるものではありました。たぶん私も、当時はそれが一番大きいと思っていたと、思うんです。でも……具体的な動機って、アレだったのかなって、あとから思うものがあって」

真剣な眼差しや表情。その中にも、どことなく優しげな何かがある。玲子は自然と、彼女の言葉に引き込まれていく自分を感じていた。

「……実は私、杉本さんと、社長が立ち話してるのを、聞いちゃったんです。杉本さん、私のこと気に入らないから、クビにしてくれって、社長にいってて……そのときは社長も、渋々、承諾するような口調でした。それで私、ああ、クビになるんだって思って、すごく、怖くなって……」

ワダ電設の、給湯室の壁に身を隠す由貴の姿を思い描く。向こうにいる香苗の顔は実に醜く、社長の顔はなんとも情けないものにならざるを得ない。

「それから、なんです……杉本さんがいたら、私、この職を失うかもっていう、強迫観念に駆られるようになったのは。私、両親を早くに亡くして、高校までは親戚のお世話になって。それだから、一日も早く独立しなきゃっていう思いが、強くあって。それで、高卒でワダ電設に就職して」

静かに、ひと息吐く。

「……たぶん私にとって、あの職場って、たった一つの居場所だったんです。正直、要領が悪いのも、どん臭いのも事実ですから、少々嫌がらせを受けたとしても、あの職場から出ようとは、思いませんでした。これやっといて、これお願いね、って、仕事が回ってくる、それだけで、私は必要とされてるんだ、ここにいる意味があるんだって、実感できてたんです。でも、それまでも杉本さんは、奪おうとした。これで私は、誰からも必要とされなくなる、どこにも居場所がなくなる、そう思ってしまった……たぶんそれが、最大の動機だったと思うんです」

職場に固執する気持ち。それは、玲子にもよく分かる。

「だからって、あんなことをする理由にはなりませんけど、でも、当時の私には、ああいう方法しか思いつかなかった……姫川さんに訊かれたときも、裁判を受けているときも、服役してからしばらくの間も、その気持ちに変わりはありませんでした。でも……ある日、社長から、お手紙をいただいたんです」

手紙、社長——?

玲子が小首を傾《かし》げると、彼女に頷いて続けた。

「……職場でのあなたの立場を、守ろうとしなかった私を、赦《ゆる》してほしい……手紙の最初には、そう書かれていました。それと、仮出所に必要なら、身元引受人になる、職場にも戻ってきてほしい……とも。それを読んだとき、私、涙が止まらなくなって……初めて、大変なことをしてしまったんだって、実感したんです」

悲しい行き違い——。

だが、語る由貴の視線は、あくまでも穏やかで、優しげだ。

「……上手く説明できないんですけど、それで初めて、私は自分の過ちと、誤りでなかったことの、区別がつくようになった気がするんです。だから……姫川さんにも、お詫びしなくちゃって、思って……」

玲子が「そう」と呟《つぶや》くと、彼女は安堵《あんど》したように頷いた。

「じゃあ、今は、またワダ電設に？」

だが、それにはかぶりを振る。

「いえ。そこまで甘えちゃいけない気がしたので、社長には、身元引受人だけ、お願いして。服役中に、介護士の免許を取得したので、今はヘルパーの仕事をしています。まあ、その会社も、社長に紹介していただいたんですけど」

そのあと、もう少しだけ近況を聞き、店を出た。

二人で表通りを歩いたが、風は意外なほど、あたたかだった。

もうすぐ、春ですね――。

最後に由貴はそう呟き、ここで失礼しますと、玲子に頭を下げた。


「……へえ。そんなことで、受刑者って変われるんですかねぇ」

ひと通り話を聞き終わった湯田は口を尖らせ、斜めに首を傾げた。

「うん。あたしも、ちょっとびっくりした。でもね、あたし、この順番って、大切だなって思ったの」

「順番？」

「そう、順番。……普通、罪を犯して罰を受けたら、赦される。だから刑務所から出られて、再び社会生活を営める……じゃない？　でも彼女の場合、罪を犯し、服役したけれども、まだその時点では、罰を受け入れていなかった。自分の過ちを認めないまま、刑期さえ過ぎればいいと考えていた。でも、そこに社長からの手紙が届いた。彼女の心に……とかいったらクサイかもしんないけど、でもそれがきっかけで、本当に罰を受け入れて、罪を償う気になれた」

湯田は、まだ分からないというように首を傾げている。

「つまりね、罪を犯した人間は、まず赦されて、その赦しを感じることができて初めて、罰を受け入れることができるんじゃないかな、って思ったの。……もちろん、理想論よ。そうじゃない場合の方が圧倒的に多いと思う。でもそういう人は、罰を受けたんだから、自分は赦されてしかるべきだ、って感覚が、どうしても拭えないんだと思う。罰を、受け流して終わりにしてしまう、っていうか。だから、再犯の可能性が残る……でも彼女は、そうじゃなかった。自分は赦される。受け入れてくれる社会がある。人がいる。そう実感できたから、罰を心で受け止めて、罪を償う気になれたんじゃないかな」

なんか、キリスト教じみてますね、と湯田は漏らした。

「そう、そうなの。あたし自身は、宗教なんてちっとも興味ないんだけど、でも、そういうことってあるなって……うん。ちょっと、納得できた気がする。どう？」

湯田は、まだ分からないといった。でも、玲子はそれでもいいと思った。きっと彼にも分かる日がくる。こういうことは、頭では分かっても、心に響かないのはよくあることだ。自分はそれを感じとることができた。武田由貴の、あの、春の木漏れ日のように穏やかな笑みから、汲むことができた。それを今は、感謝にも近い気持ちで、胸にしまっておきたいと思う。

とそこに、いっとき席をはずしていた今泉が戻ってきた。

「おい、多摩にコロシで帳場を立てるぞ。全員準備して、早速向かってくれ」

班員が一斉に立ち上がり、はい、と切れのいい声をあげる。

玲子は一人、肩をすくめて苦笑いしてしまった。

今度のホシがどんな人間かは分からない。こんなホンワカした気分じゃ、マズいじゃないか——。

すかさず、今泉に睨まれる。

「どうした姫川。立てないのか」

「またそんな……大丈夫ですよ。いってきます」

この程度の腰痛なら、動いているうちに治るだろう。

何せ、春はもうすぐそこまで、きているのだから。

解説
警察小説、その遠くて近い世界

村上貴史

■警察小説が読まれる理由

警察小説が隆盛である。

何故か。

おそらくは、ジャンルとしての懐の深さが理由だろうと考える。そもそも警察小説とはなにかといえば——公式な定義などないが——警察組織の活動を中心に据えた小説であるとしたい。ヒーローや名探偵がたまたま警察官という職業にあるという小説ではなく、組織としての警察に目を向けた小説ということだ。

こう捉えると、だ。警察小説とは、さらにシンプルに書けば、組織の小説ということになり、それはすなわち〝群れ〟で生活する人間の小説ということになる。つまりは、読者の日常と非常に近い世界を描いた小説ということになるのだ。その〝日常〟で、つまりは〝職場〟で扱われているのが犯罪であるという点は、多くの読者の日常とは異なるのだろうが、警察小説で描かれる様々な感情、つまりは、チームとして成果をあげることの喜びや達成感、あるいは上下関係や出世争いに関する悩みや公私のバランスにおける悩みなどは、読者のそれと共通している。

要するに警察小説は、犯罪を追うというタイプの非日常のスリルと、そこに登場する人々の組織における感情への共感、それを全く自然に兼ね備えた小説なのである。様々な作家が警察小説を手掛け、それが読者に支持され続けていることにも納得がゆく。隆盛も必然といえよう。

■歴史と九篇——黎明期

ローレンス・トリートが、単独の警察官ではなく、チームとしての警察に着目してニューヨーク21分署を描いた『被害者のV』は、一九四五年に発表された。これを起点として、警察小説は世界各国で書き継がれ、発展していく。

日本においては、一九五〇年代の半ばから、警察小説と呼びうる作品が発表され始める。松本清張でいえば、五五年の「張込み」、藤原審爾なら五九年の《新宿警察》シリーズ第一作「若い刑事」など、だ。島田一男の《部長刑事》シリーズ第一作も六二年に刊行された。いずれの作家も、他のジャンルも書きつつ、警察小説を世に送り出してきた（山本周五郎の『寝ぼけ署長』が、〝覆面作家〟という名義で四六年から四八年にかけて「新青年」に発表されていたことも記憶しておきたい）。

この時期に活躍していた警察小説の書き手のなかから、本書では三人を紹介したい。前述の松本清張と藤原審爾に加え、結城昌治である。結城昌治もまた、五〇年代に警察小説を書き始めた作家だ（五九年の長篇『ひげのある男たち』）。

最初に紹介するのは松本清張の「声」。その第一部は、ある殺人事件において、重要な手掛かりとなる〝声〟を偶然聴いてしまった女性の物語である。そして後半である第二部に入ると、東京の郊外で発見された扼殺《やくさつ》死体を捜査する警察の模様が描かれる。この第二部が、まさに警察小説なのである。捜査にあたる警視庁捜査一課の面々のうち、固有名詞を伴って登場するのは、石丸課長と畠中係長の二人だけだが、彼らが「刑事」という役職名で呼ばれる部下たちに指示を出し、チームとして情報を集め、そして真相に迫っていく様がしっかりと、なおかつ実にテンポよく描かれている。また、石丸と畠中は自分たちのチームだけでなく、必要に応じて、他の専門部署の力も借りる（本作であればR大鉱山科の試験室に石灰の粉末の分析を依頼する）という捜査の進め方も、まさに組織として適切な在り方だろう。ちなみに短篇小説としては、第一部のサスペンスと第二部の組織捜査の妙という二つの味が、連続性を持って愉しめて魅力的だ。

藤原審爾「放火」は、部下の育成を描いた短篇である。部長である仙田が、放火事件に遭遇した若い巡査にどう接したか。若い警官の育成に関する仙田の優先順位や、言葉にすることとしないことなど、やる気を引き出しつつ期限を切る様子などが明確に描かれた一篇である。仙田の部下たちのあいだでも、先輩から後輩への導きを読み取ることができ、仙田の指導の適切さが感じられる。仙田たちはまた、放火事件に加えて、賭場へのガサ入れも担当することになる。複数の事件が並行して描かれる点も警察小説というジャンルの特徴だが、これもまた複数の仕事を並行して進めなければならない一般の会社員の共感を呼ぶだろう。本作では、賭場の手入れに仙田が乗り気でない姿も描かれていて、宮仕えの苦労も伝わってくる。この「放火」だが、犯罪抑止に関し、八二年に提唱された「割れ窓理論」を先取りするような考えも述べられている点や、犯人が犯行に至る背景なども読みどころである。

結城昌治は「夜が崩れた」で、警察という組織のなかで生きる一人の刑事を、私生活への束縛を含めて描いた。刑事の安井は二八歳。彼が結婚を約束した女性の兄は、実はやくざ者であることが後に判った。刑事としては非常に都合が悪い相手だ。しかもその彼が強盗事件を起こした。安井は、逃走を続けているその男を逮捕しようと、独自の情報を活かして捜査を進めるのだが……。安井という一人の刑事の視点で物語を進めつつ、最後には組織がしっかり顔を出す。意外で、しかしながら自然で、やはり悲劇と呼びたくなる展開も、やるせないのだが魅力的だ。

こうした先人たちが作品を積み重ね、さらに、水上勉が六三年に『飢餓海峡』で刑事たちの執念を描き、西村京太郎が六〇年代以降、ベテラン刑事と頭でっかちな若手刑事のコンビを描いた短篇などをコンスタントに発表し（鉄道ミステリでおなじみの十津川警部は登場しない短篇だったりする）、森村誠一が『人間の証明』（七六年）で初登場した刑事・棟居弘一良をシリーズ化するなど、警察小説は、書き手と読み手の両面において徐々に日本でも育ってきた。

■歴史と九篇――発展期

その状況が、さらに一歩進んだのが、一九九〇年頃のことだった（八〇年代にまかれた種が花開いたともいえる）。大沢在昌が新宿の街でキャリア組の鮫島が最前線で大暴れする『新宿鮫』（九〇年）を放ったのだ。この作品で大沢在昌は、鮫島の活躍の背景となっているキャリア組とノンキャリア組の間の壁を読者に知らしめ、そのうえで、両者の固定的な関係を鮫島が逸脱した理由もきちんと語った。一匹狼型のヒーローを中心に据えつつ、組織をもきちんと語った新鮮な警察小説が、読者の強い支持を得たのである。この作品が人気を博し、シリーズとして発展していく状況に拍車を掛けるように登場したのが、髙村薫の《合田雄一郎》シリーズである。直木賞と日本冒険小説協会賞に輝いた『マークスの山』（九三年）で警視庁捜査一課の警部補として登場した合田雄一郎は、その後、企業脅迫事件を描いた『レディ・ジョーカー』（九七年）などでも活躍する。

彼らの活躍と並行して、八〇年代から警察小説を発表していた逢坂剛や黒川博行、そして今野敏も見逃せない作家である。逢坂剛は、八一年の時点で公安警察を題材とした『裏切りの日日』を発表し、八六年の続篇『百舌の叫ぶ夜』や八八年の『幻の翼』によって《百舌》をシリーズ化していたし、黒川博行も八三年のデビュー作『二度のお別れ』を起点とするシリーズで、大阪府警捜査一課を活躍させてきた。今野敏も『新宿鮫』の二年前の八八年から《安積班》シリーズを書き続けている。

本書では、この時期に活躍していた書き手のうち、三人の作品を収録した。大沢在昌、逢坂剛、今野敏である。

まずは大沢在昌から。本書では、《新宿鮫》のシリーズに属さない作品を紹介しよう。掌篇「老獣」である。先輩から後輩への引き継ぎという、どんな組織でも起こりうる活動を通じて、この町――日本ではなく、海外のどこか地方都市らしい――の不気味さ、警察との奇妙な関係を漂わせた。頁数は少ないが、読者の胸にしっかりと刻まれる一篇である。なお、《新宿鮫》シリーズには短篇集『鮫島の貌』（一二年）もあるので、鮫島の短篇にご興味がある方は、是非そちらもご一読を。実にバラエティ豊かに鮫島を暴れさせている。

逢坂剛の《百舌》シリーズは、公安警察の非情さを強く感じさせるものであったが、本書で紹介する「黒い矢」を含む《御茶ノ水警察署》シリーズは、小学校の同級生にして現在は上司と部下の関係にある非常識な警官コンビを中心とするコメディ色が強い作品が並ぶ。プチ悪徳警官ものとでも呼ぶべきスタイルの警察小説短篇を取りそろえたシリーズなので、是非御贔屓いただきたい。「黒い矢」は、御茶ノ水駅近くに住む若い女性が矢で射られるという事件から始まる。この事件の捜査を命じられた二人が、お互いでは小競り合いを繰り返しつつ、上司に対しては絶妙に連携して対応する姿や、あるいは、町の人々との適切な(?)関係を維持している様などを愉しんでいただけるだろう。カリカチュアライズされたかたちで表現された、犯罪者に対する適切な罰や、警察に存在する内向きのベクトルといった、今日でも変わらず存在する問題とともに。

続いて、今野敏の《安積班》シリーズに属する一篇「薔薇の色」を。安積班のチームワークを、この作品では愉しむことができる。いってみれば職場の雑談の光景を小説にしたようなものだ。しかしながらそこはベテラン今野敏、捜査を直接に描かずとも、行きつけのバーでのちょっとした謎解きを通じて、安積班のメンバーの〝刑事としての個性〟をくっきりと浮き彫りにしている。チームリーダーである安積が、いかにしっかりと部下を把握しているかも理解できる。この「薔薇の色」、二〇〇七年発表の短篇集『花水木』に収録されており、八八年に始まったシリーズのなかでは、比較的新しめの作品である。それだけに、著者が長い年月を掛けて育ててきたキャラクターたちの個性が、まさに自然体で際立っている。異色作だが実に美味だ。ちなみにいくつも警察小説のシリーズを発表している今野敏だが、『隠蔽捜査』（〇五年）において、キャリア官僚という新たな主人公に挑んだ。同作から始まる《隠蔽捜査》シリーズは、それまで七八年の問題小説新人賞を除くと賞とは何故か無縁だった著者に、シリーズ全体に対する第二回吉川英治文庫賞（一七年）など、いくつもの賞をもたらした。こちらも要注目である。

■歴史と九篇――覚醒期

そして『新宿鮫』から八年後の一九九八年、日本の警察小説を変えた作品が登場する。横山秀夫の『陰の季節』だ。四篇を収録した本書で――その第一話で――横山秀夫は、刑事ではなく、警務課の人事担当者を主役に据え、その視点から警察という組織をきっちりと描き、なおかつミステリとしてのサプライズも堪能させてくれたのだ。この作品によって、「警察小説＝刑事たちの小説」という既成概念が、ものの見事に破壊されたのである。横山秀夫は、『陰の季節』と第二作『動機』（〇〇年）がいずれも直木賞候補となるなどして、人気作家となった。これはすなわち多くの読者が〝横山秀夫的〟な警察小説を歓迎したということであり、それによって、刑事以外に着目した小説を発表できる機会を様々な作家が得ることになる。

こうした具合に歴史の転換点となり、日本の警察小説を覚醒させた横山秀夫の作品からは、「共犯者」を収録した。似顔絵という技能を通じて犯罪捜査に貢献する女性巡査の平野瑞穂を主人公とした連作短篇集《D県警》シリーズ第三作『顔 FACE』(〇二年)の一篇だ。警察組織内のパワーバランスの関係で、理不尽にその〝天職〟を奪われ、別の仕事に追いやられた瑞穂。「共犯者」は、その別の仕事で経験した〝銀行強盗事件〟を描いている。犯行の巧妙さや、抜群に切れ味のある〝意外な動機〟とともに、警察の内部描写でも愉しませてくれる。

この時代を代表する作家として、二人目は月村了衛を紹介したい。月村了衛は、〝龍機兵〟という最新型特殊装備を擁する特捜部を警視庁内に誕生させ、彼らの活躍を警察小説として表現している。『機龍警察』(一〇年)を皮切りにシリーズとして育っていったその作品群は、第二作『機龍警察 自爆条項』(一一年)が日本SF大賞を、そして第三作『機龍警察 暗黒市場』(一二年)が吉川英治文学新人賞を受賞するなど、高く評価されてきた。『機龍警察』シリーズは、重量感たっぷりの長篇が大半だが、短篇集も一冊、『機龍警察 火宅』(一四年)がある。この「焼相」は、そのなかの一篇だ。テロや民族紛争といった戦争形態の変化に伴い発達してきた歩行型軍用有人兵器すなわち機甲兵装が二体、トラックを破壊した後に小学生児童などを人質にとって立て籠もるという事件が発生した。その事件を題材に月村了衛は、警視庁刑事部捜査一課特殊犯捜査係(通称SIT)及び警視庁特殊急襲部隊SATを擁する警備部が連携し、さらに組織犯罪対策部も交えて事件の解決に当たり、なおかつ〝特捜部を排除する〟様を描いた。凶悪事件が発生しているなかでの、縄張り争いあるいは覇権争いである。愚かしくも醜い争いが、現実の凶悪犯罪の前でどう展開するか、著者は徹底的にリアルに描いた。そこに、ある警部補が業務に忠実であろうとしつつも、それに自分の両親の死との関連を感じてしまって抵抗を感じるという公私のせめぎ合いも加わってくる。メカ描写とアクションの迫力にもご注目を。

この時代の三作品目、つまり本書の九篇目は、誉田哲也が生んだ人気キャラクター、姫川玲子が登場する「手紙」だ。短篇集『シンメトリー』（〇八年）を締めくくる一話である。玲子が読者の前に初めて姿を現したのは、〇六年の『ストロベリーナイト』でのこと。ノンキャリアとしては異例の早さ、二十七歳で警部補に昇進し、その後警視庁本部に取り立てられ、捜査一課殺人犯捜査係の主任となった三十歳手前の警部補として登場したのだ。年上を含む部下たちを率いて彼女は捜査にあたるのだが――この「手紙」で描かれるのは、玲子の若かりし日のエピソードだ。当時まだ巡査部長だった彼女は、ある事件の捜査でペアを組んだ、階級も性別も同じ先輩との神経戦を繰り広げる。先輩は自分の手柄を求めて、何かと玲子に圧をかけてきて、さらに機会を奪うのだ。それにどう対抗して自分の成果に結びつけるか。組織内での駆け引きを愉しめる。後に惨殺死体と向き合っても心を乱されない警部補として描かれる玲子の強さの一端が感じられる短篇である。また、捕らえられた犯罪者の心理が新鮮な着眼点で語られる作品としても魅力的だ。

以上九篇、警察小説の魅力を、その変化とともにたっぷり味わっていただきたい。

■注目すべき二一世紀の警察小説を少々

二一世紀に入って、警察小説はますます隆盛である。そんな今世紀の警察小説のおすすめを、長篇も含めていくつか紹介したい。

まずは一九七九年デビューの佐々木譲。彼は、冒険小説や歴史小説の分野で大きな成功を収めていたが、今世紀に入ってからは警察小説分野でも第一人者となった。この分野での代表作は、北海道警察の裏金事件を題材に、警察の組織と個人を描く『うたう警官』（〇四年、文庫化に際して『笑う警官』と改題）の《道警》シリーズや、三代に渡る警察官一家を綴った大河小説『警官の血』（〇七年）である。特に後者の存在感は抜群。さらに、閉鎖的な地域社会で駐在警官を描いた『制服捜査』（〇六年）も必読。

安東能明は、一九九四年にデビューしたベテラン。二〇一〇年に警察小説「随監」で日本推理作家協会賞短編部門を受賞し、この分野で活躍し始めた。この短篇を収録する『撃てない警官』（一〇年）は、部下の拳銃自殺により所轄に飛ばされた柴崎という元エリートが、警察組織のなかで復讐と再起を図っていく上質な連作短篇集。

薬丸岳は『刑事のまなざし』（一一年）で、元法務技官の刑事・夏目信人を誕生させた。犯罪者の更生への期待と犯罪への憎しみの両方の心を持つ夏目も、また二一世紀の警察小説の豊かさを実証する存在である。

警察における教育に着目し、警察学校を舞台とした連作短篇集『教場』（一三年）を世に送り出したのが長岡弘樹である。これまた今世紀型の警察小説だ。ちなみに長岡弘樹が日本推理作家協会賞短編部門を受賞した「傍聞き」（〇八年）は、夫に先立たれた女性刑事と、小学六年生の娘との日常生活を描きつつ、ミステリとしての驚きをたっぷりと提供してくれる作品で、これまた上出来の上にも上出来の警察小説だった。

東大卒の警察キャリアという異例の経歴の古野まほろは、警察大学校の主任教授までも務めたその警察知識を、『新任巡査』（一六年）に史上空前のディテールで盛り込んだ。横山秀夫『陰の季節』とはまた別の意味で、日本の警察小説史において一つの里程標となるであろう。

柚月裕子は、広島を舞台に刑事たちやヤクザたちをゴツゴツと描いた『孤狼の血』を一五年に発表。日本推理作家協会賞を獲得した。物語の骨太さとキャラクターの存在感に大満足必至の小説である。

という具合に、正直きりがないのである。それほどの隆盛なのだ。

■短篇であるということ

さて、本書はアンソロジーであり、短篇を収録している。

優れた短篇――本書収録の九篇はいずれも紛れもなくそうである――は、長篇をダイジェストしたものではなく、人生の節目を的確に切り取った小説である。

そうであるが故に、読者から見て日常と非日常が共存するという警察小説の魅力が、よりくっきりと感じ取れるであろう。長篇となれば、それを支えるに足る事件（大事件もしくはいくつもの事件）が必要になり、結果として犯罪捜査の描写の量も増えてしまうが、短篇の場合、書き手の腕次第で、いかようにでも切り取りうる。

そうした著者たちの腕（あるいは切り取り方の時代の変遷）にも着目していただければ、短篇の警察小説を、なお愉しめるのではないかと考える。

何度も繰り返してしまうが、警察小説は隆盛であり、隆盛であるが故に、多くの魅力的な短篇警察小説が世に送り出されている。旧作発掘を含めてだ。

本書が、そうした短篇警察小説の世界に親しむきっかけとなれば幸いである。

（むらかみ・たかし／書評家）

◆底本

松本清張「声」（『張込み　傑作短編集（五）』新潮文庫）
藤原審爾「放火」（『新宿広場：新宿警察』報知新聞社）
結城昌治「夜が崩れた」（『刑事』集英社文庫）
大沢在昌「老獣」（『一年分、冷えている』角川文庫）
今野敏「薔薇の色」（『花水木　東京湾臨海署安積班』ハルキ文庫）
逢坂剛「黒い矢」（『しのびよる月』集英社文庫）
横山秀夫（「共犯者」『顔 FACE』徳間文庫）
月村了衛「焼相」（『機龍警察　火宅』ハヤカワ文庫）
誉田哲也「手紙」（『シンメトリー』光文社文庫）

葛藤《かつとう》する刑事《けいじ》たち　警察小説《けいさつしようせつ》アンソロジー　朝日文庫

2019年11月30日　第1刷発行

著　者　松《まつ》本《もと》清《せい》張《ちよう》　藤《ふじ》原《わら》審《しん》爾《じ》
結《ゆう》城《き》昌《しよう》治《じ》　大《おお》沢《さわ》在《あり》昌《まさ》
逢《おう》坂《さか》剛《ごう》　今《こん》野《の》敏《びん》　横《よこ》山《やま》秀《ひで》夫《お》
月《つき》村《むら》了《りよう》衛《え》　誉《ほん》田《だ》哲《てつ》也《や》

編　者　村《むら》上《かみ》貴《たか》史《し》
発行者　三宮博信
発行所　朝日新聞出版
〒104-8011　東京都中央区築地5-3-2
電話　03-5541-8832（編集）
03-5540-7793（販売）
印刷製本　大日本印刷株式会社

ISBN978-4-02-264938-6